Ute Riegel

Kehrwasser

Zum Buch

Fliegenfischen beruhigt die Nerven und beim Fischen hat Kommissar Peter Scheuermann die besten Ideen. Und die braucht er, als er eines Morgens den tödlich verunglückten Carlos Perna findet. Die Spur führt vom Drogen-Milieu in die höchsten Ärztekreise.
Um den Fall zu lösen, muss Peter Scheuermann noch häufig Fischen gehen, und außerdem sind da noch seine Theater spielende Frau und die Tochter im besten Pubertätsalter ...

Kurzbiografie

Ute Riegel, geb.1963 in Offenbach am Main, lebt mit Ihrem Mann, den zwei Kindern und dem Labrador Tim in der Nähe von Frankfurt.
Nach dem Abitur absolvierte sie eine Ausbildung zur Steuerfachgehilfin und später dann zur Bilanzbuchhalterin. Seit vielen Jahren arbeitet sie als Finance-Managerin in einer amerikanischen Firma. Sie kümmert sich auch um Finanzen der Praxis Ihres Mannes.
Erlebnisse in der Natur, wandern, schreiben und die Musik sind ihre Hobbys.

Kehrwasser

von

Ute Riegel

Bibliografische Information der Deutschen Nationalbibliothek
Die Deutsche Nationalbibliothek verzeichnet diese Publikation in der Deutschen Nationalbibliografie; detaillierte bibliografische Daten sind im Internet über http://dnb.d-nb.de abrufbar.

Ute Riegel
Kehrwasser

Umschlaggestaltung: Britta Wittstock

Berlin: Pro BUSINESS 2010

ISBN 978-3-86805-787-4

1. Auflage 2010

Produktion und Herstellung: Pro BUSINESS GmbH
Gedruckt auf alterungsbeständigem Papier
Printed in Germany
www.book-on-demand.de

Für Tom, Max und Evi
die drei wichtigsten Menschen in meinem Leben

Prolog

Er konnte sich kaum noch auf den Beinen halten. Was war nur mit ihm los? Das bisschen Rum machte ihm sonst nicht so viel aus. Vor ihm der blaue Golf, sein Auto. Er ließ sich hinter das Lenkrad fallen und drehte mühsam den Zündschlüssel um. Sechs Uhr. Wurde Zeit, dass er ins Bett kam. Flüchtig musste er grinsen: In welches Bett sollte er heute Morgen am besten steigen? Der Gedanke an den Sex, den er in einer halben Stunde haben könnte, belebte ihn wieder. Er kurbelte das Fenster runter und drehte die Musik laut.

Nach einigen Minuten passierte er die Friedberger Warte und gab Gas. Nur wenige Autos waren in seine Richtung unterwegs. Die meisten fuhren nach Frankfurt hinein und nicht heraus. Von einer Sekunde auf die andere wurde ihm speiübel. Er versuchte zu bremsen. Sein Körper fühlte sich an, als sei er plötzlich gelähmt. Er bekam keine Luft mehr. Um ihn herum wurde es schwarz.

Den Aufprall am Laternenmast bekam er schon nicht mehr mit.

Dienstag

1.

Peter Scheuermann blickte auf die Kinzig. Der Fluss zeigte sich heute von seiner besten Seite. Seit Tagen hatte es nicht geregnet, das Wasser war klar und nicht zu reißend, und als die Morgensonne auf das Wasser schien, fingen die Insekten an zu tanzen. Darauf hatte er gewartet. Der Maifliegenschlupf war seit gestern im vollen Gange und er würde den Forellen seine Kunstfliege nun so präsentieren, dass sie, hungrig wie sie auf die Maifliegen waren, anbeißen würden.

Vorsichtig watete er nahe am Ufer im seichten Wasser bis zu einem großen Stein. Wathose und Watstiefel schützten ihn vor der Nässe und die lange Unterhose darunter vor der Kälte. Die Angel in der Hand, den Kescher auf dem Rücken blieb er Minuten bewegungslos stehen. Da, in der Mitte des Flusses, gegen die Strömung stehend, sah er eine wunderschöne Bachforelle. Der Trick beim Fliegenfischen bestand darin, die Kunstfliege so zu platzieren, dass sie direkt auf die Forelle zutrieb. Wie ein Insekt, das eben auf das Wasser aufsetzte. Schnappte die Forelle nach dem Köder, kam der „Anhieb“: Ein wohl dosierter Ruck brachte die Forelle an den Haken. Lag aber zu viel Schnur auf dem Wasser, ging so ein Anschlag ins Leere.

Peters dritter Wurf war perfekt. Die Forelle schoss nach oben und holte sich die Kunstfliege. In diesem Moment schlug er an und hatte sie am Haken. Er liebte dieses perfekte Timing.

Vorsichtig zog er den Fisch zu sich heran. Mit der linken Hand griff er nach dem Kescher auf seinem Rücken und schob ihn unter die Forelle. Dann klemmte er sich seine Angel unter den rechten Arm, machte seine Hand nass und griff vorsichtig in den Kescher: Ein schönes Tier: am Rücken zahlreiche dunkle Punkte, an den Seiten rote Tupfen, hell umrandet und bestimmt stolze 45 cm groß! Vorsichtig löste er den Haken aus der Lippe des Fisches, und setzte ihn behutsam zurück. Mit einem kräftigen Schwanzschlag verabschiedete sich der Schuppenträger.

Peter richtete sich auf und konnte das Tier in dem klaren Wasser davon schwimmen sehen. Oft setzte er seine Fische zurück. Ihm ging es darum, das Tier zu überlisten, nicht es zu töten. Ab und zu nahm er auch einen Fisch mit, den aßen sie dann alle zusammen, aber meistens hatte er mehr Spaß daran, ihn wieder schwimmen zu lassen.

Er sah auf die Uhr: 5.30 Uhr. Eine halbe Stunde blieb ihm noch, bis er aufbrechen musste, um nach Frankfurt auf das 3. Revier zu fahren und seinen Dienst als Kommissar bei der Kripo zu versehen. Doch: So ein Fisch war nicht zu toppen, man sollte aufhören, wenn es am schönsten war. Langsam watete er zum Ufer zurück und lief zu seinem Auto. Dort zog er die Wathose aus und die Jeans an und machte sich auf den Weg nach Frankfurt.

So früh morgens war die A 66 noch frei und er konnte zügig fahren.

Er sah auf die Uhr am Armaturenbrett: 6.35 Uhr. Er beschloss in Maintal abzubiegen und über Bergen nach Frankfurt hineinzufahren: Das war landschaftlich eindeutig die schönere Strecke, und die Sonne auf den Feldern um ihn herum entsprach genau seiner heiteren, gelassenen Stimmung, ein perfekter Morgen.

Vor der Ampel hatte sich ein kleiner Stau gebildet. Ein Unfall hatte sich auf der gegenüber liegenden Seite ereignet: Ein blauer

Golf war frontal an einen Lichtmast geprallt. Die Vorderseite des Wagens war nur noch ein Blechhaufen. Schräg hinter dem Golf stand ein roter Z3 halb im Feld und halb auf dem Seitenstreifen. Peter schaltete den Funk ein und gab durch: „Schwerer VU auf der L 32/09 zwischen Bergen und Maintal, in Höhe Ampelanlage nach der Fertighaussiedlung. Offenbar eine Person eingeklemmt."

„Die Kollegen von der Verkehrspolizei Bergen Enkheim und der Rettungsdienst sind schon unterwegs", sagte ihm der Dienst habende Beamte

Peter parkte am Fahrbahnrand und eilte zu dem Unfallwagen. Es roch nach Benzin. Ein Mann war durch die hintere Beifahrertür in den Wagen gekrochen und leistete offensichtlich Erste Hilfe.

Als er Peter auf sich zukommen sah, schälte er sich mühsam aus dem Wagen. „Der Rettungswagen müsste jede Minute hier sein, die Kollegen von der Polizeiwache Bergen Enkheim auch gleich", sagte Peter und beugte sich in den Wagen.

„Ich fürchte, da kann auch das Rettungspersonal nicht mehr helfen", erwiderte der Mann.

„Wir müssen versuchen, ihn herauszubekommen!" Doch dann sah Peter, dass auch im Wageninneren alles wie bei einer Ziehharmonika zusammen geschoben war. Der Fahrer war vollkommen eingeklemmt, Blut war ihm von der Stirn über das Gesicht den Hals heruntergelaufen und klebte in seinen dunklen Haaren. Obwohl seine Haut die Farbe von Milchkaffee hatte, war sein Gesicht ungewöhnlich blass und hatte einen grünlichen Schimmer. Sein ganzer Oberkörper war unnatürlich verrenkt. Die Augen waren aufgerissen. Es roch nach Alkohol. Peter suchte am Hals nach einem Puls. Er war sich aber sicher, dass er keinerlei Lebenszeichen ausmachen würde.

Sie konnten nichts anderes tun, als auf die Feuerwehr und den Arzt zu warten.

Vorsichtig zog er sich aus dem Wrack zurück, drehte sich um und stellte sich vor:

„Mein Name ist Peter Scheuermann. Ich bin Kommissar bei der Kripo in Frankfurt."

„Dr. Hübner, Bernhard Hübner." Er zeigte mit dem Finger auf das Wrack: „Sieht nicht gerade schön aus. Armer Kerl."

„Nein, ich fürchte Sie haben recht." Peter machte eine kleine Pause. Sein Gegenüber war ungefähr Mitte fünfzig, hatte hellbraune Haare, mit vielen grauen Strähnchen. Er war groß und etwas korpulent. Eigentlich zu mächtig für den Z3 dachte Peter spontan. Da passten das weiße, kurze Oberhemd, die beigefarbene Bundfaltenhose und die teuren Lederschuhe schon eher als Outfit zu dem Sportwagen. Fast hätte er gegrinst, denn offensichtlich musterte ihn Dr. Hübner auch gerade. Dazu hatte er die Hand an die Stirn gelegt und schirmte so die Augen etwas ab. Die Sonne blendete ihn wohl.

„Haben Sie den Unfall beobachtet?", fragte Peter.

„Nein, das habe ich nicht. Er muss aber unmittelbar zuvor passiert sein. Ich war wohl der Erste, der angehalten hat."

Eine dicke Hummel kam laut brummend herbeigeflogen und verfing sich im Wageninneren des Golfes. In der Ferne konnte man das Martinshorn hören.

„Haben Sie die Polizei und den Rettungsdienst verständigt?"

„Ja, ich bin Arzt, ich wusste sofort, was los war, und habe die Leitstelle benachrichtigt."

Peter lief die paar Meter zur Kreuzung. Die beiden Straßen bildeten hier ein „T". Man musste also, egal ob man von rechts oder links kam, im neunzig Gradwinkel um die Ecke biegen. Erst kurz vor dem Lichtmast waren Bremsspuren zu sehen. Der Unfallfahrer war vermutlich viel zu schnell um die Kurve gebogen, hatte die Kontrolle über den Wagen verloren und war fast ungebremst gegen den Mast gefahren. In diesem Moment trafen der Rettungswagen und die Polizei ein.

Dr. Hübner sprach mit einem der Rettungsassistenten und wandte sich dann an den Kommissar: „Der Notarzt ist noch bei einem anderen Einsatz. Ich werde die Todesbescheinigung jetzt ausstellen und dann in die Klinik fahren.“

Peter nickte zustimmend. Etwas später hatte Dr. Hübner mit den Kollegen gesprochen und kam mit dem Leichenschauschein auf Peter zu. „Ich bin sicher, dass er getrunken hat, der Alkoholgeruch ist sehr deutlich wahrnehmbar. Leider gibt es so viele unvernünftige Menschen, die sich mit Alkohol hinters Steuer setzen.“

Wo kann ich Sie erreichen, falls wir noch Fragen haben?“

„Ich bin Chef der Anästhesie in der BG Unfallklinik. Ich gebe ihnen die Nummer. Sie können bei meiner Sekretärin eine Nachricht hinterlassen. Ab 8 Uhr stehe ich normalerweise im OP. Am besten erreichen sie mich nach 15 Uhr. Es ist halb acht, ich würde dann gerne fahren. Wir haben eine große OP vor uns.“

„Ja natürlich, dann wünsche ich Ihnen einen angenehmen Dienst!“

Mit dem Leichenschauschein ging Peter zu den Kollegen vom 20. Polizeirevier hinüber. „Haben wir schon eine Ahnung, wer der Tote ist?“, fragte er.

„Der Wagen ist auf einen gewissen Carlos Perna zugelassen. Vielleicht finden wir Papiere bei dem Toten, wenn die Feuerwehr ihn heraus geschnitten hat“, antwortete Rudolf Hartwig, der sich als Einsatzleiter vorgestellt hatte.

Inzwischen war die Feuerwehr mit Spreizer an der Einsatzstelle und machte sich an die Arbeit.

Um nicht unnötig den Rettungskräften im Weg zustehen ging Peter zu seinem Wagen zurück, lehnte sich dagegen und warf einen Blick auf den Schein. „Nicht natürliche Todesursache, Unfalltod, PKW-Fahrer, Verletzungen nicht mit dem Leben vereinbar.“, hatte Dr. Hübner angekreuzt.

Er könnte jetzt fahren und den Rest den Kollegen vom 20. Revier überlassen. Andererseits hatte sich nun ein richtiger

Stau gebildet und er beschloss noch etwas zu warten. Interessiert beobachtete er von seinem Platz aus das Geschehen. Sein Handy klingelte. Peter nahm das Gespräch an und hörte die Stimme seiner Frau.

„Hi, warst du erfolgreich?"

Es dauerte etwas bis er umgeschaltet hatte. Marion fragte natürlich nach dem Fischen. Plötzlich kam es ihm vor, als wäre es schon Tage her, dass er am Wasser gestanden hatte.

„Ja, erzähl ich dir später. Bin gerade bei einem Verkehrsunfall."

„Ah okay, dann melde dich nachher einfach mal wegen heute Abend."

„Mach ich." Heute Abend? Was meinte Sie? Dann fiel es ihm wieder ein: Elternabend von Marlene, und Marion hatte Probe. Es ging um die Prävention bei Drogenmissbrauch. ‚Drogenmissbrauch' – das Wort setzte sich auf einmal in seinem Kopf fest. Warum gerade jetzt? Während er nachdenklich zum Unfallauto blickte, überlegte er, was er zum Thema „Drogen" wusste.

Auf einmal war er alarmiert. Etwas an dem Anblick des Toten stimmte nicht. Aber was? Es war wie beim Angeln: Alles musste zusammen passen, damit man Erfolg hatte. Er rief sich das Bild des Toten noch einmal ins Gedächtnis. Und plötzlich glaubte er zu wissen, was nicht passte. Er ging noch einmal zum Unfallwagen hinüber. Die Feuerwehr hatte den Leichnam aus dem Auto befreit. Er lag am Rand, mit einer Decke aus dem Rettungswagen zugedeckt.

Peter kniete sich nieder und schob die Decke vom Gesicht des Toten. Jemand hatte ihm nun die Augen geschlossen. Der Kommissar zog das Lid hoch. Ja, das war es: Normalerweise waren die Pupillen groß, auch unter Einfluss von Alkohol. Doch diese Pupillen waren klein wie Stecknadelköpfe. Das hatte er schon bei Heroin-Toten gesehen. Es war wohl nicht nur Alkohol im Spiel.

Vorsichtig klappte er das Lid wieder zu und schob nacheinander die Ärmel des Leinenblazers nach oben. An beiden Armen waren keine Einstichstellen zu sehen. Der Tote machte einen gepflegten Eindruck. Feiner Blazer, darunter ein weit ausgeschnittenes T-Shirt, auf dem „Boss" stand, und soweit er es beurteilen konnte, teure Schuhe. Er zog die Decke zurecht.

„Wir haben die Personalien des Toten", Hartwig, der Einsatzleiter war auf ihn zugekommen. „Der Fahrer stimmt zumindest mit dem Bild des Fahrzeughalters überein. Carlos Perna, Kubaner, 34 Jahre alt. Hat eine Frau, Dr. Christine Perna. Sie ist Deutsche. Das Ehepaar ist in der Beethovenstraße in Hanau gemeldet."

Er machte eine kleine Pause, dann sagte er zögernd: „Ich glaube, ich kenne sie. Sie ist Chirurgin am Markus-Krankenhaus in Hanau."

„Sind sie sicher?"

„Ich denke es wird nicht so viele Dr. Christine Perna geben. Unser Sohn hatte sich vor ein paar Monaten das Bein gebrochen und lag im Markus-Krankenhaus. Sie hat ihn operiert, eine sehr nette Ärztin."

Peter überlegte. Ob Dr. Christine Perna wusste, dass ihr Mann Drogen nahm? Vielleicht sollte man der Sache doch einmal nachgehen.

„Ich denke, dass wir es hier nicht mit einem einfachen Verkehrsunfall zu tun haben. Ich werde den Staatsanwalt verständigen."

„Sie sind von der Kripo, sie müssen es ja wissen", meinte Hartwig.

Peter schaute das Adressverzeichnis im Handy durch. Ja, da war die Nummer, von Rolf Wiemer, dem Staatsanwalt, mit dem er schon oft zu tun gehabt hatte.

„Rolf, grüß dich, Peter Scheuermann hier. Ich habe hier einen Toten nach Verkehrsunfall."

„Guten Morgen, so etwas soll bei einem VU manchmal vorkommen. Spaß bei Seite, hat der Tote noch 'ne Kugel im Kopf, oder wieso ruft die Kripo mich an?“

„Nein hat er nicht. Er hat wohl getrunken und ich glaube, dass er Drogen intus hatte.“

„Hat der Arzt, der den Totenschein ausgefüllt hat, etwas Entsprechendes vermerkt?“, fragte er.

„Nein, er hat „nicht natürliche Todesart, Verkehrsunfall vermutlich unter Einfluss von Alkohol“ angekreuzt, was ganz sicher auch zutrifft. Er ist zum Dienst ins Krankenhaus gefahren. Mir fiel es später erst auf.“

„Prinzipiell ist das Nehmen von Drogen erst mal eine Privatsache. Wir können nicht jeden obduzieren, der Drogen genommen hat. Wer sich dann noch ins Auto setzt ...“, meinte Wiemer.

„Der Tote ist mit einer Ärztin verheiratet. Er ist Kubaner, sieht aber nicht so aus, als käme er aus dem Drogenmilieu. Ich habe auch keinerlei Einstichstellen gefunden. Es ist mehr so ein Gefühl, dass da irgendetwas nicht zusammenpasst ...“. Er machte eine Pause.

„Also gut, dann hören wir auf dein Gefühl. Ich werde eine gerichtliche Obduktion anordnen“, entschied Wiemer.

Peter ging wieder zu Hartwig und informierte ihn, dass die Leiche in die Gerichtsmedizin gebracht würde.

„Wir werden jetzt zuallererst einmal die Frau des Toten benachrichtigen müssen.“

„Das werde ich übernehmen.“

„Wird ja vielleicht eh ein Fall für euch.“

2.

Obwohl auf der Fahrbahn keine Hindernisse standen, kam der Verkehr nur schrittweise voran, denn fast jeder der Vorbeifahrenden versuchte einen Blick auf das Unfallgeschehen zu werfen. Peter sah auf seine Uhr: 8.20 Uhr. Seine Kollegin Regina müsste jetzt schon im Kommissariat sein. Er wählte ihre Nummer und bat sie sofort zu ihm zu fahren.

Vierzig Minuten später kam sie angefahren: Der blaue Hosenanzug passte perfekt zu ihren blauen Augen. Die blonden Haare standen struppig in alle Richtungen ab. Sie war etwas pummelig, und sie strahlte wie immer Energie aus.

„Guten Morgen, schneller ging's leider nicht. Auf der Miquellallee ist die Hölle los!"

Er nickte ihr zu. „Morgen, lass den Wagen am besten bei der Fertighaus-Siedlung stehen. Wir fahren gemeinsam weiter und dann erzähl ich dir, worum es geht!"

Sie stieg zu ihm ins Auto und fragte:„Hast du überhaupt schon gefrühstückt? So früh, bist du doch bestimmt direkt vom Angeln gekommen!" Bei diesen Worten hielt sie ihm lächelnd ein Schoko-Croissant hin.

„Du bist ein Engel!" Er biss in das Hörnchen hinein. Das war typisch für Regina. Obwohl sie sechsunddreißig, und damit zehn Jahre jünger war als er, bemutterte sie ihn gerne.

„Also, wir fahren in die Beethovenstraße nach Hanau und versuchen dort Christine Perna anzutreffen, um ihr mitzuteilen, dass ihr Mann tödlich verunglückt ist."

„Wissen wir schon etwas mehr? Wie alt ist sie? Gibt es Kinder? Falls sie berufstätig ist, wo finden wir sie dann?"

Peter hatte die Wartezeit gut genutzt.

„Sie ist 1972 geboren, also fünfunddreißig Jahre alt. Carlos Perna war Kubaner, sie ist Deutsche. Kinder sind keine eingetragen. Sie ist Chirurgin, vermutlich am Markus- Krankenhaus in Hanau."

„Und warum ist das ein Fall für uns?"

„Ich bin mir noch nicht ganz sicher, ob er das ist. Es ist mehr ein Bauchgefühl."

Den Rest der Fahrt legten sie schweigend zurück. Beide versuchten sich auf die Situation einzustellen: Was würde sie erwarten, falls sie Frau Perna antrafen? Entsetzen? Eine Frau, die vielleicht einen Kollaps bekam bei der Nachricht? Sich schreiend am Boden wälzte, mit den Fäusten auf sie beide losging oder ihnen stumm und hilflos schluchzend um den Hals fiel?

Oder würde alles ganz anders sein: völlige Gefasstheit, Gleichgültigkeit oder gar Erleichterung, vielleicht sogar Genugtuung über den Tod des gehassten Gatten? Auch das hatten sie schon öfter erlebt. Und es besagte erst einmal gar nichts.

Sie waren in der Beethovenstraße angekommen. Kleine Mehrfamilienhäuser mit zwei bis drei Stockwerken beherrschten das Straßenbild, alles sehr gepflegte Altbauten mit kleinen Vorgärten. Auf der anderen Straßenseite Einfamilienhäuser mit größeren Gärten und Garagen. Die Nummer 1 war das Eckhaus, drei Stockwerke hoch.

Sie stiegen aus. Es gab drei Klingeln. Die untere war mit „Konnert" beschriftet. Auf der mittleren und oberen standen beide Male „Perna".

Peter klingelte zuerst in der Mitte und atmete tief durch. Sie warteten eine Weile, nichts geschah. Also klingelte er erneut.

Erst Stille. Doch dann hörten sie schnelle Schritte die Treppe herunterkommen und die Tür wurde mit Schwung aufgerissen.

„Guten Morgen, was gibt's?"

Uff, dachte Peter. Es traf ihn wie ein Schlag. Vor Ihnen stand eine hoch gewachsene, schlanke Frau. Sie hatte feuerrote lange Korkenzieherlocken und die grünsten Augen, die er je gesehen hatte. Um den Mund hatte sie Grübchen und sah sie beide nun fragend an.

Er riss sich von den grünen Augen los und wollte gerade antworten, als ein kleiner Junge mit Schulranzen auf dem Rücken aus der Wohnungstür hinter der Rothaarigen hervorkam.

„Mama, ich muss los, oder?“

„Ja, sofort Mark! Also, kann ich Ihnen nun irgendwie helfen?“

„Peter Scheuermann mein Name und das ist Regina Kolb. Wir sind von der Kriminalpolizei Frankfurt.“ Den Ausweis hatte er schon in der Hand und zeigte ihn nun vor. Der kleine Junge machte große Augen. „Wir haben bei Frau Perna geklingelt?“

„Ich weiß, ich war gerade noch oben bei ihr. Sie hatte Nachtdienst und wird jetzt sicher schlafen. Ich bin runtergekommen, um meinen Sohn in die Schule zu schicken und nachzusehen, wer da zum zweiten Mal klingelt.“

„Arbeitet sie am Markus-Krankenhaus in Hanau?“

„Ja, sie ist da Chirurgin, wieso?“

Regina mischte sich jetzt in das Gespräch ein: „Vielleicht schicken Sie am besten erst mal ihren Sohn los, wir warten kurz“. Sie zog Peter zur Seite.

„Mama, ich hab meine Autos heute Morgen bei Opa vergessen! Was machen die beiden denn hier?“

„Die beiden möchten gerne mit Christine sprechen. Als Ärztin arbeitet sie oft mit der Polizei zusammen. Und deine Autos können wir heute Mittag holen. Schau mal, da ist Sonja, ihr beide könnt loslaufen!“

Am Tor stand ein kleines Mädchen und die zwei trabten los. Die Schulranzen wippten auf ihrem Rücken.

Peter trat wieder einen Schritt vor. „Es ist wichtig, dass wir mit Frau Perna reden. Und wie heißen Sie?“

„Konnert, Barbara Konnert. Ich habe die Wohnung unter der von Frau Perna.“

„Und wer wohnt ganz oben?“, fragte Regina.

„Christine und ihr Mann wohnen in den beide oberen Wohnungen. Aber sie hatte wirklich einen schlimmen Nachtdienst. Ist es so eilig?“

„In welchem Verhältnis stehen Sie zu Christine Perna?“, fragte Peter.

„Wir sind Freundinnen. Wir haben gerade noch gemeinsam gefrühstückt, bevor sie sich hingelegt hat. Das machen wir oft, wenn sie aus dem Nachtdienst kommt. Ich wollte jetzt noch alles wegräumen. Ich mache auch sauber bei Christine.“

„Und Herr Perna, frühstückt der normaler Weise mit?“

Etwas an ihrer Art veränderte sich plötzlich. Die Grübchen waren verschwunden. Täuschte er sich, oder war nun auch ihre Stimme etwas kühler, als sie antwortete: „Carlos hat eine Band und ist oft bis in die frühen Morgenstunden unterwegs. Meistens schläft er dann bei einem Freund und kommt erst am Nachmittag nach Hause. Bis dahin hat Christine dann ausgeschlafen. Was wollen sie denn von Christine?“

„Wir haben leider schlechte Nachrichten. Ich schlage vor, dass wir jetzt gemeinsam nach oben gehen und Sie Frau Perna wecken. Es wäre ganz gut, wenn Sie dann noch eine Weile hier im Haus bleiben könnten.“ Peter hatte Mühe sich von diesen Augen loszureißen. Wie ein tiefer See, dachte er.

„Ist was mit Carlos, hat er etwas angestellt?“

„Frau Konnert, bitte!“ Regina sah sie an „Wir müssen zuerst mit Frau Perna reden.“

Wortlos drehte sich Barbara Konnert um und bedeutete ihnen, ihr nach oben zu folgen. Peter schüttelte den Kopf, als wollte er alle jetzt unnötigen Gedanken verscheuchen.

Frau Konnert öffnete die Tür und ein großer, schwarzer Hund kam heraus geschossen. „Nicht erschrecken, er freut sich nur! Mozart, komm wieder rein. Es ist gut!“

Und tatsächlich: Der Hund wedelte ausgiebig mit dem Schwanz und beschnüffelte sie neugierig.

Typisch Labrador, dachte Peter. Immer neugierig und verspielt. Er konnte nicht anders, er musste ihn hinter den Ohren kraulen, was Mozart sich mit einem zufriedenen Grunzen gefallen ließ.

„Kommen Sie bitte herein!“ Frau Konnert ging einen schmalen Flur entlang. Nur die Zimmertür des Raumes geradeaus war geschlossen. Zur Linken war offensichtlich ein kleines Büro. Das Zimmer dem Büro gegenüber, das sie jetzt betraten, hatte keine Tür. Hier stand rechts ein alter antiker Esstisch mit vier Stühlen. Marmelade, Honig und ein Brötchenkorb standen noch in der Mitte des Tisches. An der Wand ein braunes Ledersofa. Ihm gegenüber, unter dem Fenster eine Stereoanlage.

„Nehmen Sie doch einfach am Tisch Platz. Ich gehe nach oben und wecke Christine.“ Sie verließ die Wohnung.

Peter lief um den Essplatz herum. Hier war ein Durchgang, der in eine Küche führte. Und die war zwar klein, aber edel.

Er sah sich weiter in dem Raum um. Neben der Stereoanlage, standen nach Alphabet geordnet Klassik-CDs in einem Regal.

Die edlen, dunkel glänzenden Holzdielen unter seinen Füßen knarrten.

Regina hatte sich ans Fenster gestellt, und er trat nun zu ihr und sah hinaus in den leuchtend blühenden, kleinen Rosengarten.

„Juni, der Rosenmonat“, sagte Regina neben ihm, die sich offensichtlich auch dem Anblick nicht entziehen konnte. Der Hund drängelte sich zwischen sie und forderte Streicheleinheiten.

Tritte waren auf der Treppe zu hören, und sie drehten sich erwartungsvoll um.

Die Haustür öffnete sich, und beide Frauen traten ein. Mozart begrüßte sein Frauchen, als wäre es Jahre weg gewesen.

Christine Perna hatte lange hellbraune glatte Haare, die ihr fast bis zur Hüfte reichten. Sie war circa 1,70 Meter groß und überschlank. Sie hatte braune Augen und einen dazu passenden Reh-Blick, und wirkte in dem viel zu großen T-Shirt und der schmalen Hose geradezu zerbrechlich.

So habe ich mir nie eine Chirurgin vorgestellt, sie ist doch viel zu zart, schoss es Peter durch den Kopf.

„Entschuldigung, jetzt habe ich Ihre Namen vergessen. Christine, dass sind die Dame und der Herr von der Kripo in Frankfurt. Ich bin dann unten." Frau Konnert verließ die Wohnung.

Peter stellte sich und seine Kollegin noch einmal kurz vor.

Frau Perna hatte die Arme abwehrend unter der Brust verschränkt. Offensichtlich empfand sie die Beamten als Eindringlinge.

Peter räusperte sich: „Können wir uns vielleicht setzen?"

„Bitte sehr!" Frau Perna deutete auf die Stühle und setzte sich ebenfalls.

Peter holte einmal tief Luft, dann kam er zur Sache: „Wir haben Ihren Mann heute Morgen tot aufgefunden". Er machte eine Pause.

Christine Perna schaute sie an. „Möchten Sie vielleicht etwas trinken? Kaffee oder Tee?" Sie sagte das mit völlig normaler Stimme.

„Frau Perna", Regina legte ihre Hand vorsichtig auf den Arm von Christine Perna, und fragte eindringlich: „Haben Sie verstanden, was mein Kollege Ihnen gerade gesagt hat? Ihr Mann ist tot."

„Ich möchte jetzt einen Tee trinken." Frau Perna hatte noch immer nicht zuerkennen gegeben, ob sie sie verstanden hatte, und stand auf.

Scheiße, dachte Peter, sie steuerte direkt auf einen Zusammenbruch zu. Er stand ebenfalls auf und hielt Christine Perna vorsichtig am Arm fest.

„Frau Perna, meine Kollegin kann Ihnen den Tee kochen, bitte hören Sie mir erst einmal zu."

Sie sah ihn direkt an. Die braunen Augen hatten plötzlich nicht mehr diesen hilflosen Reh-Blick. Vielleicht hatte er sich auch einfach von ihrer zerbrechlichen Erscheinung irritieren lassen, und sie hatten ihn nie gehabt. Obwohl sie von unten zu ihm auf schauen musste, wirkte sie plötzlich nicht mehr klein, sondern voller Konzentration. Er kannte die Geschichte des Toten und seiner Frau nicht, noch nicht. Er wusste nicht, ob die Ehe gut gewesen war, er wusste nichts von ihrer Liebe und ihrem Glück, ihrem Sex, nichts von Schuld und Schulden. Er wusste nur: Carlos Perna, Christine Pernas Mann, war gestorben.

„Ich habe gehört, was Sie gesagt haben. Carlos ist tot. Doch bevor Sie mir mehr erzählen, koche ich Tee. Das ist meine Art, damit umzugehen. Ich konzentriere mich auf etwas anderes. Genau wie ich es bei einer OP machen muss. Ich werde mich nicht schreiend auf sie stürzen oder jetzt schluchzend zusammenbrechen."

Er ließ sie los. Regina folgte ihr in die Küche.

„Frau Perna, das ist etwas, dass man nicht verdrängen kann."

Blitzschnell drehte sich die Chirurgin zu Regina um: „Wissen Sie was? Im alten Griechenland hat man die Überbringer schlechter Nachrichten getötet. Manchmal denke ich, das war gar keine schlechte Idee!" Ihre Stimme bebte vor unterdrückter Wut.

Holla, Regina hatte sie aus der Reserve gelockt. Und sie war noch nicht fertig: „Ich habe einen richtig schlimmen Nachtdienst hinter mir. Wissen Sie, wie das ist? Gestern Morgen um 8 Uhr habe ich begonnen. Wenn dann um 17 Uhr die meisten nach Hause gehen, beginnt mein Nachtdienst. Und wenn ich Pech habe, komme ich keine Minute zum Schlafen. Wenn sie nach 20 Stunden im Dienst noch einen Blindarmdurchbruch operieren müssen, geht das nur mit Konzentration und dem Ausschließen aller persönlichen Befindlichkeitsstörungen, wie zum Beispiel Müdigkeit oder irgendwelchen Emotionen. Davon kann ein Menschenleben abhängen und mein ganzer Beruf. Und jetzt kommen Sie und wollen mir etwas von Verdrängung erzählen. Ich beherrsche mich, weil das etwas ist, was ich kann! Und wissen Sie was? Für das, was ich dabei verdiene, würde nicht mal eine Putzfrau aufstehen. Das Ganze nennt sich nämlich Bereitschaftsdienst, es könnte ja sein, dass man zum Schlafen kommt, anstatt zu arbeiten. Nur leider kann man das viel zu selten!"

Mozart war aufgesprungen und stellte sich wachsam ganz dicht an Christine Perna heran. Er schaute aufmerksam zwischen ihr und Regina hin und her.

Regina hob beschwichtigend die Arme, sagte aber nichts.

Christine Perna kochte den Tee und kam zurück an den Tisch. Peter und Regina nahmen wieder Platz. Mozart hatte sich so gesetzt, dass sein Kopf auf Christines Schoß lag.

Was ein feines Gespür für Stimmungen dieser Hund hat, dachte Peter.

„Was ist passiert?", fragte Christine dann endlich.

„Ihr Mann hatte einen Autounfall."

„Wo und wann?"

„Zwischen Frankfurt und Bergen, heute Morgen gegen sechs Uhr dreißig."

„Hatte er getrunken?" Plötzlich fing ihre Hand an zu zittern. Sie stellte die Teetasse ab: „Ist noch irgendjemandem etwas passiert? War er alleine im Auto?"

„Es wurde niemand sonst verletzt. Er hatte wohl getrunken. Wer hätte denn mit ihm im Auto sitzen können?"

Sie schüttelte abwehrend den Kopf. „Ich weiß nicht, vielleicht einer von seiner Band. Sie hatten gestern einen Gig."

„Einen Gig?“

„Ja, einen Auftritt.“

Sie schwieg und nahm nun die Tasse in beide Hände, so als wollte sie sich wärmen. Vielleicht half es ihr aber auch, das Zittern zu unterdrücken.

„Hat ihr Mann öfter etwas getrunken, wenn er noch fahren musste?“, fragte Peter vorsichtig weiter.

„Ab und zu“. Sie machte eine Pause. „Er verträgt sehr viel.“ Ihre Stimme war jetzt leise und voller Müdigkeit.

„Haben Sie sich nicht gewundert, dass er heute Morgen nicht zu Hause war?“

Sie sah ihn völlig ausdruckslos an. Er war sich nicht sicher, ob sie seine Frage verstanden hatte.

„Warum kommt eigentlich die Kriminalpolizei, um mir das mitzuteilen?“, fragte sie plötzlich.

„Frau Perna, ich kam an der Unfallstelle vorbei und mir viel auf, dass die Pupillen ihres Mannes stecknadelkopf-klein waren.“

Er wollte gerade fortfahren, als sie ihm ins Wort fiel:„Sie hätten aber groß und weit sein müssen. Alkohol und Tod“, sagte sie wie zu sich selber. „Das klingt nach Heroin, so ein Idiot! Er hatte mir versprochen, die Finger davonzulassen!“

Noch bevor sich Peter und Regina von ihrer Verblüffung erholen konnten, klingelte das Telefon. Christine Perna machte keinerlei Anstalten hinüber ins Büro zugehen und abzunehmen. Der Anrufbeantworter sprang an und war deutlich zu hören: „Hey Carlos du Arschloch, falls du mal wieder zu Hause bist, denk an unsere Kohle! Noch mal lassen wir uns heute Abend nicht verarschen!“ Klick, der erboste Anrufer hatte aufgelegt.

Christine war aufgesprungen und lief ins Büro. Peter und Regina folgten ihr.

Hektisch fingerte sie am Anrufbeantworter herum. Peter hielt ihre Hand fest. „Wissen Sie, wer das eben war?“

„Nein, ja ich weiß nicht, ich wollte es gerade noch mal hören." Sie ließ sich auf einen Bürosessel sinken.„Ich glaube, ich kann Ihnen jetzt keine Fragen mehr beantworten. Bitte sagen Sie mir, wo ich Carlos später finden kann. Ich werde jetzt eine Schlaftablette nehmen und mich hinlegen."

Sie stand auf und jetzt sah es aus, als wäre sie in Trance.

„Frau Perna, sollen wir Ihnen Ihre Freundin Frau Konnert hinaufschicken?" Regina sah sie fragend an.

„Ja. Barbara, das wäre vielleicht nicht schlecht." Sie machte Anstalten das Zimmer zu verlassen.

„Ich würde das Band aus dem Anrufbeantworter gerne mitnehmen", meinte Peter. „Ich lege Ihnen unsere Karte hier hin."

„Warum? Ist es ein Fall für die Kripo, wenn man mit „Arschloch" beschimpft wird oder wenn man so blöd war, Heroin zu nehmen?" Spöttisch schaute sie ihn an.

„Sie waren selbst erstaunt, als Sie das eben gehört haben. Es könnte wichtig sein."

„Nehmen Sie es mit! Wichtig?" Sie lachte hysterisch: „Wer bestimmt, was wichtig ist?" Und damit ließ sie die beiden samt Mozart stehen und ging nach oben.

3.

Sie baten Barbara Konnert, nach ihrer Freundin zu sehen, verabschiedeten sich und verließen das Haus. Peter schloss das Auto auf, und sie machten sich auf den Rückweg nach Frankfurt.

„Was denkst du?", fragte er Regina nach einer Weile.

„Hm, ich bin mir nicht so sicher. Was hat dich veranlasst, um eine gerichtliche Obduktion zu bitten?"

„Ich kann es dir nicht genau sagen. Mir waren die engen Pupillen aufgefallen. Natürlich kann er einfach Drogen genommen und getrunken und sich dann ins Auto gesetzt haben und losgefahren sein. Aber er sah erst mal nicht so aus: Teure Klamotten, ein gepflegtes Äußeres, und ich habe keinerlei Einstichstellen an den Armen gefunden."

„Vielleicht hat er nicht die Arme genommen."

„Ja, mag sein. Wenn ich jetzt höre, er hat in einer Band gespielt und gerne getrunken und seine Frau hält es immerhin für möglich, dass er Heroin genommen hat, bin ich mir gar nicht mehr so sicher."

„Auch wenn sie ihn dann einen Idioten nannte."

„Wir müssen einfach die Obduktion abwarten."

Peter setzte Regina wieder an ihrem Auto bei der Fertighaussiedlung ab. Hintereinander fuhren sie weiter zum K3.

Bei diesem schönen Wetter waren viele Fahrradfahrer unterwegs. An einer Ampel beobachtet Peter eine junge Frau, die sowohl vor- als auch hinter sich im Kindersitz ein Kleinkind balancierte, was einwandfrei zu gelingen schien. Ihm viel ein, dass er versprochen hatte seine Frau zurückzurufen,

Er tippte Marions Handy-Nummer ein und fragte sie nach dem Elternabend: „Geht es ums Thema Drogenprävention?"

„Ja, und hast versprochen hinzugehen, damit ich zur Probe kann!" Ihr Ton besagte schon, dass er es ja nicht wagen sollte, sich zu drücken. „Die Schüler sind mit eingeladen."

„Meinst du nicht, Marlene hat genug Wissen zu dem Thema? Sie bekommt durch mich sehr viel mehr mit als andere 15-Jährige."

„Sie möchte mit dir da hin, gerade weil du darüber etwas erzählen kannst."

Er wurde ungeduldig: „Ach Marion, das ist doch Unsinn. Ich habe vermutlich einen neuen Fall. Da muss ich nicht völlig bescheuerte Elternfragen beantworten. Es ist sinnvoller, wenn die

Schüler mal hier zu uns kommen, um mehr zu erfahren. Die stellen ja doch nicht die Fragen, die sie interessieren, wenn die Eltern daneben stehen."

„Na dann kannst du das ja mal heute Abend anregen. Ich habe Probe. Und das weißt du schon seit drei Wochen! Und übrigens: Einen Fall hast du immer, das ist eben dein Job!"

Sie hatte aufgelegt.

„Scheiße!", fluchte Peter vor sich hin. Seit einem Jahr reagierte Marion seiner Meinung nach immer öfter viel zu heftig, wenn er ihr einfach vernünftig etwas klar machen wollte. Plötzlich war ihre Probe wichtiger als sein Job. Von was lebten sie denn eigentlich? Na gut, sie ging auch arbeiten. Marlene war inzwischen schon fünfzehn und Marion konnte nachmittags oft von zu Hause aus arbeiten. Aber das hatte sie schon immer so gemacht. Und sie hatte ihm den Rücken immer frei gehalten. Er hatte nun mal keine 40-Stunden-Woche! Doch seitdem sie wieder mit dem Theaterspielen angefangen hatte, drehte sich alles nur noch um die Proben.

Er war am K3 angekommen, stieg aus dem Wagen und ließ das unerfreuliche Gespräch hinter sich.

4.

Die nächsten zwei Stunden gingen mit Papierkram drauf. Peter las einen gerade eingetroffenen Obduktionsbericht: Ein bekannter Anwalt war in der vorherigen Woche in einer Apfelweinkneipe tot zusammen gebrochen. Offensichtlich hatte er einen Herzinfarkt erlitten, es gab keine Hinweise auf ein Verbrechen. Diesen Fall konnte man also als abgeschlossen betrachten, was man von dem Raubmord an einem Juwelier aus der Innenstadt noch nicht behaupten konnte. Wie schön wäre es, wenn man wie Kommissar Derrick immer nur einen Fall zu bearbeiten hätte, einen Fall, der auch immer lösbar war.

Ob Carlos Perna überhaupt ein Fall war? Peter hatte das Band aus dem Anrufbeantworter der Pernas Stefan gegeben, der war der Technik- Freak im Team. Weder von ihm noch von dem Gerichtsmediziner Schreier hatte er bis jetzt etwas gehört. Er überlegte gerade, dass er sich beim asiatischen Schnellimbiss was holen könnte, als es draußen laut wurde.

„Lassen Sie mich sofort zu ihm. Man hat mir gesagt, er sei der Richtige!"

Peter öffnete die Tür. Regina hatte das Zimmer vor ihm, zusammen mit Stefan. Mitten im Raum stand eine kleine, korpulente Frau. Sie hatte Jeans an, in die sie sich besser nicht reingequetscht hätte, ein schreiend gelbes T-Shirt und Flip-Flops. Sie trug Zehenringe und ihre schwarzen, krausen Haare waren zu einem Pferdeschwanz nach oben gezwirbelt. Ihr farbiges und hübsches Gesicht glänzte vor Schweiß, oder war es Erregung?

„Können wir etwas für Sie tun?" Peter sah sie fragend an.

„Oh ja, das können Sie. Ich möchte sofort mit Kommissar Scheuermann sprechen und es ist mir egal, wobei ich ihn gerade störe!"

„Na, dann kommen Sie mal herein! Der Kommissar steht bereits vor Ihnen." Peter hielt seine Tür auf.

„Ah, sagen Sie das doch gleich. Ich bin Louisa."

„Louisa, aha und wie weiter?"

„Das hätte ich mir denken können, dass diese Schlampe nicht einmal meinen Namen erwähnt hat!" Von einem Moment auf den anderen brach sie in lautes Schluchzen aus.

Peter schaute Regina und Stefan fragend an. Regina trat auf Louisa zu. „Louisa, wenn Sie uns nicht Ihren ganzen Namen sagen und uns erzählen, warum Sie zu Herrn Scheuermann möchten, können wir Ihnen nicht helfen."

„Ich bin Louisa Perna." Sie schluchzte laut weiter.

Peter und Regina sahen sich an. Dann gab Peter Regina einen Wink, ihm zu folgen und schob Louisa Perna auf einen der beiden Stühle, die vor seinem Schreibtisch standen.

„Sie sind verwand mit Carlos Perna?"

„Natürlich! Ich bin doch seine Schwester. Aber das hat diese Schlange Ihnen natürlich nicht gesagt. Für die bin ich Luft. Stellen Sie sich vor, ich musste es von ihrer Freundin erfahren." Ihr Gesicht hatte sich vor Wut verzerrt. „Mein Bruder ist tot, und meine feine Frau Schwägerin hält es nicht für nötig, mir Bescheid zu sagen. Die Frau Doktor, schon immer was Besseres gewesen! Ich habe es Carlos gleich gesagt. Aber auf mich wollte er ja nicht hören, jetzt ist es zu spät. Dafür haben die beiden schon gesorgt!" Erschöpft schluchzte sie weiter.

„Frau Perna, wir können Ihnen leider nicht mehr so ganz folgen. Es tut uns sehr leid, was mit Ihrem Bruder passiert ist. Bitte beruhigen Sie sich erst mal!"

„Beruhigen? Sie haben vielleicht Nerven! Was sind sie überhaupt für ein Kommissar? Es ist doch alles klar! Sie ist doch schuld!"

Regina schaltete sich ein: „Frau Perna, Ihr Bruder kam heute Morgen bei einem Autounfall ums Leben. Er hatte wohl etwas getrunken und eventuell Drogen zu sich genommen. Das wird gerade in der Gerichtsmedizin geklärt. Und wir haben dann Frau Dr. Perna über den Tod ihres Mannes informiert und die Freundin, Frau Konnert, gebeten sich um Christine Perna zu kümmern."

„Ha, Freundin. Lesbe wäre wohl die bessere Beschreibung. Ich selbst habe die beiden miteinander erwischt. Und das habe ich auch meinem Bruder erzählt. Ein Kubaner lässt sich keine Hörner aufsetzen. Und noch schlimmer ist es, wenn seine Frau ihn mit einer anderen Frau betrügt. Wie steht er da denn als

Mann da?“ Sie musste Luft holen. Ihr hübsches Gesicht hatte sich zu einer Fratze verzogen.

„Und was denken Sie, ist daraufhin passiert?“, fragte Peter.

„Na, was wohl? Carlos wird ihr deutlich gemacht haben, dass sie ihm als Frau zu gehorchen hat und ihr gezeigt haben, was ein Mann so alles mit seiner Frau im Bett machen kann. Das ist sein gutes Recht!“

Peter empfand plötzlich Ekel vor dieser selbstgerechten Frau, aber sie würde ihnen möglicherweise auch wichtige Hinweise liefern, deshalb sah er Regina warnend an, die sicherlich gleich Louisa ins Wort fallen würde, um ihr zu sagen, was ein Mann ihrer beider Meinung nach mit seiner Frau alles nicht tun durfte.

„Das ist sicherlich eine schlimme Geschichte“, er suchte nach den richtigen Worten: „Aber was hat das mit dem Unfall zu tun?“

„Ich weiß nicht, wie sie es hingedreht hat, oder alle beiden Lesben zusammen. Garantiert hatte sie die Finger mit im Spiel. Ich habe es Carlos gleich gesagt. Sie ist keine Frau für ihn. Hat mehr Geld verdient als er. Hielt sich immer für was Besonderes. Und er hat noch behauptet, er würde sie lieben! Sie weiß nicht, wie man sich einem Mann gegenüber verhalten muss.“ Ihre Stimme wurde schrill:„Vielleicht hat sie ihm was in den Drink getan. Denn das kann ich Ihnen versichern: mit Drogen hat er nie zu tun gehabt!“

„Warum sind Sie sich da so sicher?“

„Herr Kommissar! Louisa Perna beugte sich nach vorne und legte ihren dicken Busen auf seinem Schreibtisch ab. Aus zusammengekniffenen Augen musterte sie ihn, als sei er ein besonders widerliches Insekt: „Carlos war nicht blöd. Wahrscheinlich hat die Ihnen nur erzählt, dass er in einer Band spielen würde? Was glauben Sie wohl, wie er Fräulein Doktor kennen gelernt hat? Er war ein erfolgreicher Pharma-Vertreter und hat die Kliniken mit Medikamenten versorgt. So haben sie sich kennen gelernt. Die

Band war anfangs nur sein Hobby. Aber mit der Zeit hatten sie immer mehr Erfolg. Da hat er den Pharma-Krempel gelassen. Sie hat doch genug Geld verdient! Aber Drogen hätte er niemals angerührt. Wir haben uns alle zwei Tage gesehen, das hätte er nicht geheim halten können!" Frau Perna ließ sich wieder in den Stuhl zurückfallen, der nun gefährlich nach hinten wippte.

Peter und Regina schwiegen eine Weile.

„Frau Perna, habe ich es richtig verstanden, dass Sie Ihre Schwägerin bezichtigen, etwas mit dem Unfall zu tun zu haben?" Nun hatte Peter sich nach vorne gebeugt, konnte allerdings nicht mit der gleichen Masse aufwarten.

„Ja, deswegen bin ich ja hier. Mein armer Carlos!"

Noch bevor sie wieder in haltloses Schluchzen ausbrechen würde, stand er auf.

„Dann kommen Sie bitte mit. Frau Kolb wird zusammen mit Herrn Meier ihre Aussage aufnehmen. Hier ist meine Karte. Sie können mich anrufen, wenn Ihnen noch etwas einfällt."

Auch Regina hatte sich erhoben und etwas zögernd folgte ihr Louisa Perna. Es war ihr deutlich anzumerken, dass sie sich lieber weiter mit Peter unterhalten hätte. Der schnappte sich seine Jacke und flüchtet nach draußen.

5.

Peter lief die Miquellallee entlang Richtung Schnellimbiss. Dort angekommen stellte er fest, dass ihm der Appetit vergangen war. Er kaufte nur eine Cola und drehte wieder um. An der Pforte sagte er kurz Bescheid und setzte sich dann in sein Auto und fuhr los. Er würde mal bei Jochen Schreier, dem Gerichtsmediziner, vorbeischauen. Vielleicht hatte der ja schon etwas für ihn. Ein merkwürdiger Fall. Vielleicht hatte er heute Morgen völlig falsch gelegen mit seinem Bauchgefühl? Andererseits war da noch Louisa Perna, die ihrer Schwägerin die Schuld an Carlos' Pernas Unfall in die Schuhe schob. Doch durfte man diese Frau überhaupt ernst nehmen? Es war ganz klar, dass sie neidisch und eifersüchtig auf Christine Perna war. Und solche Frauen waren zu allem fähig. Vielleicht wollte sie sich jetzt einfach an ihrer Schwägerin, die ja etwas „Besseres" war, rächen?

Wie er es auch durchdachte: Solange er nicht irgendetwas von der Gerichtsmedizin erfahren würde, kam er nicht weiter.

Sein Handy klingelte. Es war Stefan. Sie hatten die Aussage von Louisa Perna aufgenommen und er hatte sich endlich mit dem Band befassen können. „Es sind zwei neue Nachrichten von heute drauf. Wusstest du das?"

„Nein, was für Nachrichten sind das denn?"

„Na ja, ich habe da ein paar Schwierigkeiten. Ich glaube, es ist Spanisch. Und Spanisch kann ich nicht. Jedenfalls ist es die Stimme eines Mannes. Es sind laute Hintergrundgeräusche mit auf dem Band, so wie in einer Kneipe."

„Uhrzeit?"

„5.45 Uhr"

„Es muss also eine Kneipe ohne Sperrstunde sein, aber davon gibt es mittlerweile ja viele, nicht nur in Frankfurt. Such dir jemand, der es übersetzt. Wenn ich nachher zurückkomme, möchte ich den Text auf dem Schreibtisch haben." Er drückte Stefan weg.

Kurze Zeit später bog er in die Kennedyallee ein und fand sogar einen Parkplatz direkt vor der Gerichtsmedizin.

Als er das Gebäude betrat, ärgerte er sich, dass er seine Jacke im Auto hatte liegen lassen. Er hatte wieder vergessen, wie kalt es hier war.

Peter fragte sich zu Dr. Schreier durch. Dieser stand über die offene Brust einer Leiche gebeugt und fischte gerade mit der Pinzette darin herum.

„Ach, der Herr Kommissar persönlich. Sehen Sie es mir nach, wenn ich Ihnen nicht die Hand gebe." Er hob seine Hände mit den blutverschmierten Handschuhen grinsend hoch.

„Ich möchte nicht wissen, was da noch alles dran klebt!"

„Schade, ich hätte es Ihnen in allen Einzelheiten erzählen können."

„Ich bin mehr an den Einzelheiten, die zu Carlos Pernas Tod geführt haben interessiert."

„Ah, der fein gekleidete Kubaner. Musste ihm leider seine schicken Klamotten ausziehen. Was gar nicht so einfach war. Er kam ziemlich zerknittert hier an."

„Und schon etwas dabei rausgekommen?"

„Nun mal nicht so ungeduldig. Normalerweise hätte ich erst die Schusswunde dran nehmen müssen. Den Kubaner habe ich nur vorgezogen, weil es hätte sein können, dass er was intus hat, was sich nach ein paar Stunden wieder abbaut."

„Mensch Schreier, jetzt spannen sie mich nicht so auf die Folter! Ist er nun ein Fall für die Kripo oder nicht?"

„Ja. Er hatte nicht nur Alkohol im Blut, sondern auch Fentanyl."

„Und das heißt?"

„Dass man das als gesunder Mensch eigentlich nicht im Blut haben sollte."

Peter atmete geräuschsvoll aus. Ein Teil der Anspannung in ihm ließ nach. Sein Gefühl hatte ihn nicht getrogen.

„Fentanyl, was genau ist das?"

„Synthetisches Morphium. Wirkt noch schneller und präziser."

„Und wie wirkt es?"

„Ich mache Ihnen einen Vorschlag. Gehen Sie hoch und lassen Sie sich von meiner Sekretärin einen Kaffee kochen. In zehn

Minuten bin ich mit dem hier fertig. Dann erzähle ich Ihnen alles über Fentanyl."

Peter war es nur lieb, den Raum verlassen zu können. Er nickte Schreier zu und machte sich auf die Suche nach dessen Sekretärin. Er wusste, dass er diesen eigenartigen Geruch nach Formalin und Tod nicht so schnell aus der Nase bekommen würde.

Eine Viertelstunde später gesellte sich Schreier zu ihm. Wie immer standen seine weißen Haare ab und seine Augen funkelten gutmütig hinter der Brille. Er war klein und drahtig, Ende fünfzig und schien immer zu grinsen.

„Was halten Sie von einer kleinen Runde unten am Main? Ich nehme mein Brot mit, hatte noch keine Gelegenheit, heute Mittag was zu essen."

„Mir soll's recht sein. Ich habe auch noch nichts gegessen, aber ich glaube, das wäre jetzt auch das Letzte, was ich bräuchte."

Schreier kicherte. „Ihr Leute von der Kripo seid nur äußerlich so taff. Da drinnen", dabei tippte er Peter auf die Brust, „sieht es ganz anders aus!"

Sie marschierten los. Peter ließ Schreier zuerst sein Brot essen. Fünf Minuten später setzten sie sich am Main auf eine Bank. Radfahrer fuhren eilig an ihnen vorbei, und ein Lastkahn fuhr den Main hinunter. Nach wie vor schien die Sonne und langsam wurde es Peter wieder warm.

Schreier eröffnete das Gespräch: „Jetzt zum Fentanyl. Es findet zum einen Anwendung in der Medizin. Bei kleineren Operationen, aber auch in der Schmerztherapie. Bei heftigsten Schmerzen, zum Beispiel Krebserkrankungen."

„War Carlos Perna krank?"

„Nein, eine Erkrankung, die Fentanyl indiziert hätte, können wir ausschließen. Da wäre er nicht mehr in der Lage gewesen, herumzulaufen, geschweige denn Auto zu fahren."

„Die Frage lautet: Wie kam das Fentanyl in Carlos Perna hinein?"

Schreier drehte belustigt den Kopf. „Das zu klären ist doch, glaube ich, Ihre Arbeit, oder?"

„Ich meine, welche Möglichkeiten gibt es Fentanyl zu verabreichen? Könnte man es einfach in einen Drink schütten?"

„Weniger. Es gibt Pflaster, die den Wirkstoff über die Haut abgeben und man kann es spritzen."

„Ich konnte, zumindest an den Armen, keine Einstichstellen sehen."

„Diese Einstiche sind so fein, die nehmen Sie nicht so mit dem bloßen Auge wahr."

„Fentanyl wird also in der Schmerztherapie eingesetzt. Davon stirbt man aber nicht, richtig?"

„Richtig, er hatte aber eine Überdosis. Diese Menge verabreicht man einem Sterbenden, wo es nur noch darum geht, so weit wie möglich die Schmerzen auszuschalten. Und er hatte getrunken. Das zusammen reicht aus, um ins Koma zu fallen."

„Können Sie mir sagen, wie lange er das Fentanyl schon im Körper hatte?"

„Noch nicht. Dazu muss ich morgen erst noch ein paar Tests durchführen. Er schien auch in ziemlich guter körperlicher Verfassung zu sein. Er konnte das also besser wegstecken als ein Kranker."

„Okay, er war also nicht krank. Was gibt es außerdem zu Fentanyl zu sagen?"

Schreier fuhr fort: „Man nennt es auch ‚Weißes Heroin'. Es ist um ein Vielfaches stärker als Heroin. Schon wenige Milligramm sind tödlich. Man muss es also strecken, oder genauestens dosieren. Jetzt befinden wir uns mitten in der Drogenszene."

„Wenn er sich damit einen Schuss gesetzt hat, ohne zu wissen, wie viel stärker es ist, dann..."

„Dann ist das tödlich."

„War er drogenabhängig?"

„Nein, davon habe ich nichts entdecken können."

„Wie komme ich an Fentanyl dran?"

„Über die Klinik, über den Arzt, die Apotheke, natürlich nur mit besonderem Rezept. Oder Sie haben ihr eigenes, heimliches Labor. Ein guter Chemiker ...", er ließ den Satz bedeutungsvoll ausklingen.

„Wie kann es sein, dass ein Arzt die engen Pupillen übersieht und einen Tod durch Alkohol und Unfallfolge bescheinigt?"

Schreier lachte: „Das Opfer hatte doch offensichtlich einen Unfall und den Alkohol konnte man riechen. Warum dann noch nach etwas anderem suchen? Wir haben einen Spruch in der Gerichtsmedizin: Wenn auf jedem Grab, in dem einer liegt, der angeblich eines natürlichen Todes gestorben ist, obwohl er eines nicht natürlichen Todes gestorben ist, ein Licht blinken würde, wäre der Friedhof hell erleuchtet."

Er stand auf.

„Ich muss jetzt zurück. Um 16 Uhr kommen meine Studenten. Habe ihnen schon lange eine Wasserleiche versprochen und heute haben sie Glück." Er rieb sich in freudiger Erwartung die Hände.

Glück?, dachte Peter. „Naja Glück ist relativ."

Peter blieb noch eine Weile sitzen. Es gab also zwei unterschiedliche Richtungen zu verfolgen: Hatte irgendjemand Carlos Perna das Zeug verabreicht, mit der Absicht, ihn zu töten? Dann war die Frage nach dem Motiv am Wichtigsten. Oder hatte er es selbst genommen und für Heroin gehalten? Dann war die Frage, wo kam der Stoff her? War davon noch mehr im Umlauf? Würde es weitere Todesfälle geben, weil es falsch gestreckt war? Oder hatte Herr Perna sich mit voller Absicht eine Überdosis gespritzt?

6.

Auf dem Rückweg zum K3 holte er sich dann wenigstens noch ein paar Pommes, die genau so schmeckten, wie sie aussahen: fettig und salzig. Die würden ihm jetzt noch den ganzen Nachmittag im Magen liegen. Morgen würde er sich die Zeit nehmen, richtig zu essen.

Stefan hatte ihm das Band zum Abhören vorbereitet und einen ordentlich getippten Zettel auf den Schreibtisch gelegt.

Die erste Nachricht, eine Männerstimme, lautet übersetzt: Hi Süße, freu dich, ich komme dich gleich besuchen!

Die zweite Nachricht kannte er ja bereits: Hey Carlos du Arschloch, falls du mal wieder zu Hause bist, denk an unsere Kohle! Noch mal lassen wir uns heute Abend nicht verarschen!

Er hörte sich die Aufnahme an und machte sich Notizen:

1. Nachricht:

- *Wer ist der Mann, auf den Christine Perna sich freuen sollte? Hatte er nicht gewusst, dass sie Nachtdienst hatte, oder was bedeutete: gleich?*
- *Von wo aus ruft er an? Kneipe, den Geräuschen nach zu urteilen.*
- *Ist es überhaupt wichtig, von wo aus er anruft? Ja, falls die Stimme zu Carlos gehört.*
- *Falls die Stimme nicht zu Carlos gehört: Hat Christine Perna ein Verhältnis mit einem anderen Mann?*

2. Nachricht:

- *Wem schuldet Carlos Perna Geld? Es müssen mehrere sein, mit denen er sich dann heute Abend treffen sollte.*
- *Wann hat er wen verarscht?*
- *Was bedeutet: „Falls du mal wieder zu Hause bist?“*

Plötzlich viel ihm siedend heiß etwas ein: Das Handy! Carlos Perna hatte doch bestimmt ein Handy bei sich gehabt. Wo waren überhaupt seine persönlichen Sachen wie Portemonnaie, Schlüssel und was man eben so bei sich hatte? Er hatte gepennt. Die Sachen waren bestimmt auch bei Schreier gelandet und er hätte sie mitnehmen können. Jetzt musste er noch mal jemanden rüberschicken.

Er griff zum Telefon und wählte die Nummer von Schreiers Sekretariat. Aber niemand hob ab. Er sah auf die Uhr: 17.00 Uhr. Die Sekretärin ließ wohl auch überpünktlich den Stift aus der Hand fallen, und Schreier hatte jetzt seine Studenten. Da war wohl nichts zu machen, er musste sich bis morgen gedulden.

Er rief nach Regina: „Trommel mal die ganze Crew zusammen, wir haben unseren Fall. In zehn Minuten treffen wir uns in eurem Büro!"

Alle waren pünktlich. Ein neuer Fall war immer wie ein Neugeborenes: Vorsichtig näherte man sich ihm an, jeder wollte schauen, jeder war leise, hätschelte und tätschelte und war konzentriert. Vielleicht würde gerade dieser Fall ein Karriere-Sprung werden?

Später dann, wenn sie im zähen Sumpf der Ermittlungen feststeckten, was immer wieder vorkam, würden sie ungeduldig werden und mit den Füßen scharren, sich gegenseitig Vorschläge machen oder sogar Unfähigkeit vorwerfen. Und wenn der Fall gelöst war, würden alle erleichtert aufatmen und es schon immer gewusst haben. Doch es gab auch viele Fälle, die nie ganz geklärt wurden. Das waren die unbefriedigenden, die, die einem jahrelang nachhingen, die am Selbstbewusstsein kratzten. Doch am Anfang wusste man nie, was man vor sich hatte.

„Stefan, du eröffnest bitte die Fallakte, und Regina, du kümmerst dich bitte um die Spurenakte. So, und jetzt kann es losgehen." Peter berichtete ausführlich vom heutigen Tag. Angefangen bei dem Unfall, zu dem er zufällig hinzugekommen war, vom

Überbringen der Todesnachricht, von Louisa Pernas Auftritt, von dem Band aus dem Anrufbeantworter sowie seinem Besuch bei der Gerichtsmedizin.

„Hier habe ich mir Fragen zu dem Band notiert. Ich lasse sie jetzt rumgehen und du kannst sie dann in deine Spurenakte aufnehmen, Regina! Ich denke Dreh- und Angelpunkt ist die Frage: Wie kommt man an Fentanyl heran? Offiziell ja nur durch den Arzt oder das Krankenhaus. Da sitzt Frau Dr. Perna natürlich an der Quelle. Das könnte sie schon zu unserer Hauptverdächtigen machen, falls Carlos Pernas Tod beabsichtigt war. Aber wo ist ein Motiv?"

Regina schaltete sich ein: „Wir wissen nicht, mit wem Herr Perna alles zu tun hatte. Vielleicht kannte er ja auch Kollegen oder Kolleginnen seiner Frau und hatte mit ihnen Probleme? Oder ist es möglich Fentanyl aus der Klinik oder einer Arztpraxis zu stehlen?"

„Oder", das war Markus, „kam er da als Pharmareferent vielleicht selber dran? Hatte er so was zu Hause herumfliegen? Hatte er heimliche Kontakte zu einem Labor?"

Es entstand eine kleine Pause.

Lasst uns mal zusammenfassen, was wir von den einzelnen Personen wissen!" Peter hatte eine große Tafel aufgeklappt. Die würde für die nächste Zeit allen als Hinweis dienen und immer wieder ergänzt werden:

„Fangen wir an mit Dr. Christine Perna." Er schrieb den Namen in die linke obere Spalte und darunter in Stichworten alles, was ihnen bislang zu dieser Person bekannt war.

Und so machten sie es dann für alle Personen, die bis jetzt im Fall Carlos Perna aufgetreten waren: Barbara Konnert, Louisa Perna, die Fremden, die von Carlos Geld gewollt hatten und bis jetzt übrigens die Einzigen waren, die ein Motiv gehabt hätten.

Mit einem Blick auf die Uhr beendete Peter das Treffen und beraumte eine neuerliche Zusammenkunft für den nächsten morgen um 8 Uhr an. Stefan grinste schief. Er war bekannt dafür, dass er morgens schlecht raus kam und gerne erst um neun anfing. Nicht alle waren solche Frühaufsteher wie Peter, der dann auch noch angeln ging.

Der Raum leerte sich. Peter ging noch mal in sein Büro. Sein Handy klingelte.

Seine Tochter Marlene rief ungeduldig: „Hallo Papa, wo bleibst du denn? Der Elternabend fängt gleich an!",

Verdammt, er hatte Marion nicht nach der Uhrzeit gefragt.

„Hallo Marlene. Wann fängt er denn an? Nicht um acht?"

„Ach Papa, verkohlen kann ich mich selbst! Er fängt um sieben an, und Mama hat versprochen, dass du mit mir gehst. Du weißt doch, es geht um Drogenprävention!"

„Marlene, wir haben nie über eine Uhrzeit gesprochen. Ich bin noch im Kommissariat. Wir haben einen neuen Fall. Geh du schon vor, ich komme direkt dort hin nach!"

„Wie peinlich ist das denn?! Dann dreht sich jeder um, wenn du reinkommst. Und du kennst nicht mal den Film, der am Anfang gezeigt wird. Dann kannst du eh nicht mitreden!"

„Marlene, eine andere Möglichkeit sehe ich jetzt nicht!"

„Aber ich. Bleib einfach wo du bist und arbeite an deinem neuen Fall, wie immer. Mama ist zur Probe, auch wie immer. Und ich gehe mit Kerstin und ihren Eltern hin! Tschüss!"

„Es tut mir leid, Marlene ... Marlene?"

Sie hatte genervt aufgelegt.

Peter starrte noch eine Weile auf sein Mobiltelefon. Dann riss er sich zusammen und schlug sein Notizbuch auf, in das er die Telefonnummern von Frau Dr. Perna und Frau Konnert notiert hatte. Mal sehen, ob er jemanden erreichte.

Er ließ es lange läuten, aber bei Frau Dr. Perna nahm niemand ab. Bei Frau Konnert hatte er mehr Glück.

„Barbara Konnert?"

„Frau Konnert, guten Abend. Kommissar Scheuermann am Apparat. Ich würde Ihnen gerne noch ein paar Fragen stellen."

„Ja, natürlich. Ich dachte mir schon, dass Sie sich noch mal melden würden. Jetzt wo wir wissen, dass Carlos nicht nur einen Unfall hatte."

„Woher wissen Sie das?"

„Christine Perna war in der Gerichtsmedizin, sie musste ihn ja identifizieren. Sie kennt Dr. Schreier noch vom Studium. Er hat es ihr gesagt."

„Wie hat sie es aufgenommen?"

„Schlecht. Sie ist ohnmächtig geworden und mit dem Kopf aufgeschlagen. Jetzt liegt sie mit einer Gehirnerschütterung in der Uniklinik."

Mist, jetzt werden wir so schnell nicht an sie rankommen, fuhr es ihm durch den Kopf.

Laut äußerte er ein paar verständnisvolle Worte.

„Herr Scheuermann, möchten Sie später noch mal anrufen? Jetzt ist es schlecht. Ich war gerade dabei, Mark ins Bett zu bringen."

„Eigentlich würde ich Sie gerne persönlich sprechen. Wie sieht es morgen bei Ihnen aus?"

„Morgen kann ich nicht. Da bin ich den ganzen Tag auf einem Seminar." Sie machte eine Pause: „Wie lange arbeiten Sie denn heute noch?"

„Heute?"

„Ja, sonst kommen sie doch noch kurz vorbei. Weg kann ich nicht wegen Mark. Aber wenn Sie jetzt losfahren, kann ich Mark in der Zeit ins Bett bringen und dann beantworte ich noch Ihre Fragen. Einschlafen kann ich nach dem Tag sowieso nicht so schnell!"

„Okay, dann fahre ich jetzt los. Ich denke, ich werde Sie nicht länger als eine halbe Stunde aufhalten." Er legte auf. Hanau lag ohnehin auf dem Heimweg.

Außer Stefan, der noch die Fallakte zusammenstellte, waren alle verschwunden.

Er verließ das Büro und fuhr los.

7.

Während Peter im Hintergrund Bachs Goldberg-Variationen laufen hatte – die Aufnahme mit Martin Stadtfeld als Pianist fand er sensationell – machte er sich Gedanken über Dr. Christine Perna.

Sie hatte kaum reagiert, als er ihr sagte, dass ihr Mann einen tödlichen Autounfall hatte. So etwas kam vor, oft unmittelbar vor einem Zusammenbruch. Doch Christine Perna war nicht zusammengebrochen. Im Gegenteil, sie hatte Regina und ihm eindrucksvoll demonstriert, dass sie sich in jeder Situation auf andere Dinge konzentrieren konnte. Lediglich als Regina von Verdrängung sprach, hatte sie Gefühle gezeigt. Und zwar Wut. Wut auf die dummen Beamten, die sie mit der Todesnachricht nicht so fertig werden ließen, wie sie es wollte oder konnte? Wut, weil sie dachte, von ihr würde eine andere Reaktion erwartet werden? Irgendwas war da, doch er bekam es nicht zu fassen ...

Doch am Spätnachmittag hatte sie es nicht mehr gekonnt: Sie war in der Gerichtsmedizin ohnmächtig geworden, wenn das stimmte, was Frau Konnert ihm erzählt hatte. Hatte sie die Nachricht, dass ihr Mann an einer Überdosis Fentanyl gestorben war zusammenbrechen lassen?

Peter nahm sein Handy und sprach eine Erinnerung drauf: „Dr. Schreier anrufen und über Besuch von Frau Dr. Perna berichten lassen und fragen, wann genau der Zusammenbruch stattgefunden hat.“

Und falls sie den Zusammenbruch nicht beim Anblick des Ehemannes sondern bei der Nachricht, dass er Fentanyl im Blut hatte, erlitten hatte, was konnte das bedeuten?

Wenn sie selbst dafür verantwortlich war, könnte es sein, dass sie sich entdeckt fühlte. Ihr sorgfältig ausgetüftelter Plan, war dadurch, dass ein Kommissar zufällig an der Unfallstelle erschienen war und die engen Pupillen des Toten bemerkt hatte, in die Hosen gegangen. Schon 20 Stunden nach Verabreichung hätte man das Fentanyl nicht mehr nachweisen können.

Wie auch immer, vor Gericht hätte es keine Bedeutung, wann sie zusammen gebrochen war: Sie würde immer einen Psychologen finden, der ihr bescheinigte, dass so etwas auch zeitversetzt passierte. Er als Kommissar aber durfte und musste in alle möglichen Richtungen denken, um zum Ziel zu kommen.

Er bog von der B8/40 in den Kreisel an der Gustav-Hoch-Straße ab und war zwei Minuten später in der Beethovenstraße angekommen.

8.

Er wollte gerade klingeln, als er bemerkte, dass die Haustür nur angelehnt war. Er trat in den Hausflur, und gleichzeitig öffnete sich ihre Wohnungstür. Er erschrak, weil er nicht mit dem großen, schwarzen Hund gerechnet hatte.

„Mozart, komm rein!“, sagte sie leise und zu ihm gewandt: „Guten Abend, Sie kennen ihn ja schon. Er ist einfach nur neugierig. Gott sei Dank bellt er nicht, Mark ist gerade eingeschlafen, deswegen habe ich auch die Haustür nur angelehnt, von der Klingel wird er manchmal noch wach.“

„Guten Abend, haben Sie jetzt Mozart zu sich genommen?“

„Ja klar, er ist sowieso immer bei mir, wenn Christine Dienst hat, eigentlich teilen wir ihn uns. Aber kommen Sie doch bitte herein."

Die Wohnung war vom Schnitt genauso, wie die obere Wohnung. Die Zimmertüren links und geradeaus waren geschlossen. Rechts ging es in eine große Wohnküche mit Sofa und Fernsehecke. Er hörte leise Musik, wenn ihn nicht alles täuschte, waren das die Eagels.

Es roch angenehm nach Olivenöl, angedünsteten Zwiebeln und ganz leicht nach Knoblauch. Sein Magen knurrte.

Barbara Konnert zeigte auf die Eckbank: „Bitte, nehmen Sie doch Platz. Ich habe gerade angefangen, mir etwas zu kochen. Ich bin vorher einfach nicht dazu gekommen. Mögen Sie etwas mitessen?" Sie fragte das, als sei es die natürlichste Sache der Welt, abends um halb neun einen Kommissar, den sie am Morgen zum ersten Mal gesehen hatte, zum Essen einzuladen.

Er räusperte sich: „Frau Konnert, danke, das ist sehr nett, aber ich werde Sie nicht länger als dreißig Minuten aufhalten."

„Danke ja, oder Danke nein? Es gibt Thunfischspaghetti und Tomaten mit Mozzarella", sagte sie lächelnd.

Sein Magen knurrte laut und vernehmlich und auch ein bisschen vorwurfsvoll.

„Das ist Antwort genug". Sie lachte leise: „Ich koche jetzt weiter und dabei können Sie mir gerne Ihre Fragen stellen. Soweit ich sie beantworten kann, tue ich das gerne. Dann essen Sie zum Abschluss einen Teller voll Spaghetti mit, oder ist das nicht erlaubt?"

Ihre grünen Augen blickten ihn an. Man konnte untergehen in ihnen. Es tanzten Lichter darin. Sie ist ein Kobold, musste er spontan denken, oder eine Hexe. Und zugegebener Maßen eine sehr hübsche Hexe.

Er riss sich los: „Doch, ich denke das ist in Ordnung. Vielen Dank."

Sie holte Gläser und schenkte ihm ungefragt Wasser ein. Dann nahm sie ein Brettchen und schnitt Paprika in ganz feine Streifen. Sie blickte auf: „Fangen Sie ruhig an, was möchten Sie wissen?"

„Wie lange kennen Sie Dr. Perna?"

„Christine? Wir sind zusammen auf die gleiche Schule gegangen. Sind also bestimmt schon zwanzig Jahre befreundet."

„Eng befreundet?"

„Ich würde sie als meine beste Freundin bezeichnen, wenn es das ist was Sie wissen wollten."

„Und Carlos Perna, wie lange kannten Sie ihn?"

„Seit ziemlich genau drei Jahren"

„Wie haben Sie ihn kennen gelernt?"

„Als Mark und ich hier in die Wohnung gezogen sind."

„Und wann haben ihre Freundin Christine und Carlos geheiratet?"

„Ungefähr acht Monate vorher, also vor knapp vier Jahren."

Sie wandte sich um und fügte die Paprikastreifen zu den fein gewürfelten Zwiebeln und dem Knoblauch in die Pfanne. Während sie mit ein paar raschen Bewegungen umrührte, schaltete sie das Nudelwasser ein.

Er hatte Gelegenheit, den sich abzeichnenden String zu bemerken.

„Sie wundern sich jetzt, dass ich Carlos nicht schon früher kennen gelernt habe, stimmt' s?"

„Ja, von einer besten Freundin, hätte ich erwartet, dass Sie bei der Hochzeit dabei waren, oder Christine Perna Ihnen Carlos schon früher vorgestellt hätte."

„Unter normalen Umständen bestimmt", sie machte eine Pause, hatte sich am Tisch abgestützt und sah ihm dann direkt ins Gesicht:

„Als Christine Carlos kennen lernte, war mein Mann schon sehr krank. Unser Sohn Mark war damals drei. Ich hatte in dieser Zeit nur telefonischen Kontakt zu Christine, wir haben in Hannover gelebt. Zur Hochzeit konnten wir nicht kommen, weil mein Mann im Sterben lag."

Er konnte den Schmerz in ihren Augen sehen und blickte sie entschuldigend an:

„Das tut mir leid. Ich wollte Ihnen nicht zu nahe treten."

„Es ist schon okay, wahrscheinlich müssen Sie das fragen und ich komme schon ganz gut damit zurecht, finden Sie nicht?", sie setzte ein schiefes Lächeln auf und wandte sich wieder zum Herd um. Sie kippte den Thunfisch in die Pfanne und zusätzlich eine Chilischote.

Leise sagte sie: „Er war dreißig. Er hatte Darmkrebs."

„Das muss schlimm gewesen sein, auch für Sie."

„Ja, es war eine sehr schlimme Zeit. Nach Michaels Tod wusste ich eine Weile lang nichts mit mir anzufangen. Ich hatte ihn die letzten zwei Monate zu Hause gepflegt, seine Eltern haben sich weitestgehend um Mark gekümmert. Von heute auf morgen hatte ich nichts mehr Sinnvolles zu tun. Meine Schwiegereltern klammerten sich an Mark, als könnte er Michael ersetzen. Christine war zur Beerdigung gekommen und zwei Monate später besuchte sie mich noch mal in Hannover. Sie machte mir klar, wie sehr Mark mich braucht und dass ich die Verantwortung für ihn hätte und nicht meine Schwiegereltern. Dass es auch mein Leben sei und dass ich es angehen müsse. Sie sagte: Michael hätte gewollt, dass du dir mit Mark ein Leben aufbaust! Sie hatte recht und auch ich brauchte Mark sehr. Sie schlug vor, ich solle zurück nach Hanau kommen. Hier war ich groß geworden, hier wohnt noch mein Vater. Sie bot mir diese Wohnung hier an. In den ersten zwei Jahren habe ich keine Miete zahlen müssen, jetzt kann ich es wieder. Ich putze und bügele für Christine und passe auf Mozart auf. Christine hat mich auch gedrängt, weiter zu lernen, um einen guten Job zu bekommen. Christine war da, als ich sie am meisten gebraucht habe!"

Das Nudelwasser kochte und Dampf kam unter dem Deckel hervor.

Sie hob den Deckel vom Wassertopf, tat Salz, einen Schuss Olivenöl und dann die Spaghetti hinein und schaltete die Temperatur zurück und rührte um.

Sie goss einen Schluck Weißwein in die Pfanne und schmeckte dann alles mit Pfeffer, Salz und gekörnter Brühe ab.

Dann stellte sie Teller und Besteck auf den Tisch.

„Was möchten Sie noch wissen?"

„Wie würden Sie mir Carlos Perna beschreiben? Was für eine Art Mensch war er?"

„Er war Kubaner, ist aber hier groß geworden. Er hatte schulterlange, krause schwarze Haare, schwarze Augen, ungefähr so groß wie ich, also 1,75 Meter. Muskulös, durchtrainiert, kein Gramm Fett. Wenn er wollte, hatte er ein sehr einnehmendes Wesen, ein mitreißendes Lachen. Ein Sunny-Boy."

„Und wenn er nicht wollte?"

Zögernd antwortete sie: „Er konnte ziemlich jähzornig werden, wenn etwas nicht nach seinem Kopf ging. Christine kannte ihn natürlich sehr viel besser als ich."

Aus dem Kühlschrank nahm sei eine Flasche Rosé, öffnete sie fachmännisch und stellte noch zwei Weingläser dazu.

„Wo hat Ihre Freundin ihn kennen gelernt?"

„In der Klinik. Damals war er Pharmareferent."

„Damals?" Den Teil kannte er schon von Louisa Perna.

„Ja, seit ungefähr einem Jahr hat er sich ganz seiner Band gewidmet. Sie waren gut. Haben gerade eine CD aufgenommen."

„Und wie heißt die Band?"

„La via, übersetzt: der Weg"

„Wie viele Mitglieder hatte La Via?"

„Sie sind, nein waren zu viert. Carlos war der Sänger."

„Und die anderen drei?"

„Toni Gittarrist, Jack Keyboard und Alex Schlagzeug."

„Wissen seine Bandmitglieder schon von seinem Tod?"

„Ich denke Christine hat sie angerufen. Sie hätten heute Abend gespielt."

Sie ging erneut zum Kühlschrank und nahm einen vorbereiteten Teller mit Tomaten und Mozzarella heraus. Mozart folgte ihr neugierig und versuchte seinen Kopf in den Kühlschrank zu stecken. Sie schob ihn mit Nachdruck zur Seite.

„Das Basilikum ist frisch aus dem Garten, hinten an der Mauer wächst es ganz geschützt", teilte sie ihm dann mit.

„Wie hat Frau Dr. Perna reagiert, als Carlos seine Tätigkeit als Vertreter aufgegeben hat?"

„Es war in Ordnung für sie. Er hatte Erfolg und Spaß."

„Aber, wenn er abends immer unterwegs war, hatten sie nur noch wenig gemeinsame Zeit?"

Jetzt lächelte sie spöttisch: „Was glauben Sie, wie viele Abende eine Chirurgin, die im Krankenhaus arbeitet zu Hause ist, oder wie viele Wochenenden?"

„Klären Sie mich auf!", entgegnete er gelassen.

„Also, im Schnitt hat Christine zwei Mal in der Woche Nachtdienst, das heißt, sie arbeitet gut vierundzwanzig Stunden am Stück. Dann kommt sie morgens nach Hause, schläft und steht am nächsten Tag ganz normal um acht Uhr morgens wieder im OP. Zusätzlich hat sie dann noch entweder samstags oder sonntags vierundzwanzig Stunden Dienst."

„Das heißt aber auch, dass Frau Perna sehr wenig gemeinsame Zeit mit ihrem Mann hatte, wenn er dann auch noch unterwegs war."

„Es wäre ihr unfair vorgekommen, wenn sie für sich das Recht herausgenommen hätte so zu arbeiten, und es ihm nicht zugestanden hätte."

„Wäre das denn für ihn im Zweifelsfall ein Grund gewesen, darauf zu verzichten?"

„Nein, ein Mann wie Carlos tut, was er glaubt, tun zu müssen. Aber es macht die Sache leichter, wenn seine Frau damit einverstanden ist, meinen Sie nicht?"

„Sicher", er nickte. Vielleicht hatte Frau Dr. Perna auch einfach aus der Not eine Tugend gemacht und akzeptiert, was nicht zu ändern war.

„Sie sagten mir, Frau Dr. Perna würde in der Uniklinik liegen? Wie geht es ihr?"

Ich habe ihr vorhin noch Sachen gebracht. Sie ist völlig apathisch. Morgen Abend werde ich wieder nach ihr sehen."

„Heute Morgen schien sie sehr gefasst."

„Ja, sie ist sehr stark. Aber diesmal hat sie sich, glaube ich, selbst überschätzt."

„Wie ging es ihr, als Sie zu ihr nach oben gingen?"

„Sie war müde, erschöpft, durcheinander. Ich verstehe es noch nicht, hat sie immer wieder gesagt. Ich habe sie überredet sich hinzulegen und eine Schlaftablette zu nehmen. Am Spätnachmittag ist sie dann in die Gerichtsmedizin gefahren. Sie wollte nicht, dass ich sie begleite. Es wäre auch schwierig mit Mark gewesen."

Sie drehte sich wieder zum Herd.

„Die Nudeln sind gut." Barbara Konnert hatte mit der Spaghetti-Zange ein paar zum Probieren aus dem großen Topf gefischt. „Gleich geht es los!" Sie schüttete die Nudeln ins Sieb, ließ sie abtropfen und dann in eine große Schüssel gleiten. Dann goss sie einen ordentlichen Schwung Olivenöl darüber. „Das ist mein Lieblingsöl, Estronell, aus Spanien." Sie nahm seinen Teller, tat einen Schwung Spaghetti drauf und mit einer Schöpfkelle die Thunfischsoße. Mit dem zweiten Teller machte sie es genauso. „Nur noch mischen und dann guten Appetit." Sie stellte die Teller auf den Tisch.

„Danke, da habe ich ja echt Glück gehabt, das riecht wirklich toll."

„Na hoffentlich schmeckt es Ihnen auch so gut, wie es riecht. Ich trinke dazu ein Glas Rosé. Sind Sie noch im Dienst, oder möchten Sie auch eins?"

„Danke nein, ich muss noch fahren."

„Sind Sie immer so brav?" Wieder diese grünen Augen.

Er musste aufpassen. Er saß hier mit, ja mit wem überhaupt? Mit einer Frau, die irgendwie mit seinem Fall zusammen hängen könnte. Sie war die beste Freundin der Ehefrau des Toten. Und er saß ganz vertraut mit ihr am Küchentisch beim Essen. Noch dazu mit einer sehr attraktiven Frau. Eine Frau, die ihn eben provozierend gefragt hatte, ob er immer so brav sei. Im Hintergrund lief jetzt Hotel California.

„Ja", antwortete er, „immer."

Sie lachte ihn an. „Wer 's glaubt. Stille Wasser sind tief ..."

Doch dann wurde sie wieder ernst: „Entschuldigen Sie bitte, ich wollte Sie nicht in Verlegenheit bringen. Ich habe das Gefühl, dass der Wein mir jetzt gut tun würde. Dieser Tag war grauenhaft. Und ich brauche Irgendetwas, um mich ein bisschen zu betäuben." Sie schenkte sich ein. „Wenn Sie wirklich nichts wollen, stelle ich die Flasche erst mal wieder kühl."

Er schüttelte den Kopf.

„Übrigens auch ein Spanier, wie das Öl. Ich kenne keinen Rosé, der eine vergleichbare Frucht hätte. Kommt aus dem Terra Alta. Kennen Sie sich ein bisschen mit Wein aus?" Sie stellte die Flasche weg.

„Ja, meine Frau und ich trinken sehr gerne Wein. Im Terra Alta hätte ich jetzt mehr den Rotwein angesiedelt."

„Den gibt es da auch überwiegend. Aber in Gandesa, einem kleinem Bergdorf gibt es das Weingut Barbara Forés. Frau Forés produziert einen der fünf besten Rotweine Spaniens und macht seit zwei Jahren diesen Rosé."

„Wie kommen Sie nach Gandesa?"

„Gar nicht, Freunde von meinem Vater haben den Wein auf Mallorca entdeckt, und mein Vater hat ihn dann bestellt."

„Teuer?"

„Der Rosé? Nein, um die fünf Euro, der Rotwein allerdings liegt bei 18 € pro Flasche."

„Na dann, Salut!" Er hob sein Wasserglas und prostete ihr zu. „Die Spaghetti schmecken phantastisch!"

„Das freut mich!"

Eine Weile aßen sie schweigend. Sie füllte beide Teller noch mal nach und schenkte sich noch ein Glas Wein ein.

„Satt?", fragte sie dann.

„Ja, vielen Dank. Darf ich Ihnen noch eine letzte Frage stellen?"

„Bitte, ich hoffe ich kann sie noch klar beantworten. Langsam spüre ich den Wein."

„Mochten Sie Carlos Perna?"

Ihr Gesicht wurde starr. Sie ließ sich Zeit mit der Antwort.

„Man muss den Mann seiner besten Freundin nicht zwangsläufig mögen", sagte sie dann zögernd. „Wie ich vorhin schon sagte, er hatte ein sehr einnehmendes Wesen."

„Aber Sie konnte er nicht für sich einnehmen?"

„Herr Scheuermann, Carlos Perna war ein absoluter Macho, eine Art Platzhirsch, wenn Sie verstehen, was ich meine. Er war der King, seine Meinung die einzig richtige. Ein Mann, der verlangt, dass Frauen sich ihm unterordnen. Damit kann ich nichts anfangen."

„Und Ihre Freundin Christine?"

Sie zögerte wieder „Ich erzähle Ihnen ja nur meine Sicht der Dinge. Ich glaube, sie liebte ihn wider alle Vernunft." Sie zuckte hilflos die Schultern.

Er stand auf, nicht ohne seinen Teller in die Spüle zu stellen. Ganz wie zu Hause, fuhr es ihm plötzlich durch den Kopf. Es wurde Zeit, zu gehen.

Sie hatte sich ebenfalls erhoben.

„Vielen Dank für das leckere Essen. Ich halte Sie jetzt nicht mehr länger auf."

„Gern geschehen, ich hoffe ich konnte Ihnen weiterhelfen!"

Sie begleitete ihn nach draußen. Mozart drängelte sich vorbei.

„Sind sie so gut und machen das Gartentor hinter sich richtig zu? Mozart will noch mal seine Runde im Garten drehen."

Er nickte und verabschiedete sich etwas unbeholfen.

Vor dem Haus atmete er einmal tief durch, stieg dann ins Auto und fuhr los. An der Ampel überfiel ihn schlagartig die Müdigkeit. Kein Wunder, er war um vier Uhr am Morgen aufgestanden. Die schöne Bachforelle schien Tage zurückzuliegen. Doch irgendwie war es in seinem Beruf ähnlich wie beim Angeln. Erst, wenn alle Details zusammen passten, würde er den Fang machen. Vielleicht liebte er deshalb sowohl den Beruf als auch das Angeln.

Er kurbelte das Fenster ganz herunter, ließ die frische Luft herein und fuhr nach Hause.

Mittwoch

1.

Am nächsten Morgen hatten sich alle pünktlich um acht Uhr eingefunden. Stefan klammerte sich an seinem Kaffeebecher fest. Man konnte ihm ansehen, dass er noch nicht ganz wach war. Seine Klamotten waren genauso knitterig wie sein Gesicht.

Peter berichtete, dass Frau Dr. Perna in der Uniklinik lag und erzählte dann von seinem Besuch bei Barbara Konnert. Die Spaghetti ließ er allerdings beiseite.

Die Erkenntnisse des Vorabends trug er in Stichworten auf der Tafel ein.

„So, jetzt würde ich gerne mal wissen, was euch durch den Kopf geht", meinte Peter. „Einfach frei assoziieren, was euch zu dem Fall für Gedanken kommen!"

Das machten sie zwischendurch immer mal wieder: Sie ließen ihren Gedanken freien Lauf, ähnlich einer Angelschnur, die man mal in die eine und wieder in die andere Richtung auswarf, dann ein bisschen mit der Strömung treiben ließ um sie wieder aufzukurbeln und wieder neu zu beginnen. Auf diese Weise fischten sie das ganze Gebiet langsam ab, und irgendwo würde vielleicht etwas aufgewirbelt werden, etwas hängen bleiben.

„Regina, machst du bitte den Anfang?"

„Was ist von Louisa Pernas Behauptung zu halten, dass Dr. Perna und Barbara Konnert eine lesbische Beziehung unterhalten?"

„Tja, das ist schwer zu beurteilen. Frau Konnert war verheiratet und hat einen Sohn. Auch Christine Perna war verheiratet."

„Was überhaupt nichts zu besagen hat!" Stefan schien aufgewacht zu sein. „Wenn mich nicht alles täuscht, ist das Markus-Krankenhaus, an dem Frau Dr. Perna arbeitet, ein streng katholisches Krankenhaus. Die sehen es gerne, wenn man verheiratet ist. Vielleicht wollte sie da auch einfach ein paar Gerüchten vorbeugen. Oder es war ihr Versuch, von ihrer Freundin loszukommen, die vielleicht nach dem Tod ihres Mannes sehr anlehnungsbedürftig war."

„Wie wäre es, wenn wir erst mal mit Frau Konnert oder Frau Dr. Perna sprechen, ob es die Kuschelszene, die Louisa Perna beschrieben hat, überhaupt gegeben hat?

Vielleicht haben sie sich einfach nur im Arm gehalten und Trost gesucht, so wie beste Freundinnen das eben machen?" Beate aus dem Büro ganz vorne rechts.

„Ganz davon abgesehen ist es nicht strafbar, lesbisch zu sein", meinte Ralph trocken, auch Büro vorne rechts.

„Es könnte aber vielleicht ein Motiv sein", meinte Regina. „Angenommen, Christine und Barbara lieben sich wirklich, dann war Carlos im Weg. Scheidung kam nicht in Frage, das wäre im Krankenhaus bestimmt nicht gut angekommen. Wir sollten mal überprüfen, wie lange sie einen Vertrag hatte. Vielleicht wäre der ja bald ausgelaufen und ein Skandal ganz schlecht gewesen."

Peter nickte nur und machte sich eine Notiz. Auffordernd sah er in die Runde.

„Wo kam Carlos Perna her? Kam er direkt von seinem Gig? Mit wem war er in den letzten Stunden zusammen? Wie schnell wirkt Fentanyl? Wenn Frau Dr. Perna Nachtdienst hatte, was hatte sie dann für eine Gelegenheit ihm das Zeug zu verabreichen?"

„Vielleicht hat aber auch Christine Perna ihren Mann wirklich geliebt und Barbara Konnert war total eifersüchtig auf ihn. Dann hätte Frau Konnert ein Motiv"

„Vielleicht ein Motiv, aber wie kommt sie an Fentanyl?“

„Das ist eine Frage, die wir bei jedem noch klären müssen. Lasst euch davon im Moment nicht beeinflussen. Macht weiter.“

„Was ist mit Louisa Perna? Können wir sicher sein, dass ihre Geschwisterliebe echt ist? Sie schien ziemlich darauf erpicht zu sein, Christine Perna und Barbara Konnert für den Unfall verantwortlich zu machen. Übrigens zu einem Zeitpunkt, als wir noch nicht wussten, dass Carlos an einer Überdosis starb!“

„Vielleicht bestand aber auch gar nicht die Absicht, Carlos Perna zu töten. Er kann den Stoff als Heroin gekauft haben, sich damit einen Schuss gesetzt haben und da es viel zu stark war hat er das nicht überlebt.“

„Die Leute, denen Carlos Geld schuldet. Wer sind sie? Schulden sind immer ein starkes Motiv. Dr. Schreier schließt aus, dass Carlos Perna drogensüchtig war. Vielleicht hatte er aber mit der Szene zu tun? Er könnte das Zeug gekauft und ausprobiert haben, um damit zu handeln.“

Peter nickte zustimmend und schrieb wieder etwas auf seinen Zettel. „Zum gegenwärtigen Zeitpunkt können wir auch Selbstmord nicht ausschließen.“

Es wurde still. Eine knappe Minute verstrich.

„Okay, das reicht erst mal. Stefan, du rufst bitte im Sekretariat von Dr. Schreier an und fragst nach den persönlichen Gegenständen des Toten: Handy, Portemonnaie etc. Falls wir das schon haben können, hol es bitte ab und leg es mir auf den Schreibtisch. Frag die Sekretärin auch, wann ich noch mal rüber kommen kann, um den Doktor zu sprechen. Ich will alles über den Zusammenbruch von Christine Perna wissen.

Regina, du rufst bitte mal in der Uniklinik an und fragst, wann wir Dr. Perna einen Besuch abstatten können. Vielleicht können wir diese beiden Punkte verbinden. Und dann ergänze bitte unsere Spurenakte und leg sie auf mein Laufwerk.

Danke, das war's. Wir treffen uns um 16.30 Uhr wieder, um alles zusammenzutragen."

Peter setzte sich an seinen Schreibtisch, nachdem er die Versammlung aufgelöst hatte und in sein Büro gegangen war.

Er sah seine Notizen durch. Wenn Regina die Spurenakte aktualisiert hatte, würde er das eine oder andere vielleicht noch hinzufügen und ausdrucken. Der Ausdruck diente ihm dann als Notizblock. Es hatte sich schon mehr als einmal als hilfreich erwiesen, immer alles vor sich zu sehen.

Er kramte die Nummer von Luisa Perna hervor. Sicherlich konnte er von ihr die Telefonnummern von den anderen Bandmitgliedern erfahren. Wenn sie wirklich so eng mit ihrem Bruder gewesen war, wie sie behauptete. Er schaltete um, auf „Nummer unterdrücken". Er wollte nicht, dass sie schon vorher sah, wer anrief.

Eine verschlafene Männerstimme meldete sich. „Hallo?"

„Kommissar Scheuermann am Apparat. Ich möchte gerne mit Frau Louisa Perna sprechen."

„Frau Louisa Perna", äffte ihn die Stimme nach um dann laut zu brüllen: „Lou, Telefon!"

Peter hielt den Hörer etwas weg. Der Fremde hatte ihm direkt ins Ohr gebrüllt. Es dauerte länger als eine Minute, und er war schon kurz davor wieder aufzulegen, als eine Frauenstimme sich meldete:

„Hallo?"

„Louisa Perna?"

„Ja, und wer sind Sie?" Ihre Stimme klang ungeduldig aber um einiges wacher als die von dem Fremden.

„Kommissar Scheuermann. Sie waren gestern auf unserem Revier und ich hätte noch ein paar Fragen an Sie."

„Ah, der Herr Kommissar persönlich!“ Er hörte das Klicken eines Feuerzeuges und dann pustete sie ins Telefon. „Und was hat die Schlampe meinem Bruder in den Drink getan?“

„Frau Perna, ich wollte Sie fragen, ob Sie die Mitglieder aus der Band ihres Bruders kennen?“ er war nicht bereit, ihr am Telefon von dem Fentanyl zu erzählen. Sie würden sie morgen noch mal einbestellen.

„Sicher kenn ich die.“

„Vielleicht können sie mir die Telefonnummern von einem von ihnen geben?

„Die haben bestimmt nichts damit zu tun!“

„Können sie mir jetzt weiterhelfen?“

„Moment, ich hol mein Handy.“

Klack, der Hörer wurde hingeknallt, schien kein schnurloses Telefon zu sein.

Gab es so was überhaupt noch?

Wieder eine Minute warten, dann kam sie zurück:

„Also hier die Nummer von Toni. Das ist der Gittarrist.“ Sie nannte ihm eine Handynummer. „Aber versuchen sie es um Gotteswillen nicht vor elf Uhr, die schlafen alle lang!“

„So wie der Herr, den ich eben am Telefon hatte?“

„Markos? Ja, der schläft auch länger. Nicht alle haben so einen Rhythmus wie Sie, Herr Kommissar. Es gibt auch Leute, die bis in die Morgenstunden arbeiten müssen!“

„Gehören Sie auch dazu?“

„Nein, kann ich sonst noch etwas für Sie tun?“

„Ja, kommen Sie bitte morgen Nachmittag noch mal bei uns im Büro vorbei. Klappt es um 15.00 Uhr?“

„Ja, geht klar. Noch was?“

„Nein, also bis morgen!“ Er legte auf, noch bevor sie das tun konnte. Sie schien es ja sehr eilig zu haben.

Ein Blick auf die Uhr: Es war erst halb elf. Er würde noch einen anderen Anruf tätigen. Er kramte die Visitenkarte von

Dr. Hübner, der zuerst an der Unfallstelle gewesen war, hervor. Vielleicht hatte er Glück und der Doktor war nicht gerade im OP.

Er wählte, diesmal ließ er seine Nummer sichtbar.

Eine Frauenstimme meldete sich:„Sekretariat Chefarzt Dr. Hübner, Beier, guten Tag?“ Er kritzelte Beier auf seine Schreibtischunterlage. Es war immer gut, wenn man wusste, mit wem man gesprochen hatte.

„Peter Scheuermann, Kriminalpolizei Frankfurt, guten Tag. Ich möchte gerne mit Herrn Dr. Hübner sprechen.“

„Tut mir leid. Dr. Hübner hat Urlaub. Kann ich Ihnen irgendwie weiterhelfen?“

„Ist er morgen wieder im Haus?“

„Nein, erst übermorgen, aber er steht ab 8 Uhr im OP. Am besten versuchen sie es dann nach 15 Uhr noch mal.“

„Hören Sie, können Sie mir bitte seine Privatnummer geben? Es ist wichtig. Wir hatten gestern Morgen bei einem Verkehrsunfall zusammen zu tun, und er hat mir nur seine Visitenkarte von der Klinik gegeben.“

„Also seine Privatnummer kann ich Ihnen auf gar keinen Fall geben. Bitte haben Sie dafür Verständnis. Es kann sich ja jeder Anrufer als Kommissar ausgeben, das kostet mich im Zweifelsfall meinen Job.“

„Frau, eh ...“ er warf einen Blick auf sein Gekritzel. „Frau Beier, ich verstehe natürlich Ihre Position. Es gibt jetzt zwei Möglichkeiten. Entweder schicke ich Ihnen einen Beamten vorbei, der sich ausweisen wird und dann von Ihnen die Nummer bekommt, oder Sie geben mir jetzt wenigstens seine Privatadresse. Sie können auch mal auf ihr Display schauen. Dort sehen sie die Nummer vom K3. Wenn Sie das durch einen Rückruf überprüfen wollen?“

Er konnte ihr Zögern richtig spüren.

„Also gut, dann gebe ich Ihnen die Adresse. Moment bitte.“

Er konnte sie durchs Büro laufen hören. Kurz darauf war sie wieder am Apparat.

„Es ist die Nördliche Ringstraße 34, in 63477 Maintal."

„Besten Dank, auf Wiederhören!" Peter legte auf.

Sein Blick viel auf den Kalender. Ach du Scheiße! Auch das noch. Heute war der 06.Juni! Sein Hochzeitstag. Und er hatte es glatt vergessen. Normalerweise hatte Marion immer ein kleines Geschenk für ihn am Frühstückstisch stehen und er Blumen für sie. Abends gingen sie dann Essen. Diesmal hatten sie nicht vorher darüber gesprochen. Warum eigentlich nicht? Marion wusste doch, dass er sich private Termine einfach nicht so merken konnte. Sie hatte ihn doch immer gefragt: „Wollen wir schön Essen gehen, es ist der 06.06.?" Sonst deckte Marion am Abend zuvor auch schon immer den Frühstückstisch, aber gestern war sie wohl zu spät heim gekommen, und er hatte auch nicht daran gedacht. Deswegen hatte er heute in der Küche stehend nur schnell einen Kaffee getrunken, ganz beschäftigt mit seinem neuen Fall, und wie er zugeben musste auch noch mit Barbara Konnert, einer beeindruckenden Frau. Marion war gerade aufgestanden, als er losfuhr und Marlene hatte wohl später Schule, von ihr war auch nichts zu sehen gewesen. Na Bravo, und dass nachdem er gestern auch noch den Elternabend verpasst hatte. Wie schnell sich die Stimmung ändern konnte: Gestern Morgen, als er zum Angeln ging, war noch alles in bester Ordnung gewesen und jetzt war er der Buhmann geworden.

Er wählte Marions Nummer: „Hi, alles Liebe zum Hochzeitstag!"

„Oh, dir auch!" Ihre Stimme klang etwas frostig.

„Hör mal, es tut mir leid, dass ich es heute Morgen vergessen habe, ich war in Gedanken".

Sie unterbrach ihn: „Du warst in Gedanken ganz bei deinem neuen Fall!" Es klang ironisch.

„Sonst erinnerst du mich doch immer an solche Termine."

„Jetzt bin ich auch noch Schuld, wenn du unseren Hochzeitstag vergisst? Das ist ja das Größte!“ Nun war sie richtig sauer.

„Du weißt, dass es so nicht gemeint war“, er machte eine Pause. Keine Reaktion von ihr. „Wollen wir heute Abend schön Essen gehen?“

„Und wenn dir dann schon wieder dein Fall dazwischen kommt?“

„Oh Marion“, langsam wurde er auch ungeduldig. „Du weißt genau, ich würde dieses Essen nur im äußersten Notfall absagen. Manchmal kann ich es mir halt nicht aussuchen.“

„Also gut, dann versuchen wir es eben. Schaffst du es bis 20 Uhr?“

„Ja, das schaffe ich. Mach dir mal Gedanken, wo du hin möchtest. Bis dann!“

Puh, wenigstens hatte er es nicht ganz vergessen. Blumen würde er nachher unterwegs noch besorgen können.

Stefan klopfte und schob sich im selben Moment schon zur Tür herein.

„Ich hab die persönlichen Sachen von Carlos Perna.“

Er legte ein Portemonnaie und einen Schlüsselbund auf Peters Schreibtisch.

„Handy?“, fragte Peter. „Hatte er irgendwo ein Handy?“

„Ja, hatte er. Aber leider steckte das wohl in der Brusttasche seines Hemdes.“

Er zog mir spitzen Fingern einen Plastikbeutel aus seiner Manteltasche. Darin war ein undefinierbarer Klumpen blaues Metall zu sehen.

„Viele Grüße von Dr. Schreier. Was hier fehlt, steckt in der Brust von Perna. Wenn du damit etwas anfangen kannst, puhlt er es noch raus ...“ Stefan grinste.

„Danke, ich glaube, darauf verzichten wir. Gib das aber trotzdem der Spurensicherung. Vielleicht können die ja zaubern.“

Regina steckte den Kopf durch die Tür: „Die Spurenakte liegt auf dem Laufwerk F!“

„Danke, wenn ihr schon beide hier seid, können wir uns die Sachen hier auch zusammen ansehen.“

Peter griff zuerst nach dem Schlüsselbund. Ein Stoff-Tiger war daran befestigt. Von dieser Sorte Anhänger gab es alles Mögliche. Peter kannte das von Marlene, die schon eine Giraffe, einen Pinguin und ein rosa Schweinchen gehabt hatte. Süß! Er hatte nicht gewusst, dass auch Erwachsene so etwas mit sich herumtrugen.

Dann gab es da vier Schlüssel.

„Der kleine hier könnte ein Briefkastenschlüssel sein, was meint ihr?“ Peter hielt den Bund hoch.

„Ja“, Regina nickte. „Und das hier sieht nach einem Haustürschlüssel aus.“ Sie tippte auf einen flachen, kantigen Schlüssel, der wie ein Sicherheitsschlüssel aussah.

„Der hier“, Stefan zeigte auf einen ebenso flachen, aber am Kopf runden, „könnte dann für die Wohnung sein, aber das kann man ja ausprobieren.“

„Und dann bleibt immer noch einer übrig. Am besten fragen wir Frau Perna, sowie wir zu ihr dürfen“, meinte Peter und legte den ganzen Bund aus der Hand.

Er griff nach der Geldbörse, ein dunkelblaues Aigner Portemonnaie. Er klappte es auf. Vorne auf der linken Seite fünf Einschübe für Karten. Er fand eine Eurocard, eine Scheckkarte von der Sparkasse Hanau, eine Tankkarte und zwei Visitenkarten von Carlos Band La Via. Sie zeigten einen Feldweg, und am Rande des Weges einen Stuhl, auf dessen Sitzfläche ein Strohhut lag. Auf der Rückseite war eine Internetadresse angegeben. Auf der rechten Seite der Börse war das Kleingeldfach. Hier fanden sie neben ein paar Cent -Stücken und zwei Euro-Münzen ein kleines, dünnes Plastikblättchen. Peter hob es fragend hoch.

„Ein Plektron“, meinte Regina. „Man benutzt es zum Gitarre spielen. Zum Anschlagen der Saiten, wenn man nicht die Finger zum Zupfen nimmt. Ergibt einen etwas härteren Klang. Bei uns liegen die Dinger überall rum, seit Lukas Gitarrenunterricht nimmt.“

„Okay, ein Plektron. Er war zwar der Sänger der Band, aber vielleicht konnte er ja auch Gitarre spielen.“

„Oder er hatte es für seinen Gitarristen dabei.“, meinte Stefan.

Im hinteren Teil befanden sich zwei lange Fächer für Scheine. Hier fanden sie 130 € und dazwischen eine kleinen Zettel, der aussah, als wäre er aus einem Notizbuch gerissen worden. Darauf stand Mario und eine Handynummer. Dann war da noch der Personalausweis, dessen Plastikrand an der oberen Seite etwas geknickt war, da er offensichtlich zu groß für das Fach war. Das ganze Portemonnaie wölbte sich leicht, was darauf schließen ließ, das Carlos es immer in der hinteren Hosentasche getragen hatte, wie die meisten Männer es taten. Kein Bild von Christine, seiner Frau. Kein Hinweis auf irgendetwas Ungewöhnliches.

Stefan fasste die Sache zusammen: „Hm, nicht gerade viel. Wir können nur mal diese Handynummer anrufen.“

Das Telefon klingelte. Peter nahm ab und lauschte eine Weile. Er bedeutete Regina und Stefan, da zu bleiben. Er stieß einen Pfiff aus. „Das ist interessant. Vielen Dank. Ihr bekommt auch noch einen blauen Metallklumpen, der mal ein Handy war. Vielleicht könnt ihr ja damit noch etwas anfangen. Bis später.“

Er legt auf. „Was glaubt ihr wohl, was die Spurensicherung in Pernas Wagen gefunden hat?“

„Heroin?“, fragte Regina

„Spritzen?“, fragte Stefan.

„Nein. Geld. Und zwar 20.000,– Euro. Sie lagen einfach unter der hinteren Fußmatte.“

„Vielleicht ist das das Geld, das er dem Anrufer auf dem Band schuldet?“

„Oder das Geld von seinem Auftritt? Wie viel verdient man da wohl an so einem Abend?“, überlegte Regina laut.

„Ich glaube, es wird höchste Zeit, dass wir uns mal mit einem Mitglied aus der Band unterhalten“, meinte Peter. „Regina liste du bitte die Fundsachen auf, Stefan, du findest bitte heraus, wer dieser Mario von dem Zettel ist, wenn du ihn erwischst, bestell ihn bitte ein, und ich versuche, jemanden von der Band zu erreichen.

2.

„Ja, hallo?“ Toni, der Gitarrist der Band, klang nicht verschlafen, als Peter ihn anrief.

Peter nannte ihm seinen Namen und seinen Dienstgrad.

„Spreche ich mit Toni Lebert?“

„Ja, worum geht's?“

„Herr Lebert, mir wurde gesagt, Sie sind Mitglied der Band La Via, in der auch Carlos Perna war.“

„Ja, das stimmt. Carlos hatte gestern einen Autounfall. Er ist tot.“

„Ich weiß. Wir ermitteln im Todesfall Perna und möchten Ihnen und den anderen Mitgliedern der Band gerne ein paar Fragen stellen.“

„Was hat denn die Kripo mit dem Unfall zu tun?“

„Das möchte ich gerne mit Ihnen persönlich besprechen. Ist es Ihnen möglich, heute noch hier vorbeizukommen?“

„Wir sitzen eh gerade alle hier bei mir zusammen. War ein Schock, als wir das gestern von Christine erfahren haben. Kommen Sie doch raus zu uns?“

„Wo ist das?“

„Fechenheim, Dieburger Straße.“

Peter überlegte kurz. Der Stadtteil Fechenheim befand sich im Osten Frankfurts. Von dort aus war er in zehn Minuten in Maintal. Das wäre eine Gelegenheit, um auch Dr. Hübner noch einen kurzen Besuch abzustatten.

„Gut, ich bin in einer knappen Stunde da!"

Regina saß wieder vor ihrem PC und gab die Fundsachen von Carlos ein.

„Speicher das mal ab und komm mit! Wir fahren nach Fechenheim, die Bandmitglieder kennen lernen und dann noch auf einen Sprung bei Dr. Hübner vorbei. Vielleicht haben wir ja Glück und er ist da!"

Während Peter die Miquellallee, am Zoo vorbei und dann auf die Hanauer Landstraße fuhr hing jeder seinen Gedanken nach.

„Kannst du bei Gref Völsings kurz halten? Ich habe Lukas Rindswürstchen versprochen, wenn ich das nächste Mal in dieser Gegend bin."

„Keine schlechte Idee, wir können selbst schnell ein paar essen."

Halb Frankfurt traf sich hier, um entweder Rindswürste oder Frankfurter zu essen. Ein kleiner Raum, aber immer voll. Nach Peters Meinung, die besten Rindswürste in ganz Frankfurt.

„Was denkst du bis jetzt über den Fall?" Peter stellte die Frage beim Essen an den Stehtischen. Um sie herum war so viel Trubel, dass keiner auf sie achtete.

„Schwer einzuschätzen. 20.000 € einfach so unter der Fußmatte? Wo hatte er so viel Geld her? Ist es das Geld, das er dem Anrufer schuldet? Ich glaube, wir müssen zuerst so viel wie möglich über Carlos herausbekommen. Was hat er den ganzen Tag gemacht? Was für ein Mensch war er? Was waren seine Ziele, seine Hobbys?"

Peter nickte zustimmend:„Komm, lass uns die Hausaufgaben machen nach Fechenheim fahren. Vergiss deine eingeschweißten Würste nicht!“

Eine viertel Stunde später klingelten sie an der Haustür von Toni Lebert. Der Gitarrist hatte eine verwaschene Jeans an und ein weißes T-Shirt. Er trug einen Ohrring, der gut zu sehen war, da er die dünnen, schwarzen Haare im Nacken zu einem Pferdeschwanz gebunden hatte. Er war barfuss und hielt eine Zigarette in der Hand.

Peter stellte Regina und sich vor.

„Hab schon nach Ihnen Ausschau gehalten. Wir sind unten im Keller im Probenraum.“ Toni Lebert ging vor, eine breite Steintreppe hinunter. Er öffnete eine Stahltür. „Alles schalldicht hier. Musste ich machen lassen. Hatten am Anfang nur Ärger mit den Nachbarn. Waren ständig angepisst. Jetzt ist Ruhe.“

Sie hatten einen etwa 45 Quadratmeter großen, rechteckigen Raum betreten. Peter war angenehm überrascht. Die Wände waren in einem warmen Gelb-Ton gestrichen. An der Stirnseite zeigte eine große Fototapete ein leuchtend blaues Meer mit einem fast weißen Strand und großen Palmen. In der Mitte des Raumes stand ein Klavier und etwas am Rand das Schlagzeug und noch ein Keyboard. An der Wand lehnten zwei Gitarren und mehrere Notenständer. Es gab eine große, sehr gemütlich aussehende Ledercouch, auf der die zwei anderen Bandmitglieder saßen. Davor ein quadratischer Glastisch, auf dem Aschenbecher und Bierdosen standen. Der Sessel war leer.

Auf der gegenüberliegenden Seite stand ein kleiner Schreibtisch.

„Bitte!“ Toni Lebert hatte den Klavierhocker herangezogen und deutete auf ihn und den freien Sessel. „Ich setzte mich mit auf die Couch.“ Er stellte die Mitglieder der Band kurz vor.

Jack Mayle, der Keyboarder, war ziemlich korpulent und hatte leuchtend rote Haare, Alex Baumann, der Schlagzeuger, entpuppte sich als Muskelpaket mit halblangen, lockigen, hellbraunen Haaren. Regina rieb sich verstohlen die Hand, weil er ziemlich feste zugedrückt hatte.

Peter hatte auf der Klavierbank Platz genommen. Da hatte er den besseren Überblick. Der Sessel war zum Versinken, deshalb hatte Regina sich nur auf die äußere Kante gesetzt.

Peter eröffnete das Gespräch. „Wie haben Sie von Carlos Pernas Tod erfahren?"

Toni antwortete: „Christine hat hier angerufen. Sie wusste, das wir uns zur Probe treffen sollten."

„Was genau hat sie gesagt?"

Toni zog an seiner Zigarette und ließ sich Zeit.

„Nicht viel. Sie sagte: Toni, Carlos hatte einen Verkehrsunfall. Er ist tot."

„Und dann?"

„Ich wollte es erst gar nicht glauben. Man liest jeden Tag von irgendwelchen Unfällen. Aber es betrifft doch immer die anderen. Ich habe auf Lautsprecher umgestellt, damit Jack und Alex auch mithören konnten. Ich glaube, wir haben alle durcheinander geredet."

„Was hat Frau Perna noch erzählt?"

„Wir wollten natürlich mehr wissen. Wann und wie und wo es passiert war. Sie konnte nicht so viel dazu sagen. Morgens um halb sieben. Bei der Ampel nach der Fertighaussiedlung bei Bergen. Er hatte wohl etwas getrunken."

Toni machte wieder eine Pause.

„Hat Christine Perna irgendwelche Gefühle gezeigt am Telefon?" Die Frage kam von Regina.

Alex schaltete sich ein. „Wir waren ziemlich mit uns selbst beschäftigt, wir waren geschockt."

„Klang sie verzweifelt, traurig, müde, resigniert oder kühl und sachlich, teilnahmslos?"

„Ihre Stimme war sehr leise. Müde trifft es vielleicht am ehesten. Warum interessiert sich die Kripo für einen Verkehrsunfall?" Das war wieder Toni.

Peter hielt die Zeit für gekommen, um die Wahrheit zu sagen. „Carlos Perna hatte Fentanyl im Blut. Er fiel wahrscheinlich während des Fahrens ins Koma und hatte deswegen den Unfall."

„Fentanyl?" Das war Alex.

„Ja, so etwas wie synthetisches Morphium. Oder auch weißes Heroin genannt. Nur viel stärker und schon in kleinsten Mengen tödlich."

„Was bedeutet das?"

„Es bedeutet, dass entweder irgendjemand Carlos Fentanyl verabreicht hat, in der Absicht ihn zu töten, oder das Carlos das Fentanyl für normales Heroin gehalten hat und es sich selbst gespritzt hat."

Stille folgte.

Jetzt meldete sich Jack zum ersten Mal zu Wort. „Jeder von uns hatte schon mit Drogen zu tun. Aber Heroin? Ich weiß nicht. Carlos hat lieber einen zu viel getrunken."

„Soweit ich weiß, hatten sie gestern einen gemeinsamen Auftritt. Um wie viel Uhr war der Auftritt, wie lange hat er gedauert, wann haben sie Carlos Perna zum letzten Mal gesehen? Und ...", Peter wandte sich direkt an Jack Mayle, „war das Ihre Stimme auf dem Anrufbeantworter heute Morgen?"

„Ja, wir waren alle etwas sauer. Aber kein Grund Carlos umzubringen."

„Was war los?"

Toni antwortete. „Carlos schuldete uns noch das Geld für die letzten drei Gigs."

„Hatte er das Geld bekommen?"

„Ja. Oft gibt es das Geld bar, direkt nach dem Auftritt. Am Samstag, der erste Auftritt, hatte er es eingesteckt, mit der Begründung, dass er erst wechseln müsse. Hat auch gestimmt. Meistens sagen wir den Auftraggebern, dass wir es in vier Teilen brauchen, aber nicht jeder hält sich daran."

„Wie viel Geld verdienen sie an so einem Abend?"

„Unterschiedlich. Zwischen 1.600 und 2.000 Euro ungefähr."

Das sind dann zwischen 400 und 500 für jeden."

„Ja, bei Großveranstaltungen gibt's auch mal mehr. Und jetzt kommt langsam ein bisschen Geld rein, durch unsere CD."

„Carlos hat das Geld also an sich genommen und nicht verteilt?"

„Ja, vorgestern hat er uns gebeten, bis zum nächsten Tag Geduld zu haben: Christine zickt im Moment etwas rum, meinte er. Hält ihn ganz knapp. Wir würden es am nächsten Tag bekommen. Da wäre alles wieder bestens. Dann ist er gestern wieder so schnell weg, und wir wurden sauer. Es ist ja nicht so, dass wir ihm nichts geliehen hätten, wenn er gefragt hätte, aber er hat es sich einfach genommen. Dabei hat er mit Christine im Hintergrund noch die meiste Kohle von uns allen."

Regina hatte sich Notizen gemacht.

„Jetzt zum Ablauf von gestern Abend. Von wann bis wann war der Auftritt und wo?"

„Wir haben von 21 Uhr bis ca. 1 Uhr gespielt. In Gelnhausen. Dann noch Abbau. Bis kurz vor vier haben wir dann noch bei ein paar Bierchen zusammen gesessen. Carlos war plötzlich mittendrin weg. Dachte, er wollte pinkeln. Aber er kam nicht zurück."

„Wann war das ungefähr?"

Toni sah die anderen fragend an. „Ich weiß nicht so genau, halb vier?"

Jack und Alex nickten zustimmend.

„Und als er weg war, haben Sie da nicht versucht, ihn auf dem Handy zu erreichen?"

„Doch klar, aber er ist nicht rangegangen. Er hatte vor dem Gig erzählt, dass er noch eine Verabredung in Frankfurt hätte. Wir vermuteten, dass er ohne sich zu verabschieden losgefahren war."

„Hat irgendjemand von ihnen Carlos danach noch mal gehört oder gesehen?"

Alle drei schüttelten den Kopf.

„Wir sind alle nach Hause gefahren.", einte Jack. „Irgendwie war ich um halb neun schon wieder wach. Da Carlos immer noch nicht auf dem Handy zu erreichen war, habe ich ihm zu Hause aufs Band gesprochen. Ich war total angenervt, weil er uns die Kohle nicht gegeben hatte."

„Ja, das war nicht zu überhören." Peter machte eine kurze Pause. „Was bedeutete: ‚Wenn du mal wieder zu Hause bist'?"

Die drei Musiker sahen sich an, schwiegen aber.

„Wir ermitteln in einem Mordfall, ich glaube nicht, dass es Sinn macht, Carlos irgendwie zu decken", interpretierte Regina das Schweigen.

Toni ergriff wieder das Wort: „Ich glaube in der letzten Zeit hatten Carlos und Christine etwas Stress miteinander. Carlos war einfach nicht oft zu Hause."

„Wenn er nicht zu Hause war, wo war er dann?" Peter schaute in die Runde.

„Manchmal hat er nach einem Gig hier geschlafen, aber auch deswegen, weil Christine und er so unterschiedlich gearbeitet haben."

„Und wenn er nicht bei ihnen oder seiner Frau war?"

„Ich nehme an, er hatte da was nebenbei laufen. Er hat ein paar Anspielungen gemacht."

„Zum Beispiel?"

„Na ja, so nach dem Motto: Ich werde jetzt noch erwartet, sie ist echt eine ganz Süße, sie weiß, was Spaß macht. Eben typische Carlos-Sprüche."

„Und seine Frau? Wusste die auch davon?"

Toni zuckte mit den Schultern. „Keine Ahnung, da haben wir uns rausgehalten. Bei Carlos konnte man auch nie genau wissen, ob er nicht einfach nur damit angab."

„Okay, dann vorerst vielen Dank!" Peter war aufgestanden. Regina schälte sich auch aus ihrem tiefen Sessel.

„Wenn Ihnen noch irgendetwas einfällt, rufen Sie uns bitte an." Peter legte drei Visitenkarten auf den Tisch und sie verließen den Keller.

3.

„Ich glaube, wir müssen uns dringend mit Christine Perna unterhalten: Kann es sein, dass Carlos ein Verhältnis hatte? Welche Kontakte hatte er eventuell zur Drogenszene? Wie sehen die finanziellen Verhältnisse der Pernas aus?"

Regina nickte zustimmend. Sie fuhren an den Cassella-Werken vorbei und verließen auf der B8/40 fahrend Frankfurt, immer am Main entlang.

Etwas weiter oberhalb an der Schleuse hatte Peter auch schon geangelt: Allerdings war das kein Fliegenfischgewässer, hier hatte er einen schönen Hecht auf Twister, einem nachgestellten Gummifisch, gefangen.

Regina unterbrach seine Erinnerungen:„Was möchtest du eigentlich von Dr. Hübner? Weiß er, dass wir unterwegs zu ihm sind?"

„Nein, das war nur so eine spontane Idee. Eigentlich will ich noch ein bisschen was über Fentanyl erfahren."

Dann herrschte wieder Stille, nur unterbrochen vom Navi, das mit monotoner Stimme verkündete: „An der nächsten Kreuzung links abbiegen, fahren sie bitte links!" Peter hatte sich schon oft überlegt, dass es bestimmt bald Navigations-Stimmen für jeden Geschmack geben würde: Nicht nur die langweilige, gleich bleibende Männer- oder Frauenstimme. Wie wäre es mal mit Dialekt? Ein hessisch sprechendes Navi.

Maintal bestand aus vier Ortsteilen. Die Nördliche Ringstraße lag im Stadtteil Hochstadt. Für Peter der schönste Stadtteil Maintals: Mit nur knapp 6000 Einwohnern, hatte er einen dörflichen Charakter. Es gab noch viele Landwirte und Hochstadt war umgeben von Feldern und Wald. Durch die Autobahn und die Bahntrasse war er von den größeren Stadtteilen Bischofsheim und Dörnigheim getrennt. Der vierte und gleichzeitig kleinste Stadtteil Wachenbuchen lag nur zwei Kilometer von Hochstadt entfernt. Die kopfstein gepflasterte Hauptstraße Hochstadts, gesäumt von Fachwerkhäusern aus dem Mittelalter, führte einen Berg hinauf und dann durch den historischen Torbogen aus dem 14. Jahrhundert. Er war Teil der Ringmauer gewesen, die Hochstadt im Mittelalter komplett umschlossen hatte. Linker Hand des Obertors auf dem Berg stand die wunderschöne Kirche aus dem 10. Jahrhundert, das älteste Bauwerk Hochstadts, deren eckiger Kirchturm mit der Sonnenuhr schon viele Kilometer vorher zu sehen war. Die dicke Mauer umschloss noch immer den Innenhof. Zusammen mit der Kirche hatte der Hof den Dorfbewohnern mitsamt ihrem Vieh Schutz gewährt, wenn Feinde nahten. Es gab auch noch einen alten Geheimgang, der von der Sakristei in die ehemaligen Weinberge führte. All das wusste Peter, weil Marion hier groß geworden war und sie zusammen mal eine Stadtführung gemacht hatten.

Die Nördliche Ringstraße führte außerhalb der Ringmauer entlang. Dort stand auch der Hexenturm, ein in die Ringmauer integrierter, runder Bau mit ein paar wenigen kleinen Fensterlöchern hoch oben, durch die nur ganz spärlich Licht ins Innere gelangte. Hier waren früher die „Hexen" eingesperrt worden oder noch bis ins 19. Jahrhundert Geisteskranke, die man für mindestens genauso suspekt wie Hexen hielt. Peter war jedes Mal aufs Neue froh, dass er nicht im Mittelalter leben musste, wenn er an die Stadtgeschichte Maintals dachte.

„Sie haben ihr Ziel erreicht!", unterbrach die Computerstimme seine Gedanken.

Sie hielten vor einem hellgelb gestrichenen Bungalow mit Doppelgarage. Ein gepflasterter Weg führte durch den Vorgarten, der aus einem gepflegten Rasen und ein paar ordentlich in Reih und Glied stehenden Fleißigen Lieschen bestand. Es sah aus, als seien sie mit dem Maßband gesetzt worden. Kein noch so kleiner Halm Unkraut drängelte sich dazwischen.

Zur weiß gestrichenen Haustür stiegen Peter und Regina drei Stufen hinauf und klingelten. Trotz der Mittagspause konnte man das Geräusch eines Rasenmähers hören.

Die Tür wurde geöffnet, und vor ihnen stand eine zierliche und recht unscheinbare Frau, deren Alter sich schwer schätzen ließ. Sie hatte kurze, dunkle Haare, die von grauen Strähnen durchsetzt waren. Zu ihrer weißen Jeans trug sie ein hellgelbes T-Shirt, dass sich nicht gerade vorteilhaft auf ihre Gesichtsfarbe auswirkte: Irgendwie sah sie genauso fahl und gelb aus wie ihr T-Shirt.

„Ich kaufe nichts!" Und schon wollte sie die Tür wieder schließen.

„Einen Moment bitte, wir sind von der Kripo in Frankfurt und hätten ein paar Fragen an Dr. Hübner." Peter und Regina hielten die Ausweise hoch.

„Mein Mann mäht den Rasen.“ Sie sagte das, als könne das Rasenmähen nicht unterbrochen werden und machte keinerlei Anstalten, sie beide hereinzubitten.

„Dann setzen Sie ihren Mann bitte davon in Kenntnis, dass wir da sind und ihn sprechen möchten.“ sagte Peter.

„Moment.“ Sie kam nach ein paar Sekunden wieder, trat zu ihnen hinaus und zog die Tür hinter sich zu. „Kommen Sie bitte mit, wir gehen ums Haus herum.“

Peter und Regina folgten ihr. Hinter dem Haus befand sich ein rechteckiges Stück Rasen, ordentlich eingesäumt von einer Buchsbaumhecke.

Dr. Hübner hatte sie noch nicht bemerkt. Er zog mit seinem Rasenmäher gleichmäßige Bahnen. Genauso akkurat wie die Fleißigen Lieschen, schoss es Peter durch den Kopf. Ob er vorher Maß nahm?

„Bernhard!“ Frau Hübner ging auf Ihren Mann zu, und er stellte den Mäher ab. „Hier sind eine Dame und ein Herr von der Kriminalpolizei, die dich sprechen möchten. Sie haben das Dienstauto direkt vor der Tür geparkt!“

Hübner drehte sich um. Er trug teure Jeans und ein Polo-Shirt und sah nicht im Mindesten nach Garten-Arbeit aus. Peter musste an Marion denken, die immer in Gummistiefeln oder Gloggs und ihren ältesten Jeans im Garten rumwerkelte, und irgendwie schien ihm das passender, als die geschniegelte Hübner Version.

„Herr Scheuermann, richtig?“ Hübner kam auf sie zu, und Peter nickte.

„Meine Kollegin, Frau Kolb. Wir waren gerade in der Nähe, und ich wollte Sie gerne noch ein paar Sachen fragen.“

„Geht es um den armen Kerl, der gestern den Unfall hatte?“

„Ja.“

„Wollen wir uns auf die Terrasse setzen? Elvira, sei doch so lieb und bring uns ein Wasser raus, oder darf es ein Kaffee sein?“

„Wasser wäre schön, vielen Dank!“

„Sie müssen die Bemerkung meiner Frau entschuldigen. In Hochstadt wird immer gerne getratscht, und die Leute werden sich jetzt schon Fragen, was die Polizei hier macht. Und wenn man als Arzt so im Mittelpunkt des dörflichen Interesses steht ...“

„Ist man denn als Chefarzt der Anästhesie eines Frankfurter Krankenhauses so bekannt im Ort?“

„Wenn man sich wie ich etwas engagiert auf jeden Fall.“

Peter kam das ganze Getue etwas übertrieben vor: „Nun, es ist sicher auch nicht ungewöhnlich, dass Ärzte öfter mit der Polizei zusammenarbeiten.“

Sie setzten sich und Elvira Hübner kam zurück mit Gläsern und einer Flasche Wasser.

„Herr Dr. Hübner“, begann Peter „können Sie mir ein bisschen was zum Thema Fentanyl erzählen?“

„Fentanyl? Synthetisches Morphium. Weißes Heroin. Aber was hat das mit dem Unfall zu tun?“

„Wir vermuten, dass es die Unfallursache war, zusammen mit dem Alkohol.“

„Das ist natürlich auch möglich. Er könnte sich einen Schuss damit gesetzt haben.“

„Mir sind, nachdem Sie die Unfallstelle verlassen hatten, die engen Pupillen des Opfers aufgefallen. Deswegen habe ich um eine gerichtsmedizinische Untersuchung gebeten.“

Hübner nahm bedächtig einen Schluck Wasser aus seinem Glas, bevor er dazu etwas sagte.

„Das hätte ich sicherlich auch sehen müssen. Aber selbst wenn, hätte ich dem nicht so große Bedeutung beigemessen.“

„Warum nicht?“ Regina hatte sich ins Gespräch eingeschaltet.

„Warum?“ Hübner lachte. „Weil es für mich keinen Unterschied macht, ob der Typ sich den Kopf einrennt, weil er getrunken hat oder weil er Drogen genommen hat. Das Ergebnis ist in diesem Fall dasselbe.“

„Können Sie mir noch ein bisschen was zur Wirkungsweise von Fentanyl sagen?“ Peter war klar, dass Hübner dem Tod von Carlos Perna keine allzu große Neugier entgegenbrachte, für ihn war es sicher ein Fall unter vielen.

„Tja, was gibt es zu Fentanyl zu sagen? Im Krankenhaus wird es in der Schmerztherapie eingesetzt. Es wirkt beim Menschen etwa hundertmal stärker als Morphin. Für kleinere Eingriffe wird es auch zusammen mit einem Neuroleptikum verwendet. Damit wird der Patient in einen Zustand versetzt, in dem er ruhig und angstfrei ist.“

„Neuroleptikum? Was müssen wir uns darunter vorstellen?“

„Ein Mittel, das eine sedierende Wirkung hat.“

„Sedierend? Ich kenne mich in Ihrer Terminologie leider nicht so gut aus.“

„Entschuldigung. Schlechte Angewohnheit der Mediziner. Es beruhigt. Neuroleptika haben eine beruhigende Wirkung. Man könnte es als Nervendämpfungsmittel bezeichnen. Ursprünglich wurden sie nur in der Psychiatrie eingesetzt, zur Behandlung von Psychosen, also einer psychischen Störung, die mit einem zeitweiligen, weitgehenden Verlust des Realitätsbezuges einhergeht. Diese Leute erleben nicht sich selbst als verändert, sondern nur ihre Umwelt, und das führt zum Beispiel zu Wahn und Halluzinationen. Dem kann man mit Neuroleptika ganz gut begegnen.“

Peter erinnerte sich an eine Reportage, die er neulich im Fernsehen gesehen hatte: Da hatte eine Frau ernstlich behauptet, hinter ihr stünde ihre Armee, die sie im Notfall zur Verteidigung einsetzen würde. „Aus wie viel Personen besteht denn ihre Truppe?“, hatte der Reporter nachgefragt. Sie hatte hinter sich gedeutet. „Das sind jetzt nur an die Hundert, aber ich kann im Ernstfall jederzeit noch die Reservisten einberufen.“ „Und wo befinden sich die hundert Mann?“ Er hatte nicht locker gelassen. „Na, hinter mir! Schauen sie doch hin!“, hatte sie mit erboster

Stimme geantwortet. Nur, dass hinter ihr weit und breit kein Mensch zu sehen war.

Dr. Hübner fuhr fort, fast hätte Peter den Anschluss verloren.

„Hochpotente Neuroleptika, wie zum Beispiel Droperidol, werden mit einem Opioid-Analgetikum, wie zum Beispiel Fentanyl, als eine Sonderform der Analgesie verwendet." Er hob beschwichtigend die Hände, als er sah, dass Peter nachhaken wollte. „Ich erkläre es Ihnen: Analgesie kommt aus dem Griechischen und heißt so viel wie ‚ohne Schmerz'. Fentanyl gehört zu der Gruppe der Schmerzmittel, die Opium enthalten."

„Worin besteht der Unterschied zu einer normalen Narkose?"

„Bei einer normalen Anästhesie werden sämtliche Empfindungen ausgeschaltet. Bei dieser Form der Analgesie kann die Berührungsempflindlichkeit erhalten bleiben. Das ist für kleine Eingriffe von Vorteil. Und das Fentanyl hat eine kurze Wirkungsdauer. Der Patient ist schnell wieder bei sich."

„OK, fassen wir das mal zusammen, und bitte korrigieren Sie mich, falls etwas falsch ist: Fentanyl wird zur Bekämpfung von Schmerzen eingesetzt."

Hübner unterbrach Peter: „Zur Bekämpfung von stärksten Schmerzen, es ist ein Opiat wie Morphium, wirkt aber schneller und wird auch schneller wieder abgebaut."

Peter fuhr fort: „Bei kleineren Operationen wird Fentanyl zusammen mit Neuroleptika eingesetzt. Der Patient ist dann ruhig, angst- und schmerzfrei."

Hübner nickte.

„Ich habe gehört, dass es auch Fentanyl-Pflaster gibt."

„Ja, das sind spezielle Pflaster, die man Patienten mit stärksten Schmerzen aufklebt. Krebspatienten zum Beispiel."

„Und können Sie uns auch noch etwas zum Stichwort weißes Heroin sagen?"

„Fentanyl wird synthetisch hergestellt, also im Chemielabor. Und Chemiker gibt es nicht nur in offiziellen Labors. Es ist um ein Vielfaches wirksamer als Heroin. Da es so effizient ist, können Sie es strecken. Dafür müssen Sie aber ein Fachmann sein, denn schon kleinste Mengen zu viel sind tödlich."

Es entstand eine Pause. „Kann ich weiter noch behilflich sein? Ansonsten würde ich nämlich den Rasen zu Ende mähen, ich habe noch eine Verabredung zum Golf nachher."

„Eine Routinefrage noch: Wie lange arbeiten Sie schon in der Unfallklinik?"

Hübner schaute Peter verblüfft an. „Das sind jetzt sieben Jahre. Davor habe ich im Markus-Krankenhaus in Hanau gearbeitet, bis man mir die Chefarztstelle in Frankfurt anbot."

„Oh, dann kennen Sie vielleicht aus dieser Zeit noch eine Frau Dr. Christine Perna? Sie ist Chirurgin dort und die Ehefrau des Toten."

„Nein, das muss nach meiner Zeit gewesen sein. Der Name sagt mir jetzt nichts. Vielleicht hieß sie ja damals noch anders. War 's das?"

„Ja, vielen Dank für den medizinischen Exkurs! Wir finden selber wieder hinaus, Sie können sofort weitermachen!" Peter und Regina setzten sich in Bewegung, und Elvira Hübner ging hinter ihnen her.

Vielleicht kontrolliert sie, ob wir ihren Fleißigen Lieschen zu Nahe kommen? schoss es Peter durch den Kopf.

4.

Auf dem Rückweg besorgte Peter Blumen für Marion.

Wieder zurück im Revier rief er zuerst Dr. Schreier an.

„Sie haben Glück, dass sie mich erwischen. Gleich kommen meine Studenten."

„Nur eine kurze Frage: Frau Dr. Perna war gestern noch bei Ihnen und hat ihren Mann identifiziert?“

„Ja, hat sie ziemlich mitgenommen.“

„Erklären Sie mir das bitte.“

„Na ja, ich war gerade mit dem Studentenkurs fertig, Sie wissen schon, die Wasserleiche.“ Schreier machte eine kunstvolle Pause. Dann fuhr er fort: „Sie kam hereinspaziert und bat mich, ihr den Unfall-Toten zu zeigen. Bis dahin wusste ich nicht, dass es ihr Mann ist. Sie hatte erst nach dem Studium geheiratet.“

„Sie kennen sie noch von früher?“

Schreier lachte leise: „Sicher, so eine bemerkenswerte Studentin vergisst man nicht so schnell. Sie wäre eine gute Rechtsmedizinerin geworden. War die beste aus ihrem Kurs.“

„Was passierte dann?“

„Na ja, ich habe Carlos Perna aus der Kühlbox geholt und sie bat mich, ihn noch mal richtig ansehen zu dürfen.“

„Um sich zu verabschieden? Alleine?“

„Nein, nicht alleine. Sie hat ihn untersucht und mir viele Fragen gestellt. Für eine Medizinerin nicht unbedingt ungewöhnlich.“

„Für eine Medizinerin nicht, für eine Ehefrau aber schon.“

„Ja, mag sein. Aber Christine ist eine Vollblut-Medizinerin und hat sich zuerst auf diesen Teil konzentriert.“

„Wie hat sie reagiert, als Sie ihr von dem Fentanyl erzählten?“

„Sind sie wirklich sicher? Kein Heroin?“, hat sie mich gefragt. Sie brauchte aber gar keine Antwort, schließlich weiß sie ja, wie die Rechtsmedizin arbeitet.

„Wann kam der Zusammenbruch?“

„Als wir Carlos wieder in die Kühlbox geschoben haben. Vielleicht hat sie da erst realisiert, dass sie ihren Mann vor sich hatte und nicht eine Leiche zu Studienzwecken. Ist einfach zu Boden gegangen. Leider hat sie sich den Kopf dabei angeschlagen. Sie liegt jetzt mit einer Gehirnerschütterung in der Uniklinik."

„Danke für die Info." Peter legte auf.

Pünktlich um 16.30 Uhr hatten sich alle versammelt. Regina hatte sich bei Dr. Hübner Notizen gemacht und trug nun alles zum Thema Fentanyl vor. Peter erzählte von der Begegnung mit den Bandmitgliedern. Stefan berichtete, dass er unter der Handynummer, die sie in Carlos Portemonnaie gefunden hatten, einen Mario Rosen erreicht hatte. Mario sei sechzehn Jahre alt und habe Carlos seine Nummer auf einem Konzert gegeben, weil er einen Job in der Band suchte. Er würde morgen um 12 Uhr kommen. Auch hatte Stefan den Anruf in der Uniklinik übernommen: „Frau Dr. Perna ist auf eigenen Wunsch heute Nachmittag entlassen worden."

„Okay, dann werde ich mich Morgen als Erstes mit ihr unterhalten", meinte Peter. „Wir können ziemlich genau sagen, wo Carlos bis circa drei Uhr Nachts war, dann haben wir eine Lücke bis 6.30 Uhr, als er den tödlichen Unfall hatte. In dieser Zeit ist er von Gelnhausen, wo er den Gig hatte, in Richtung Frankfurt gefahren. Zumindest haben die Bandmitglieder erzählt, dass er das vorhatte. Wohin genau wissen wir nicht. Stefan, du bereitest bitte eine kurze Pressemitteilung vor. Wir sollten mal angeben, dass wir einen Toten haben, der an einer Überdosis Fentanyl gestorben ist, das auch als weißes Heroin bekannt ist und darauf hinweisen, dass die falsche Dosierung tödlich ist. Wenn sich Carlos nämlich das Zeug gespritzt hat, in der Annahme es sei Heroin, dann haben vielleicht noch mehr Leute von diesem Stoff bekommen. Wir müssen sie warnen, sonst haben wir gleich den nächsten Toten. Und schreib bitte rein, dass wir auch anonyme Anrufe entgegen nehmen." Er machte eine Pause. „So, ich denke, das war's erst mal. Morgen für 15.00 Uhr habe ich noch mal Louisa Perna einbestellt, da hätte ich dich gerne dabei, Regina."

5.

Als er die Haustür aufschloss, lief Marlene gerade die Treppe rauf. „Hi, Papa“, und weg war sie. Peter wollte zuerst seinen Blumenstrauß loswerden und machte sich auf die Suche nach Marion. Sie war im Bad und kam gerade aus der Dusche. „Noch mal alles Gute zum Hochzeitstag!“, er zeigte ihr den Strauß.

„Oh, ist der schön! Danke, ich liebe Freesien. Sei doch so lieb und stell ihn kurz in die Spüle, ich kümmere mich gleich darum.“

Er lief in die Küche.

„Marlene?“, rief er nach oben „Komm doch mal runter und erzähl von deinem Elternabend!“ Stille, nichts rührte sich. „Marlene?“ Dies mal etwas lauter.

Er konnte hören, wie sie ihre Zimmertür öffnete. „Ja, was ist?“

„Komm doch mal runter, ich würde gerne wissen, wie es gestern war.“

„Oh Papa, ich bin gerade am Telefonieren!“ Sie klang genervt. „Ich kann jetzt nicht!“

„Nachher bin ich aber mit Mama essen“, rief er nach oben.

„Dann halt morgen.“ Rumms, die Zimmertür war wieder zu.

Plötzlich kam er sich etwas alleine gelassen vor. Keine seiner beiden Frauen schien Zeit für ihn zu haben.

Er ging wieder nach oben, Marion stand jetzt im Schlafzimmer und zog sich an. Sie sah zum Anbeißen aus. Ihre halblangen, glatten, braunen Haare fielen ihr jetzt noch etwas feucht ins Gesicht, als sie sich bückte, um nach dem blauen Sommerkleid zu greifen. Sie richtete sich auf und er umarmte sie von hinten: „Lass doch das Kleid noch einen Moment aus!“

„Ich habe für kurz nach acht einen Tisch bestellt!“, entgegnete sie.

„Na und? Das schaffen wir locker. Und der Tisch wird nicht gleich weg sein, wenn wir uns etwas verspäten“, flüsterte er ihr ins Ohr. „Du siehst einfach zu sexy aus.“

„Also gut", sie lächelte und wollte sich zu ihm umdrehen. „Bitte bleib so!"

Er hatte die Hände auf ihre Brüste gelegt und angefangen sie zu streicheln. Sie lehnte sich mit dem Rücken gegen ihn und schloss die Augen. Nichts Hastiges war in seinen Bewegungen. Sie liebten sich ruhig und vertraut. Danach machten sie sich auf den Weg.

Marion hatte einen Tisch beim Italiener am See bestellt. Der Kellner, der die Flasche Gavi di Gavi gebracht hatte, tänzelte dauernd um sie herum: „Signora hier, Signora da", und ließ es sich nicht nehmen, ständig nachzuschenken.

„Danke, das machen wir selbst!" Peter mochte das Getue nicht. Erstens verlor man so den Überblick über die Menge, die man trank und außerdem hatte er das Gefühl, dass der Kellner bald in Marions Ausschnitt fiel.

Der Meeresfrüchtesalat, den sie als Vorspeise bestellt hatten, kam und eine Weile schwiegen beide.

„Wie war deine Probe gestern?"

„Ach na ja. Eigentlich nicht schlecht. Aber manchmal habe ich den Eindruck, wir kommen nicht richtig voran, weil jeder zu jeder Kleinigkeit seinen Senf dazu geben will."

Marion wechselte das Thema. „Worum geht es denn in deinem neuen Fall?"

„Ein Kubaner, der nach Alkoholkonsum und nach der Einnahme von Fentanyl, einer Art Heroin, einen tödlichen Verkehrsunfall hatte. Eigentlich sah es wie ein gewöhnlicher Autounfall aus, aber die weiten Pupillen des Toten sind mir aufgefallen. Das passt eher zu Drogen."

„Und kann er nicht den Unfall gehabt haben, weil er Drogen nahm?"

„Doch klar, das wäre eine Möglichkeit, aber wir müssen trotzdem herausfinden, wo er das Fentanyl her hatte. Es ist schon in kleinsten Mengen tödlich. Wenn davon noch mehr im Umlauf ist, wird es weitere Tote geben."

„Also ein Dealer, der das falsche Zeug unter die Leute bringt?"

„Gut möglich. Fentanyl lässt sich im Labor synthetisch herstellen. Damit lässt sich bestimmt eine Menge Geld machen. Allerdings nur bei der richtigen Dosierung."

„Und die andere Möglichkeit?" Marion hatte aufgepasst.

Der Kellner stellt den Hauptgang vor sie: Für Marion Penne al Arrabiata, und für Peter Saltimbocca mit Spaghetti. Die mit Salbei und Schinken gefüllten Kalbsschnitzel waren dünn und saftig, so wie sie sein sollten. Der winzige Klecks Nudeln daneben allerdings nicht zum satt werden gedacht. Er musste an die leckeren Thunfisch-Spaghetti denken, die Barbara Konnert gekocht hatte.

„Möchtest du mal probieren?" Marion hielt ihm eine Gabel mit Penne hin.

Die Tomatensoße war lecker, aber er hatte heute mehr Lust auf Fleisch.

Peter nahm das Thema wieder auf: „Tja, die andere Möglichkeit wäre die, dass irgendjemand dem Opfer das Fentanyl verpasst hat, um ihn umzubringen, und geplant hat, das ganze wie ein Autounfall aussehen zu lassen. Was ja auch beinah geklappt hätte."

„Und wer kommt dafür infrage?"

„Es gibt eine Ehefrau, die Chirurgin ist, und der er anscheinend nicht ganz treu war. Wenn das so ist, gibt es vielleicht auch eine eifersüchtige Geliebte. Es gibt die Freundin der Ehefrau, die den Toten nicht mochte. Es gibt Bandmitglieder, denen er Geld schuldete und wer weiß, in welcher Szene er sich in Frankfurt noch rumgetrieben hat."

Der Kellner brachte Espresso. Peter bestellte zwei Grappas.

„Für mich keinen!“, beeilte sich Marion zu sagen. „Also dann, nur einen Grappa, bitte!“, wandte sich Peter an den davoneilenden Kellner.

„Du trinkst zu viel!“ Marion hatte die Hand auf seinen Arm gelegt, so als wolle sie mit dieser Geste ihren Worten etwas die Schärfe nehmen.

„Warum? Weil ich mir einen Grappa bestellt habe?“ Er schüttelte ihre Hand ab.

„Es geht nicht um den einen Grappa. Du hattest vorher schon fast zwei Flaschen Wein. Und garantiert trinkst du, wenn wir die Rechnung bekommen, noch einen Grappa auf Kosten des Hauses.“

„Und wenn ich noch ein weiteres Glas Wein möchte, bestelle ich mir auch das! Ich hatte einen sehr anstrengenden Tag heute und habe jetzt das erste Mal den Kopf frei!“

„Wenn ich so viel wie du trinken würde, wäre mein Kopf komplett zu!“, entgegnete ihm Marion. „Sieh mal, ich will dich doch nicht ärgern. Ich mache mir Sorgen.“

„Ach quatsch, ich vertrage ziemlich viel und ich trinke ja nicht jeden Tag. Eigentlich dachte ich ja, dass wir den Abend schön genießen, anstatt dass ich mich für einen Grappa rechtfertigen muss!“

„Ich mache mir halt so meine Gedanken. Vergiss es einfach.“

„Vielleicht solltest du dir mehr Gedanken um Marlene machen!“ Mist das war ihm so rausgerutscht, weil sie ihn irgendwie getroffen hatte. Jetzt würde garantiert der unvermeidliche Streit kommen.

„Wie meinst du denn das?“ Marions Stimme kletterte eine Oktave höher.

„Lass uns einfach aufhören und zu einem ganz unverfänglichen Thema zurück kehren“, schlug er etwas zu spät vor.

„Du kannst doch nicht irgendetwas in den Raum werfen und dann so tun, als wäre nichts gewesen." Marion war anzuhören, dass sie stocksauer war.

„Damit hast du ja angefangen!", konnte er sich nicht verkneifen zu sagen.

„Weil ich mir Sorgen mache!"

„Vielleicht mache ich mir ja Sorgen um Marlene?", erwiderte er.

„Ach, davon war aber gestern Abend gar nichts zu merken. Da ist Marlene nämlich von ihrem treu sorgenden Vater einfach im Stich gelassen worden!", fauchte Marion.

„Dieser blöde Elternabend ist ja wohl nicht wichtiger als mein Beruf, oder? Sie ist doch dann mit Kerstin und deren Eltern hin."

„Es geht nicht darum, wie sie auf diesen Elternabend gekommen ist. Es geht darum, dass du es Marlene versprochen hattest!"

„Es ging nun mal nicht anders." Peter wurde sarkastisch. „Dem Mordopfer wäre es bestimmt auch lieber gewesen, wenn das alles nicht passiert wäre! Und dann komme ich nach Hause und frage Marlene, wie der Abend war, und was macht meine Tochter? Sie knallt die Tür zu mit dem Hinweis darauf, dass sie gerade telefoniere und auch in absehbarer Zeit nicht damit fertig wäre. Falls ich sie morgens überhaupt zu Gesicht bekomme, habe ich Glück, wenn sie mir ein ‚Guten Morgen' zunuschelt und wenn ich sie frage: ‚Wie war's in der Schule?' kommt die Standardantwort: ‚Wie immer.' Aber wehe, sie möchte ins Kino und irgendwohin gefahren werden, dafür bin ich dann gerade gut genug. Vielleicht solltest du dir über dieses Verhalten deiner Tochter mal Gedanken machen!"

„Du spinnst! Sie benimmt sich völlig normal. Sie ist fünfzehn und mitten in der Pubertät."

„Damit kann man aber auch nicht alles entschuldigen."

„Dazu kann ich nur sagen: Wie man in den Wald hineinruft, so schallt es heraus! Es ist echt das Größte, dass du mir vorwirfst, ich würde mich nicht richtig um Marlene kümmern, während du sie versetzt!"

„Ich habe nie gesagt, dass du dich nicht um Marlene kümmerst! Ich habe lediglich gesagt, dass du dir vielleicht mal um sie Gedanken machen solltest."

„So, wie du es gesagt hast, hieß es: Anstatt, dass du mir hier grundlos etwas vorwirfst, solltest du dich lieber richtig um Marlene kümmern!" Marion war aufgestanden und warf ihre Serviette auf den Tisch. „Vielen Dank für den schönen Abend", sagte sie im Tonfall von „Leck mich am Arsch!" „Ich fahre heim, vielleicht bekommst du ja auch vom Laufen einen freien Kopf!" Und weg war sie.

Na Bravo! Das haben wir ja wieder toll hinbekommen, dachte Peter. Er trank noch den Grappa auf Kosten des Hauses und machte sich dann auf den Weg.

Donnerstag

1.

Da Peter ohnehin nicht gut hatte schlafen können, war er um vier Uhr wieder aufgestanden und an die Kinzig gefahren. Das Wasser hatte immer eine beruhigende Wirkung auf ihn, und während er am Ufer stand und die Forellen beobachtete fand er sein inneres Gleichgewicht wieder. Zugegeben, er hatte vielleicht nicht ganz fair reagiert, als Marion im vorwarf, zu viel zu trinken. Aber er fand, dass er jeder Zeit in der Lage war, auf den Alkohol zu verzichten. Früher hatte er einmal im Jahr mindestens acht Wochen gar nichts getrunken. Gut, die letzten drei Jahre nicht, aber es gab ja auch keinen Anlass dazu. Tagsüber trank er nie was. Und wer konnte ihm vorwerfen, dass er sich nach Feierabend auf ein Bier oder ein Glas Wein freute? Dass Marion gestern einfach davongefahren war und ihn hatte sitzen lassen, war eine glatte Sechs.

Und über Marlene machte er sich wirklich so seine Gedanken. Es kam selten vor, dass sie ihm irgendetwas von sich oder von der Schule erzählte. Nie schien sie Zeit zu haben, wenn er da war. Immer hing sie am Telefon, oder war völlig genervt, wenn man sie ansprach. Hatte man das Glück, eine Antwort zu bekommen, dann meistens in einem völlig abweisenden Tonfall. Das ging jetzt seit einem Jahr so, von kurzen Unterbrechungen abgesehen. Wenn das für Marion OK war, für ihn war es das nicht. Marion hatte für alles eine Entschuldigung parat. „Wenn du nie da bist, kannst du ja auch nicht so viel mitbekommen“, hatte sie zu ihm gesagt. „Und außerdem sind die Zeiten vorbei, zu denen sich Marlene noch die Wochenenden freigehalten hat, an denen du auch frei hattest. Es ist doch völlig normal, dass ihre Freunde sie momentan mehr interessieren. In dem Alter sind Eltern eben nicht so spannend."

Na ja, vielleicht hatte sie ja recht, aber ein Minimum an gegenseitigem Interesse und Höflichkeit war schon angebracht. Sonst kam er sich langsam aber sicher wie ein Idiot vor. Der Idiot, der immer schön arbeiten ging, damit seine Tochter auch ja alles mitmachen konnte.

Ich werde am Wochenende mal ganz in Ruhe mit Marion und Marlene reden. Vielleicht können wir ja zusammen grillen und einfach einen ganz normalen und netten Abend verbringen, überlegte Peter.

Inzwischen war es halb sieben geworden. Er hatte zwei schöne Forellen gefangen und wieder zurückgesetzt. Jetzt packte er sein Angelzeug zusammen und beschloss, nach Hause zu fahren und dort zu duschen und in Ruhe zu frühstücken.

Dann würde er direkt bei Christine Perna vorbeifahren, um noch mal mit ihr zu reden. Stefan hatte ja gesagt, sie sei aus der Uniklinik auf eigenen Wunsch hin entlassen worden. Vielleicht hatte er Glück und traf sie an.

2.

Die Haustür in der Beethovenstraße 1 war angelehnt, und als er sie gerade aufschob, hörte er hinter sich Schritte und drehte sich um.

Babara Konnert kam, einen leeren Mülleimer in der Hand, auf ihn zu.

„Hallo, guten Morgen! Wollten Sie zu mir? Sie blickte ihn forschend aus ihren grünen Augen an.

Diese Augen waren sensationell. Sie brachten etwas in ihm zum Klingen. Vielleicht war es aber auch ihre offene Art, die ihn einfach in ihren Bann zog.

„Nun?“ Sie sah ihn fragend an.

„Ich wollte zu Frau Dr. Perna. Wissen Sie, ob sie zu Hause ist?“, beeilte er sich zu sagen.

„Ja, sie ist oben. Gehen Sie ruhig hoch. Sie rechnet schon mit ihrem Besuch.“

Er hielt Barbara Konnert die Tür auf. Beim Vorbeigehen streiften ihn ihre langen, roten Korkenzieherlocken. Leicht, wie ein Grashalm oder eine Feder. Es duftete nach Zitrone, und er musste an sich halten, dass er nicht die Hand ausstreckte, um es zwischen den Händen zu spüren. Unwillkürlich fragte er sich, wiel sie duften würde, wenn er sie im Arm hielt.

Das musste aufhören! Er ließ die Tür zufallen und machte sich auf den Weg nach oben, immer zwei Stufen auf einmal nehmend. Jetzt erst fiel ihm die Klaviermusik auf. Barbara Konnert hatte ihn so beschäftigt, dass er gar nicht hingehört hatte. Das holte er jetzt nach.

Er hörte Chopin, eine wunderbare Aufnahme. Fast tat es ihm leid, zu klingeln, aber schließlich war er nicht zum Vergnügen hier. Kaum war der Klingelton verklungen, da hörte die Klaviermusik auf und Christine Perna öffnete die Tür. Sie trug einen dunkelblauen Hosenanzug. Die Haare hatte sie zu einem Pferdeschwanz zusammen gebunden. Sie war blass und sah gerade mal wie höchstens fünfundzwanzig Jahre alt aus. Er konnte sie sich beim besten Willen nicht als Chirurgin vorstellen.

„Kommen Sie herein, ich dachte mir schon, dass Sie heute vorbeischauen.“ Sie lief ihm voran, in das Zimmer, in dem sie vorgestern gesessen hatten, als er ihr die Todesnachricht überbracht hatte.

„Danke", er schloss die Haustür „von mir aus hätten sie die Musik ruhig weiter laufen lassen können. Ich mag Chopin!"

„Ich auch. Aber ich kann mich nicht mit Ihnen unterhalten, während ich spiele", erwiderte sie mit ernstem Gesicht.

„Das waren Sie? Ich hielt es für eine sehr gute Aufnahme. Respekt! Meine Klavierkünste beschränken sich leider aufs Zuhören. Ich höre sehr gerne klassische Musik."

„Mir hilft die Musik immer, mein Gleichgewicht wiederzufinden und ruhig zu werden. Obwohl ich diesmal bezweifle, dass es funktioniert. Bitte!" Sie deutete auf einen Stuhl am Tisch und setzt sich selbst auch.

„Frau Perna, fühlen Sie sich in der Lage, mir noch ein paar Fragen zu beantworten?"

„Und wenn nicht?"

„Dann komme ich morgen wieder."

Sie lachte trocken auf. „Also, bringen wir es doch lieber gleich hinter uns. Fangen Sie an!"

„Wann haben Sie Ihren Mann das letzte Mal gesehen?"

„Das war am Sonntag. Um 17 Uhr ist er fort, weil er später einen Auftritt hatte."

„Wann mussten Sie am Montag zum Dienst?"

„Wie immer, um acht Uhr morgens."

Peter machte sich Notizen. „Der Unfall war am Dienstagmorgen. Kam Carlos Sonntagnacht nach dem Auftritt nicht nach Hause?"

Sie schüttelte den Kopf. „Nein."

„Nein?" Er sah sie fragend an.

„Das war nicht ungewöhnlich. Carlos schlief nach einem Auftritt öfter bei Toni. Er wusste, dass ich schlecht wieder einschlafen konnte, wenn er um vier Uhr morgens heimkam und ich wach wurde."

Peter nickte. Auch Toni hatte ihm erzählt, dass Carlos öfter bei ihm übernachtet hatte. Allerdings wohl nicht nur bei ihm.

„Kann es sein, dass er noch woanders übernachtet hat?"

Einen winzigen Augenblick schien sie zu erstarren, dann hatte sie sich wieder fest im Griff und schien ganz gelassen.

Peter, der sie genau beobachtet hatte, war das nicht entgangen.

„Könnte es sein?" fragte er nochmals.

Sie schaute ihn direkt an.

„Ja, das könnte sein." Nun war es mit ihrer Beherrschung doch vorbei. „Aber trotzdem kann ich mir nicht vorstellen, was Sie das angeht!" Ihre Stimme war dunkel vor Wut.

Wieder dieses plötzliche Umschwenken, dachte Peter. Die Dame schien Temperament zu haben.

„Frau Perna. Da Sie ja auch bei Dr. Schreier in der Gerichtsmedizin waren, wissen Sie, dass ihr Mann Fentanyl im Blut hatte. Fentanyl kann man nicht einfach mal so im Supermarkt kaufen, auch das wissen Sie als Ärztin. Meine Aufgabe ist es herauszufinden, wie das Fentanyl in den Körper Ihres Mannes gelangt ist und woher er es hatte. Und deswegen interessiert mich einfach alles, was in letzter Zeit passiert ist."

„Dann haben sie sich sicher auch schon schlau gemacht, wie das Fentanyl zu ihm gekommen sein könnte. Und da stehe ich als Ärztin bestimmt ganz oben auf Ihrer Liste." Ihre Stimme klang spöttisch und bitter. Sie fuhr fort. „Es ist auch für einen Arzt nicht ganz einfach, Fentanyl mitzunehmen. Es unterliegt dem Betäubungsmittelgesetz. Es wird in einem extra Buch eingetragen. Ich muss genau dokumentieren, wie viel ich wann für wen verordnet habe. Bei der kleinsten Unregelmäßigkeit wäre ich meinen Job und nicht nur den, sondern auch meine Zulassung los. Und kein Mann auf der Welt wäre das wert. Kein Mann auf der Welt wäre mir wichtiger als mein Beruf." Sie sah ihn direkt an.

Ja, er konnte sich fast vorstellen, dass ihr Nichts wichtiger war. Außer Wut hatte er noch keinerlei Gefühlsregung bei ihr ausmachen können. Wie sah es wohl sonst mit ihrem Gefühlsleben aus? Er fragte weiter.

„Frau Perna, haben Sie ihren Mann geliebt?“

Sie sah in wieder direkt an.

„Ja.“ Sie machte eine Pause. „Ja, das habe ich. Und genauso, wie ich ihn geliebt habe, habe ich ihn auch gehasst! Macht mich das jetzt in Ihren Augen zu einer Mörderin?“

Er antwortete ihr mit einer Gegenfrage. „Warum haben Sie ihn gehasst?“

Sie antwortete nicht gleich. Plötzlich sah sie wieder wie das hilflose Reh aus. Doch inzwischen wusste er, dass das nur eine ihrer Seiten war. Sie schaute aus dem Fenster und schien ihn nicht mehr wahrzunehmen.

„Er hat mich verletzt.“ Ihre Stimme schien von weit her zu kommen.

„Psychisch oder Physisch?“, fragte er behutsam.

„Sowohl als auch. Bitte, ich möchte im Augenblick darüber nicht mehr reden.“ Jetzt liefen ihr Tränen übers Gesicht. Sie machte keine Anstalten, sie wegzuwischen. Saß einfach nur da und weinte.

Er ließ ihr Zeit, sich zu fassen. „Frau Perna. Ich will sie nicht bedrängen, aber wir müssen in den nächsten Tagen darüber reden. Möchten Sie vielleicht lieber mit meiner Kollegin Frau Kolb darüber sprechen?“

„Das ist mir gleich“, sagte sie leise. „Vermutlich haben Sie nun einen völlig falschen Eindruck bekommen. Carlos konnte sehr charmant und liebenswürdig sein. Er war ein wunderbarer Liebhaber. Ein Mensch, der mich immer zum Lachen bringen konnte. Ein Lebenskünstler. Das genaue Gegenteil von mir, die alles immer planen muss. Er war all das, was ich nicht war, aber immer so gerne gewesen wäre. Spontan, gewinnend, alles schien ihm zuzufliegen. Es kam vor, dass er mit einem großen Korb vor der Klinik auftauchte, um mich zu einem Picknick im Wald abzuholen. Haben Sie schon mal auf einer Lichtung gesessen und in der Abenddämmerung ein Picknick gemacht? Es war wie im

Märchen. Und als mir kalt und es draußen dunkel wurde, hat er mich einfach auf den Arm genommen und zu einer Schutzhütte getragen. Dort hatte er schon dicke Schlafsäcke ausgebreitet. ‚Gleich wird dir warm!', hat er mir zugeflüstert. Es war eine wundervolle Nacht. So etwas konnte man nur mit Carlos erleben."

Sie sah aus dem Fenster und schwieg. Dann sah sie ihn wieder an. „Ich habe ihn nicht umgebracht, dazu habe ich ihn trotz allem viel zu sehr geliebt."

Eine Weile schwiegen sie beide.

„Frau Perna", fing Peter wieder behutsam an, „wir haben im Wagen ihres Mannes 20.000 Euro gefunden. Sagt Ihnen das irgendetwas?"

Sie blickte ihn überrascht an. „20.000 Euro? So viel hatte er nie im Leben. Im Gegenteil, die letzte Zeit war er eher immer knapp bei Kasse!"

„Wer könnte ihm dann so viel Geld gegeben haben? Fehlt ihnen vielleicht Geld?"

„Machen sie Witze? Ich habe nicht einfach so viel Geld herumliegen!"

„Auf einem Konto vielleicht, an das er dran kam?", hakte Peter nach.

Sie schüttelte den Kopf. „Wir haben nur ein gemeinsames Girokonto. An meine Spareinlagen kann er nicht dran."

„Fentanyl ist auch als weißes Heroin bekannt. Halten Sie es für möglich, dass er irgendwie daran kam und das Zeug verkauft hat? Und es auch selber genommen hat?"

„Carlos, ein Dealer?" Sie hatte sich empört aufgerichtet. Dann sank sie plötzlich in sich zusammen.

„Ich weiß es nicht. Bis vor drei Monaten, hätte ich Ihnen diese Frage noch mit Sicherheit verneint. Heute kann ich das nicht mehr. Wir haben uns zu weit voneinander entfernt. Ich kenne die Leute, mit denen er verkehrte, nicht mehr. Ich glaube aber nicht, dass er selber Drogen genommen hat. Er stand mehr auf Alkohol.

Vielleicht weiß seine Schwester Louisa irgendetwas, ich kann Ihnen die Adresse geben."

„Ich habe die Adresse. Frau Perna war schon bei uns, nachdem sie vom Tod ihres Bruders erfahren hat."

„Na, dann muss ich Ihnen zu dieser Frau ja nichts mehr sagen."

Peter ließ dies unkommentiert.

„Frau Perna. Über ein paar Dinge müssen wir uns noch unterhalten."

„Können wir damit ein anderes Mal weiter machen? Ich habe starke Kopfschmerzen. Normalerweise würde ich noch in der Klinik liegen, aber da habe ich es nicht mehr ausgehalten. Jetzt habe ich allerdings nur noch den Wunsch zu schlafen."

Sie war aufgestanden und geriet ins Wanken.

Hätte Peter nicht schnell zugegriffen, wäre sie sicher wieder zu Boden gestürzt. Er hielt sie fest.

„Soll ich Frau Konnert noch mal rufen, damit Sie Ihnen hilft?"

„Nein, nein, es geht schon wieder. Barbara hat heute ein Seminar. Ich werde mich eine Weile aufs Sofa legen. Ich habe das Telefon da und kann jederzeit Hilfe rufen."

Er führte sie zu dem braunen Ledersofa und sie legte sich sofort der Länge nach hin.

„Ich muss mich auch um die Beerdigung kümmern", sagte sie mit dünner Stimme.

„Wann wird Carlos Leiche denn von der Polizei freigegeben?"

„Ich sage Ihnen Bescheid, sowie ich das weiß. Bitte melden Sie sich bei uns, wenn es Ihnen besser geht. Vielleicht ist noch mehr tödliches Fentanyl im Umlauf."

Sie nickte, die Augen schon geschlossen, und er verließ die Wohnung.

Barbara Konnert begegnete er auf dem Weg nach draußen nicht mehr. Er wusste nicht so recht, ob er das bedauern oder begrüßen sollte.

3.

Im Präsidium angekommen rief er Regina in sein Zimmer.

„Wie war euer Abendessen?“, fragte sie gleich.

„Es gab schon bessere! Können wir das Thema wechseln?“

Regina schnitt eine kleine Grimasse, schwieg aber.

„Ich habe mich heute Morgen mit Christine Perna unterhalten.“, fuhr Peter fort, nachdem Regina sich gesetzt hatte. „Es sind noch ein paar Fragen offen geblieben. Sie ist noch sehr angeschlagen.“

Er schilderte Regina das Gespräch.

„Liebe und Hass liegen oft sehr dicht beieinander.“ meinte Regina. „Wir hatten schon einige Fälle, in denen das der Grund für einen Mord war.“

„Natürlich. Es gibt aber auch noch ganz andere Motive. Wir wissen noch viel zu wenig über das Umfeld von Carlos Perna. Hatte er wirklich eine Geliebte? Hat er vielleicht mit Drogen gedealt?“

„Ich welchem Verhältnis stand er zu den Bandmitgliedern oder zur Freundin seiner Frau, Barbara Konnert?“

„Ich denke, Dreh- und Angelpunkt ist das Geld. Wenn wir herausbekommen können, wo er das her hat, haben wir eine Richtung.“, meinte Peter. „Ich habe schon einen Antrag gestellt, damit wir die Konten der Pernas überprüfen können. Vielleicht hat Carlos Perna auch Konten gehabt, von denen seine Frau nichts wusste. Wie auch immer, beim nächsten Gespräch mit Christine Perna hätte ich dich gerne dabei."

Als Regina das Zimmer verlassen hatte wählte Peter die Nummer von Dr. Schreier. Er hatte Glück, zwei Minuten später hatte er ihn schon am Telefon.

„Na, was möchten Sie diesmal wissen, Scheuermann?"

„Haben Sie noch irgendetwas rausgefunden?"

„Also, ich mache den Bericht heute Abend fertig, dann kann ihn morgen früh einer Ihrer Leute abholen, was halten Sie davon?"

„Sehr gut. Gibt es schon etwas, was Sie mir vorab noch sagen können?"

„Warten Sie kurz." Peter hörte ihn mit Papieren rascheln. „Da haben wir es: Er hatte einiges getrunken und muss zum Todeszeitpunkt ungefähr 2,4 Promille gehabt haben. Das Fentanyl war so dosiert, dass es ihn absolut fahruntauglich machte. Wir können davon ausgehen, dass zwischen Fentanyl-Einnahme und Eintritt ins Koma ungefähr fünfzehn bis zwanzig Minuten vergangen sind.

Hilft ihnen das weiter?"

„Ja danke, ich werde den Bericht dann morgen holen lassen." Peter legte auf.

„Fünfzehn bis zwanzig Minuten, das engt den Aktionsradius von Carlos Perna ziemlich ein, überlegte er. Angenommen Carlos hatte um sechs Uhr Morgens das Fentanyl zu sich genommen, war dann sofort in den Wagen gestiegen und losgefahren. Sein Auto war, zumindest so, wie es nach dem Unfall da stand, aus Richtung Frankfurt gekommen. Um sechs Uhr Morgens war natürlich noch nicht so viel Verkehr in diese Richtung, und er konnte schnell gefahren sein. Trotzdem konnte er so nicht halb Frankfurt durchquert haben. Eigentlich kamen nur der westliche Teil oder die Innenstadt infrage. Er brauchte einen Stadtplan.

Diesmal würde ihm der PC nichts nutzen, er wollte das Gebiet einzeichnen.

Stefan hatte einen Stadtplan und überließ ihn Peter bereitwillig. Er zog einen großen Kreis mit Edding um das Gebiet, von dem er glaubte, dass es im Bereich der 20 Minuten lag, die Schreier ihm genannt hatte. Vielleicht würde es irgendwann eine Übereinstimmung geben.

Doch eine Sache hatte er noch nicht bedacht. Zwar hatte Toni erzählt, dass Carlos noch eine Verabredung in Frankfurt hätte, aber das hieß noch lange nicht, dass Carlos auch tatsächlich dort gewesen war. So zur Unfallstelle gelangte man auch, wenn man aus Bad Vilbel oder von der A 601 kam. Er streckte den Kopf zur Tür raus. Regina saß an ihrem PC. „Ich bräuchte auch einen Plan von Bad Vilbel und Umgebung".

Wieder hatte Stefan das Gewünschte und Peter zog seinen Kreis. Falls der erste Anrufer auf dem Band Carlos selbst gewesen war, könnte er die 601 eigentlich ausschließen. Da gab es keine Kneipe, von der aus er hätte telefonieren und danach noch soweit hätte fahren können. Aber das war alles reine Spekulation. Er musste zuerst Christine Perna das Band anhören lassen. Es konnte auch jemand ganz anderes sein.

Um kurz vor zwölf schaute Stefan zur Tür hinein, um ihm mitzuteilen, dass Mario Rosen in Begleitung seines älteren Bruders Tobias da sei und drückte ihm einen Zettel mit den schon aufgenommenen Personalien in die Hand.

Peter bat sie zu sich ins Büro und stellte sich vor.

Mario Rosen war ein außergewöhnlich hübscher junger Mann. Er hatte blonde, lockige, schulterlange Haare, große, blaue Augen mit langen Wimpern. Peter hätte sich ihn gut in einer Band vorstellen können. Sein Aussehen hätte ihn zum Schwarm aller Mädchen gemacht. Sein Bruder dagegen war normaler Durchschnitt.

„Darf ich noch du sagen?“ wandte er sich dann zuerst an Mario.

Dieser nickte zustimmend.

„Und Sie sind der Bruder von Mario?“

„Ja, ich bin zwanzig. Mario wohnt bei mir.“

„Und Ihre Eltern?“

„Wofür interessiert Sie das?“

„Na ja mit sechzehn lebt man üblicherweise ja noch bei den Eltern.“

„Ich habe keine Ahnung, wo meine Mutter jetzt ist. Sie ist mit ‘nem Typ weggegangen. Mit meinem Vater gab’s nur Krach, da bin ich zu Tobias.“, schaltete sich Mario ein.

„Gehst du noch zur Schule?“

„Nein, bin fertig.“

„Und womit verdienst du deinen Lebensunterhalt?“

Tobias Rosen antwortete an Marios Stelle:

„Ich arbeite als Barkeeper und Mario jobbt. Das reicht fürs Erste.“

„Und was für welche Jobs sind das?“

„Dies und das. Ab und zu hilft er mir abends in der Bar.“

„Mario, wir haben deine Handynummer im Portemonnaie von Herrn Perna gefunden. Wie kam er dazu?“

„Ich will in seiner Band mitarbeiten.“

„Bist du Musiker?“

Mario wirkte irritiert. „Ehm, nein. So als Junge für alles. Auf- und Abbau, Botengänge und so was.“

„Du weißt, dass diese Auftritte bis spät in die Nacht gehen und du nachts gar nichts mehr auf der Straße zu suchen hast?“

Mario wirkte sichtlich nervös.

Tobias Rosen schaltete sich ein: „Ist doch noch gar nix festgemacht bis jetzt. Ich pass da schon auf. Was ist denn mit diesem Carlos los?“

„Er ist mit dem Auto tödlich verunglückt. Und wir ermitteln, wie es dazu kam. “

Betroffen schwiegen die Brüder.

„Tja, Mario. Da ich nicht weiß, wie es mit der Band weiter geht, musst du dir vielleicht einen anderen Job, oder noch besser einen Ausbildungsplatz suchen.“, empfahl Peter und fragte dann noch Tobias Rosen nach der Adresse der Bar, in der er arbeitete.

Nachdem er die Brüder verabschiedet hatte verließ er das Präsidium und machte sich zu Fuß auf den Weg zum Chinesen.

4.

Die Aufmachung Louisa Pernas unterschied sich nicht sehr von ihrer Aufmachung zwei Tage zuvor. Anstelle des gelben T-Shirts trug sie heute ein orangefarbenes, und die Jeans war wieder so eng, dass Peter kurz überlegte, wie sie die wohl zubekommen hatte. Vielleicht war es ja eine Stretch-Jeans und hatte als solche geleistet, was nur irgendwie ging.

Louisa Perna war mit selbstzufriedenem Gesicht hereinspaziert, hatte Platz genommen und ihn erwartungsvoll angeblickt, die Arme unter ihrem mächtigen Busen verschränkt, den sie wie eine Waffe vor sich herschob.

„Frau Perna, vielen Dank, dass Sie noch mal hergekommen sind. Meine Kollegin Frau Kolb und ich hätten noch ein paar Fragen an Sie.“ eröffnete Peter das Gespräch.

„Das kann ich mir denken. Mit der feinen Frau Doktor sind Sie bestimmt nicht recht weitergekommen.“

„Frau Perna, wann haben Sie Ihren Bruder Carlos zum letzten Mal gesehen oder gesprochen?“, fragte Peter ohne näher auf das Gesagte einzugehen. Dass Louisa Perna ihre Schwägerin nicht leiden konnte, war ja schon beim ersten Gespräch deutlich zu merken gewesen.

„Das war am Montagnachmittag, so gegen siebzehn Uhr. Wenn ich gewusst hätte, dass es das Letzte Mal war …“ Sie fing an zu schluchzen.

„Wo haben Sie sich getroffen?“

„Er kam bei mir zu Hause vorbei.“

„Hatte er einen bestimmten Grund, Sie zu besuchen?“

„Einen Grund?“ Sie zog geräuschsvoll die Nase hoch. „Braucht es einen Grund, wenn einen der eigene Bruder besucht? Er kam oft um diese Zeit auf einen Kaffee vorbei.“

„Über was haben Sie sich unterhalten, hatte er irgendetwas Besonderes vor?“

„Er hat mit erzählt, dass seine feine Frau Doktor wohl im Moment etwas schwierig ist. Hab ihm gesagt, dass ich das gleich so habe kommen sehen.“

„Inwiefern schwierig?“, schaltete sich Regina ein.

„Tja, sehen Sie, Carlos hatte da wohl eine kleine Bettgeschichte. Das kann ihm keiner verübeln. Wollten Sie eine Frau haben, die nächtelang nicht zu Hause ist und wenn doch, einfach nur müde? Christine hat ihm das mit dieser Frau übel genommen. Jedenfalls hatten die beiden sich wohl am Sonntag gestritten. Und sie hat ihm doch tatsächlich angedroht, sein Zeug zu packen und ihn vor die Tür zu setzen.“

Peter zeigte seine Verblüffung nicht. Davon hatte Christine Perna keinen Ton gesagt.

„Und wie hat Ihr Bruder darauf reagiert?“

„Er war wütend. Sie hatte kein Recht, ihn so zu behandeln. Hatte sich das ja schließlich selbst zuzuschreiben!“

„Hatte Carlos vor, sich von seiner …“, Peter räusperte sich bevor er die gleiche Formulierung wählte wie Louisa Perna, „Bettgeschichte zu trennen? Wissen Sie, wie die Dame heißt?“

„Sie heißt Anna, mehr weiß ich nicht. Schließlich wollte er ja nur ein bisschen Spaß haben und nicht gleich zu ihr ziehen. Irgendwie hing Carlos an Christine. Ist mir völlig schleierhaft wieso. Sie hat ihn schon immer spüren lassen, dass sie was Besseres ist. Aber ein Kubaner lässt sich nicht einfach so von seiner Frau rauswerfen. Schließlich waren die zwei verheiratet."

Peter ging flüchtig durch den Kopf, dass das eine komische Moral war.

„Wissen Sie, wann und wie er Anna kennen gelernt hat?"

„Ich glaube bei einem Auftritt. Carlos konnte sich doch die Mädels aussuchen. Er hatte viele weibliche Fans. Wenn es was Ernstes gewesen wäre, hätte er sie mir vorgestellt, da bin ich mir sicher."

„Wusste sonst noch irgendjemand was von dieser Anna?", fragte Regina.

Louisa zuckte mit den Schultern. „Keine Ahnung. Er hat es nicht an die große Glocke gehängt. Die Kumpels von der Band haben vielleicht noch was mitbekommen."

„Hat Carlos ihnen erzählt, was er tun würde in dieser Sache?"

„Er meinte, Christine würde sich schon wieder beruhigen. Das hätte er bis jetzt immer hinbekommen. Und wenn nicht, hätte er auch ohne sie genug Geld."

„Und, hatte er das Ihrer Meinung nach auch?"

„Er war gut. Seine Band erfolgreich und mit jedem Auftritt mehr gefragt. Da konnte er bestimmt gut ohne die Frau Doktor leben."

„Frau Perna, wir haben im Auto ihres Bruders 20.000 Euro gefunden. Haben Sie eine Idee woher das Geld stammt?"

Louisa Perna beugte sich verblüfft nach vorne. Dafür löste sie die unter ihrem Busen verschränkten Arme. Die Massen kamen gefährlich ins Wackeln und Peter hatte für Sekunden die Schreckensversion von einem gesprengten T-Shirt.

„Keine Ahnung. Mir hat er nichts gesagt. Aber wahrscheinlich stammt der Zaster von seinen Auftritten? Die werden oft in bar bezahlt und dann muss er es ja irgendwo lassen, bis er wieder zu einer Bank kommt.?" Jetzt sah sie den Kommissar und seine Kollegin fragend an.

„Gut möglich", entgegnete Peter vage. „Nach dem Auftritt am Montag ist Ihr Bruder wohl noch in der Nacht nach Frankfurt gefahren. Was könnte er da morgens um vier gewollt haben?"

„Na, worauf hätten Sie denn morgens um vier noch Lust?" Louisa Perna sah ihn grinsend an.

„Sie denken, dass er vielleicht bei Anna war?", fragte Regina.

„Naja, das ist nahe liegend, oder?"

Peter erhob sich. „Dann erst mal vielen Dank, Frau Perna, dass Sie hier waren. Sollte Ihnen noch irgendetwas einfallen, melden Sie sich bitte bei uns."

Regina führte Louisa hinaus und kam eine Minute später wieder ins Zimmer zurück.

„Was hältst du von der Geschichte mit Anna? Ist es nicht merkwürdig, dass Christine Perna sie nicht erwähnt hat?"

„Tja, sie war gestern ziemlich angeschlagen und es sind eh noch ein paar Fragen offen. Von einem Streit hat sie überhaupt nichts erzählt, geschweige denn von einer Geliebten. Wir werden sie sehr bald danach fragen.", meinte Peter.

„Die Tatsache, dass wir Geld im Auto gefunden haben, scheint aber sowohl Christine als auch Louisa Perna zu erstaunen. Wobei Louisa Perna noch glaubt, das Geld könne von den Auftritten stammen, was, wie wir nun wissen, ziemlich unwahrscheinlich ist, denn der Betrag ist zu hoch.", fuhr Regina nachdenklich fort.

„Wir werden das überprüfen. Es muss ja Verträge geben. Wenn das nicht das Geld von den Auftritten ist, wo hat Herr Perna dann die Gage von den letzten Gigs hingetan? Offensichtlich fehlt die ja den anderen Bandmitgliedern.", meinte Peter.

„Vielleicht hatte Perna doch vor, ins Drogengeschäft einzusteigen. Immerhin hat er seiner Schwester gesagt, dass er genug Geld hätte, um ohne seine Frau leben zu können. Für seinen Lebensstil, die schicken Klamotten hätten die Einnahmen der Band bestimmt noch nicht ausgereicht.“, fuhr er fort. „Ich fürchte wir kommen erst mal nicht recht weiter ohne Christine Perna.“

„Es gibt noch eine Möglichkeit. Es könnte doch sein, dass Barbara Konnert etwas weiß? Wenn sie Christine Perna als ihre beste Freundin bezeichnet, haben sie bestimmt darüber geredet.“

„Meinst du? Schließlich ist es ja nicht gerade angenehm, wenn man jemandem erzählen soll, dass der eigene Mann einen betrügt.“, zweifelte Peter.

Regina schüttelte den Kopf. „Ich weiß nicht, was Männer, wenn sie beste Freunde sind, sich so erzählen. Ganz sicher aber weiß meine beste Freundin alles von mir und ich von ihr. Ich kann ihr alles erzählen. Und ich käme niemals auf die Idee, dass sie das irgendwie bewerten würde. Allerdings würde sie auch nie etwas weiter erzählen. Aber vielleicht ist diese Anna ja gar kein Geheimnis und Christine hat nur noch nicht von ihr erzählt, weil sie so durcheinander ist? In dem Fall könnte uns Frau Konnert bestimmt ein paar Informationen liefern. Bestell sie doch ein!“

„Sie hat einen kleinen Sohn, wie du weißt. Es ist nicht ganz leicht für sie, sich freizumachen. Ich kann ja auch auf dem Heimweg noch mal bei ihr vorbei fahren.“ Regina sah ihn prüfend an. Oder bildete Peter sich das nur ein?

Schnell setzte er hinzu: „Sag den anderen bitte, dass wir uns um 17.00 Uhr noch mal für dreißig Minuten zusammensetzen wollen, um alle auf dem Laufenden zu halten.“

5.

Peter kam noch vor sieben Uhr nach Hause. Alles war still, und keiner antwortete ihm auf sein „Hallo, ich bin's!"

Die Terrassentür stand offen, und er fand Marion im Garten beim Rosenschneiden.

„Hallo, ich habe dich gar nicht gehört, du bist früh dran.", begrüßte sie ihn.

Es war, als hätte es gestern Abend beim Essen keinen Streit gegeben. Als hätte sie ihn nicht einfach dort sitzen lassen und als hätte er ihr nicht gesagt, sie solle sich mal mehr Gedanken um Marlene machen als um ihn. So machten sie das öfter nach einem Streit. Man würde sich noch ein paar Tage vorsichtig bewegen und nach und nach wäre das Thema vergessen. Bis zum nächsten Mal. Diesmal hatte er sich aber fest vorgenommen, darauf noch mal zurückzukommen. Spätestens am Wochenende.

„Was wollen wir essen, hast du schon Pläne?", fragte er sie.

„Wir können hier draußen den Tisch decken", schlug sie vor. Ich habe frisches Brot, Wurst und Käse. Marlene ist noch bei Kerstin, sie kommt gegen acht."

„Isst sie dann mit uns?"

Marion zuckte die Schultern. „Keine Ahnung, wir stellen einfach einen Teller mit hin. Vielleicht hat sie aber auch bei Kerstin gegessen."

Sie deckten gemeinsam den Tisch, und als Marlene erschien, setzte sie sich mit dazu.

„Jetzt erzähl mal von dem Elternabend", bat Peter sie.

„Ach, der war eigentlich ganz okay. Erst haben wir den Film gesehen. Und dann war da noch ein Typ von der Drogenberatungsstellen und man konnte Fragen stellen."

„Was war das für ein Film?"

„Es ging um ein junges Mädchen, dass auf einer Party angesprochen wurde, ob sie mal was Tolles Ausprobieren wollte. Aus

Neugier hat sie dann mitgemacht und Koks geschnupft. Bei einem Mal ist es dann nicht geblieben und sie wurde richtig abhängig."

„Und dann?", fragte Marion

„Dann hatte sie nicht genug Geld, um sich das Koks zu besorgen. Eine Weile hat sie zu Hause geklaut, so viel sie konnte, oder irgendwelche Sachen aus dem Haus heimlich verkauft. Als es dann endlich herauskam, war sie schon kurz davor, auf den Strich zu gehen, weil sie das Koks einfach gebraucht hat."

„Was passierte, als es herauskam?" wollte Peter wissen.

„Sie kam in eine Klinik und war erst mal auf Entzug. Sie hat lange gebraucht, um wieder ohne Drogen leben zu können, und ist wohl für immer gefährdet."

„Tja Drogen sind niemals ein Spaß. Dazu gehören auch Alkohol oder irgendwelche Tabletten. Man kann nicht nur von Koks abhängig werden", meinte Peter. „In meinem neuen Fall geht es auch um eine Droge. Ein Kubaner, der an einer Überdosis Fentanyl gestorben ist. Noch wissen wir nicht, ob er es sich selbst gespritzt hat, oder ob er es irgendwie verabreicht bekommen hat. Jedenfalls hatte er auch ne Menge Geld in seinem Auto."

„Vielleicht war er ja ein Dealer?", meinte Marlene. „Oder er hat irgendjemanden erpresst und deswegen so viel Geld bei sich gehabt?"

Peter stellte sein Bierglas abrupt ab. „Natürlich, das wäre auch eine Möglichkeit. Dann müsste er in den Besitz von Informationen gelangt sein, die für jemand anderen bedrohlich waren. In diese Richtung habe ich noch gar nicht gedacht!"

„Nicht verzagen, Marlene fragen", sagte seine unverbesserliche Tochter, stand auf und schob den Stuhl zur Seite. Ich geh schon mal hoch. Muss noch was wegen Mathe klären."

Vermutlich wird sie nun die nächsten zwei Stunden am Telefon verbringen und über alles, nur nicht über Mathe sprechen, dachte Peter. Er sprach es aber nicht laut aus, weil Marion dann Marlene sofort wieder in Schutz genommen hätte. Warum konnte sie nicht einfach mal sagen: „Ja, vermutlich hast du recht“? Das würde er nie begreifen.

Sie räumten den Tisch gemeinsam ab.

„Trinkst du noch ein Glas Wein mit?“, fragte Peter Marion.

„Ja, wenn wir keine Grundsatzdiskussionen führen müssen, sondern einfach mal hier in Ruhe sitzen und den Abend genießen.“

„Das ist mir für heute auch lieber. Ich habe gestern auch nicht mit komischen Themen angefangen.“, konnte er sich nicht verkneifen zu sagen.

„Das kommt auf die Sichtweise an“, erwiderte sie.

Er hatte schon den Mund geöffnet, schloss ihn dann aber wieder. Noch ein paar Worte in dieser Richtung und sie wären wieder genau da, wo sie nicht hinwollten.

Anscheinend waren sie momentan beide ziemlich angespannt und würden weder über das Thema Alkohol, was für ihn eh kein Thema war, noch über Marlene oder sonst was in Ruhe reden können.

Er holte eine Flasche Catarrata, einen sizilianischen Weißwein, aus dem Kühlschrank, füllte den Weinkühler mit Eis, stellte alles draußen auf den Tisch und ging noch mal rein, um zwei frische Gläser zu holen.

Es klingelte. Er sah auf die Uhr. Kurz nach neun, wer konnte das jetzt sein?

Achim, der Chef von Marions Theatergruppe, stand vor der Tür.

„Hi, ich hoffe, ich störe nicht. Wollte Marion nur noch schnell fragen, ob sie sich bis zum nächsten Mal die Rolle der Edda ansehen kann. Telefonisch konnte ich niemanden erreichen, bei euch ist dauernd besetzt.“

Das hieß, dass Marlene wieder auf beiden Leitungen gleichzeitig telefonierte.

„Warte, ich hole Marion." Peter ließ Achim an der offenen Tür stehen. Er hatte gerne Gäste, aber nicht ungeplant abends um neun.

Marion schien das weniger auszumachen. Innerhalb von zwei Minuten hatte sie Achim auf die Terrasse gebeten und ihn mit einem Glas Wein versorgt. Aus dem „Aber wirklich nur ein Glas, ich will euch nicht stören" wurden vier oder mehr Gläser und ein paar Stunden. Genau wusste es Peter nicht, denn nach den ersten beiden Gläsern hatte er sich ins Bett verabschiedet. Nicht, dass er sich gelangweilt hätte. Achim konnte viele, lustige Anekdoten aus der Theaterwelt zum Besten geben. Aber er hatte noch ein deutliches Schlafdefizit von der vergangenen Nacht und war auch nicht recht in Stimmung.

Lange konnte er noch das Gemurmel, das von der Terrasse heraufdrang hören, immer wieder unterbrochen von Marions Lachen.

Freitag

1.

Der nächste Tag, ein Freitag, brachte Regen. Wäre ja auch zu schön gewesen, wenn mal eine Woche am Stück die Sonne geschienen hätte. Als Peter zur Garage hinüberging, wurde er das erste Mal nass. Die Petunien sahen aus, als würden sie sich nie mehr aufrichten: Völlig zusammengesunken schienen sie unter der Last des Regens kapituliert zu haben.

Eigentlich war Peters Motto: Es gibt kein schlechtes Wetter, es gibt nur schlechte Kleidung. Gerade beim Angeln war er schon stundenlang dem Regen ausgesetzt gewesen, ohne, dass ihn das sonderlich gestört hatte. Aber heute störte es ihn. Heute hatte er auch definitiv die falsche Jacke an. Heute schwappte ihm ein Schwall Wasser in den Kragen, als er das Garagentor öffnete, und er wurde bis auf die Haut nass. „Na super!" Seine ohnehin schon nicht gerade beste Laune verschlechterte sich noch um ein paar Zehntel. Marion hatte noch geschlafen, als er aufgestanden war. Wenn er sich nicht völlig verhört hatte, hatte sie beim Rumdrehen „Achim" gemurmelt und weitergeschlafen. Das musste gar nichts zu bedeuten haben. Schließlich war Achim ja den ganzen Abend da gewesen und vielleicht träumte sie einfach davon. Normalerweise würden sie darüber gemeinsam lachen. Und er würde sie damit den ganzen Tag aufziehen. Aber irgendwie waren sie sich in letzter Zeit nicht immer so nah gewesen und Peter mochte es nicht, wenn andere Männernamen als seiner im Schlafzimmer fielen.

Er setzte sich fluchend ins Auto. Das Hemd klebte nass an ihm, doch er hatte keine Lust, noch mal durch den Regen zum Haus zu laufen, um sich umzuziehen.

Vierzig Minuten später war er im Kommissariat. Er schien der Erste zu sein. Wo steckte denn der Rest? Wenn so viel Arbeit auf einen wartete, konnte man doch ruhig auch mal zeitig anfangen! Er übersah geflissentlich, dass es erst sieben Uhr war, und schaltete den PC ein, um sich noch mal die Fallakte und die Spurenakte anzusehen.

Als um acht Uhr Regina erschien und ihm einen guten Morgen wünschte, hatte ihn die Arbeit zumindest soweit von seiner schlechten Laune abgelenkt, dass er ein kurzes „Morgen" murmeln konnte und konstatierte, dass sie wenigstens nicht zu spät dran war.

Fünf Minuten später kam sie dann mit einem Humpen frisch gekochten Kaffee und ihren berühmten Schoko-Croissants zur Tür rein.

„Ich hoffe, ich bin nicht der Grund für deine schlechte Laune, vielleicht helfen ja ein Kaffee und zwei Croissants."

Wie machte sie das bloß immer?

„Woher willst du wissen, dass ich keine gute Laune habe?", entgegnete er.

„Du siehst genau wie mein Sohn Lukas aus, wenn irgendetwas schief gelaufen ist. Hat es was mit unserem Fall zu tun oder brauchst du eine Schulter zum Ausweinen?"

„Weder noch, ich will einfach nur mal meine Ruhe haben!"

„Bin schon verschwunden!" Sie schloss leise, aber nachdrücklich seine Tür.

„Danke für den Kaffee und die Croissants!", rief er etwas zu spät hinter ihr her. Na ja, vielleicht hatte sie es ja noch gehört ...

Der Kaffeeduft hatte sich inzwischen im ganzen Raum ausgebreitet und auf einmal merkte er, dass er Riesenhunger hatte. Gierig biss er in das erste Croissant, das vor Schokolade tropfte und obendrein noch herrlich nach Butter schmeckte.

Zehn Minuten, zwei Croissants und einen Humpen Kaffee später fühlte er sich wesentlich besser und konnte schon wieder über sich selbst lachen: Was war schon groß passiert? Okay, er hatte sich den Abend etwas anders vorgestellt, aber wenn ein Freund von ihm zur Tür hereinspaziert wäre oder eine Kollegin, hätte er sie bestimmt auch auf die Terrasse gebeten und sie nicht gleich wieder raus geschmissen. Und wenn man dann den ganzen Abend zusammen verbrachte, konnte es doch durchaus sein, dass man noch davon träumte. Und eigentlich wusste er auch, dass man das Garagentor, wenn es so schüttete wie heute Morgen, langsam aufmachen musste. Er und Marion waren schon öfter nass geworden und hatten meistens nur gelacht. Er beschloss seine Laune noch etwas aufzubessern und klickte sich auf seinem PC ins Fliegenfischer-Forum ein. Eine angenehme halbe Stunde verbrachte er mit dem Lesen von den neuesten Angelerlebnissen, die andere Forumsmitglieder ins Internet eingestellt hatten.

Dann öffnete er seine Tür. Regina und Stefan, der nun auch da war, steckten gerade die Köpfe über den „Eishockey-News" zusammen und besprachen die neuesten Spieler-Einkäufe der Frankfurt Lions. Die Saison war im April zu Ende gegangen und würde im September mit vielen neuen Spielern wieder starten. Stefan hatte immer Dauerkarten, und ab und zu nahm er auch Regina und ihren Sohn Lukas mit. Er würde dieses Jahr für alle, Peters Familie eingeschlossen, Karten für das Spiel gegen Mannheim besorgen, denn die Spiele gegen den Erzrivalen Mannheim waren ein absolutes „Must See" nach Stefans Meinung.

„Wenn ich mal kurz euer trautes Beisammensein stören dürfte?"

Die beiden blickten auf.

„Keine Angst, meine Laune hat sich gebessert, vielen Dank auch für die Erste Hilfe.“ Er zwinkerte Regina zu.

„Puh, es geht ihm besser, Gott sei Dank!“, konnte sich Regina nicht verkneifen zu sagen.

„Stefan, schick bitte mal jemanden rüber in die Gerichtsmedizin. Schreier hat seinen Bericht fertig. Du, Regina, rufst bitte bei Frau Dr. Perna an und fragst sie, ob sie in der Lage ist, hierher zu kommen. Ich möchte ihr gerne noch mal das Band vorspielen und hätte dich dann gerne dabei, wenn wir sie nach dieser Anna fragen. Wenn wir da irgendwie nicht recht weiterkommen, sprechen wir noch mal mit Frau Konnert. Außerdem sollten wir vielleicht Louisa Perna mal einen Besuch zu Hause abstatten, um zu sehen, in welchem Umfeld sie eigentlich lebt. Schließlich hat ihr Bruder Carlos sie angeblich jeden zweiten Tag besucht. Vielleicht kann uns da auch jemand aus der Nachbarschaft was sagen.“

Regina und Stefan nickten zustimmend und er verschwand wieder in sein Büro.

Stefan hatte ihm das Band aus dem Anrufbeantworter vorbereitet und er hörte sich die erste Aufnahme noch mal an: „Hi Süße, freu dich, ich komme dich gleich besuchen!“ Die Stimme klang deutlich alkoholisiert. Stefan hatte ihm die Uhrzeit dazu notiert: 5.45 Uhr. Den Hintergrundgeräuschen nach zu urteilen, könnte sich der Anrufer in einer Kneipe aufgehalten haben. Dann müsste es eine Kneipe ohne Sperrstunde sein, in der noch dazu am so frühen Morgen richtig was los war. Er nahm wieder die beiden Stadtpläne, auf denen er einen Radius von circa zwanzig Autominuten eingezeichnet hatte. Wenn diese Stimme zu Carlos Perna gehörte, und das würde er Christine Perna zu allererst fragen, könnte man vielleicht herausbekommen, von welchem Lokal aus er angerufen hatte.

Er rief nach Stefan. „Finde doch mal bitte heraus, welche Lokale in diesem Gebiet hier liegen, die montags und ohne

Sperrstunde, also mindestens bis 5.45 Uhr morgens geöffnet haben und in denen um diese Uhrzeit auch noch was los ist!

Und Regina soll bitte im Markus-Krankenhaus anrufen und sich bestätigen lassen, dass Frau Dr. Perna Nachtdienst hatte und wie lange der ging!"

Zehn Minuten später klopfte es und Regina steckte den Kopf zur Tür herein: „Frau Dr. Perna ist um 12.00 Uhr hier und die Stationsschwester von der Chirurgie im Markuskrankenhaus hat mir bestätigt, dass Dr. Perna Nachtdienst hatte."

„Gut. Wenn der Bericht aus der Gerichtsmedizin da ist, scann ihn bitte sofort ein und leg ihn mir rüber!"

Schreiers Bericht enthielt im Wesentlichen nichts Neues für Peter. Im Nackenbereich hatten sich Kleberückstände eines Pflasters befunden, die nochmals einer genauern Analyse unterzogen werden würden. Carlos hatte 2,4 Promille gehabt. Der Alkohol alleine hätte schon als Erklärung für einen tödlichen Verkehrsunfall ausgereicht. Aber er hatte nachweisbar auch Fentanyl im Blut gehabt. Zwischen der Einnahme des Fentanyls und dem Todeszeitpunkt lagen ungefähr fünfzehn bis zwanzig Minuten. Und die große Frage war, ob er sich selber das Fentanyl gespritzt oder ob es ihm irgendjemand verabreicht hatte. Wenn er es selbst genommen hatte, hätte er sich bestimmt nicht gleich in sein Auto gesetzt, sondern irgendwo seinen Trip voll ausgekostet. Vielleicht war er aber auch so high gewesen, dass er gar nicht mehr mitbekommen hatte, dass er ins Auto stieg.

Auf die Pressemitteilung, dass es einen Toten nach einer Überdosis Fentanyl gegeben hatte, hatte sich bis jetzt noch niemand gemeldet. Peter wunderte sich nicht darüber. Wer gab schon freiwillig zu, dass er Drogen nahm? Falls das Fentanyl als weißes Heroin im Umlauf war, würde ein Dealer nun für kurze Zeit etwas vorsichtiger sein, und seine Kunden waren irgendwann so auf Entzug, dass es ihnen egal war, was sie da spritzten. Vielleicht hatte Carlos, der sich als ehemaliger Pharmareferent und Mann einer Ärztin zumindest mit der Materie auskannte, aber auch jemanden aus der Szene erpresst. Immerhin waren 20.000 Euro in seinem Wagen gefunden worden. Aber womit konnte Carlos wen erpresst haben?

Genau in dieser Sekunde unterbrach ihn das Klingeln des Telefons.

„Herr Scheuermann, Toni Lebert hier."

„Wir haben noch mal über alles in der Gruppe gesprochen. Es könnte sein, dass Alex noch etwas Wichtiges eingefallen ist."

„Ja? Was denn?"

„Es gibt da eine junge Frau, die war die letzte Zeit immer auf unseren Gigs und hat oft mit Carlos, na ja sagen wir mal geflirtet."

„Aha, und kennt Alex zufällig auch den Namen dieser jungen Frau?"

„Ja, sie heißt Ana. Ana mit einem N."

„Und mit Nachnamen?"

„Dietz, Ana Dietz."

„Mensch, Lebert, lassen Sie sich doch nicht alles aus der Nase ziehen! Gibt es auch eine Adresse?"

„Wie wär's, wenn sie das selber herausfinden?"

Es entstand eine Pause.

Peter fuhr fort: „Herr Lebert. Ich betone noch mal, es geht hier um einen Mordfall. Ob nun passiv, weil Herr Perna selbst etwas genommen hat, von dem er nicht wusste, dass es tödlich war, oder aktiv, weil ihm jemand bewusst das Zeug verabreicht hat. Es ist Mord. Und Sie haben die Pflicht, nichts zu verschweigen, was der Aufklärung dienen könnte!"

„Okay. Sie wohnt in der Schwindstraße in Frankfurt. Und das ist wirklich alles, was ich weiß!"

„Gut, das ist doch schon mal eine ganze Menge. Wenn Ihrem Kollegen Alex das alles eingefallen ist, warum hat er dann nicht bei mir angerufen?"

„Alex hasst das Telefonieren. Und außerdem haben wir alles zusammen besprochen und ich bin sozusagen der Sprecher der Gruppe."

„Richten Sie Alex bitte aus, dass ich ihn noch mal sprechen möchte. Wenn er nicht telefonieren mag, erwarte ich ihn am Montag um 9 Uhr auf dem Kommissariat!"

Peter fuhr fort: „Sagt Ihnen der Name Mario Rosen etwas?"

„Nein, sollte er?"

„Er hat ausgesagt, dass er mit Carlos über einen Job in der Band gesprochen habe. Als Junge für alles."

„Nein, davon weiß ich nichts. Kann aber gut möglich sein, wir haben immer wieder mal Helfer bei den Gigs."

Peter wollte sich verabschieden, doch Toni war noch nicht ganz fertig.

„Ehm, da ist noch eine Sache. Ist mir ein bisschen peinlich, aber wir wollen Christine nicht damit belästigen."

Peter wartete ab, was nun kommen würde.

„Tja, also Carlos hatte doch noch das Geld von unseren letzten drei Auftritten. Ich weiß ja nicht, ob er es bei sich hatte. Es ist nur, weil ihm davon ja nur ein Viertel gehört. Der Rest gehört ja uns. Wurde es zufällig gefunden?"

Peter antwortete immer noch nicht, was Toni, wie beabsichtigt, sichtlich nervös machte:

„Hallo, Herr Scheuermann sind Sie noch da?

„Mhm, ja."

„Und wurde es gefunden? Ich habe keine Ahnung, was man in so einem Fall macht. Aber sehen Sie, im Moment können wir nicht auftreten. Abgesehen davon, dass wir uns einen neuen Sänger suchen müssen, sind wir nicht gerade in der Stimmung, uns auf die Bühne zu stellen. Und Christine möchten wir nur im äußersten Notfall fragen. Vielleicht können Sie sie ja für uns fragen? So nach dem Prinzip: Eine Hand wäscht die andere?"

„Ich will sehen, was ich für Sie tun kann." Peter legte auf.

Da war sie, die Frage nach dem Geld. Einerseits ganz verständlich, andererseits konnte auch mehr dahinter stecken. Und nun hatten sie immerhin schon zum zweiten Mal den Namen Anna gehört. Jetzt war es eine Ana mit nur einem N. Ana Dietz aus der Schwindstraße.

Er war gespannt, was Christine Perna dazu zu sagen hatte.

2.

Christine Perna war blass aber gefasst, als sie Peters Büro betrat. Die Haare hatte sie zu einem strengen Knoten aufgesteckt und trug diesmal einen dunkelbraunen, ganz schmal geschnittenen Hosenanzug. Die zierlichen Füße steckten in beigefarbenen Pumps. Sie trug eine Perlenkette und kleine Ohrstecker mit Perlen, die Finger jedoch waren ohne jeden Ring. Peter versuchte sich daran zu erinnern, ob sie die Tage zuvor einen Ehering getragen hatte. Sie hatte kleine, gepflegte Hände, mit kurz geschnittenen Nägeln ohne jeden Lack. Ihr Händedruck war kräftig, die Haut fühlte sich kühl an, und sie blickte ihm geradewegs ins Gesicht.

Peter konnte sie sich plötzlich sehr gut vorstellen, wie sie irgendwelche Anweisungen gab. So zierlich sie auch auf den ersten Blick wirkte, strahlte sie doch eine große Energie und kühle Selbstsicherheit aus. Ob sie trauerte, konnte er zumindest aus ihrem Erscheinungsbild und Auftreten nicht schließen. Aber sie war eine Frau, die von sich behauptete, sich sehr gut zu beherrschen. Er war gespannt, wie das Gespräch verlaufen würde.

Regina hatte ihr ein Wasser hingestellt und sich dann seitlich neben sie gesetzt.

„Nun, da bin ich. Ich habe noch einiges in Frankfurt zu erledigen und wäre Ihnen dankbar, wenn wir gleich zur Sache kommen könnten“, eröffnete sie das Gespräch.

„Dann möchte ich Sie bitten, sich zuerst noch mal die Aufnahmen auf Ihrem Band anzuhören, ich habe sie hier vorbereitet.“

„Wenn Sie denken, dass es irgendetwas nutzt ...“

Peter hatte schon die Wiedergabetaste gedrückt und spielte ihr zuerst die letzte Nachricht vor.

„Das ist der Stimme nach Jack von der Band.“

„Und was könnte die Nachricht bedeuten?“

„Ich kann nicht hellsehen, aber ich vermute, dass Carlos das Geld von dem Gig eingesteckt hatte, oder sich bei seinen Kumpels was geliehen hat.“

„Würde er nicht zuerst zu Ihnen kommen, wenn er Geld bräuchte?“

„Wir hatten ein gemeinsames Konto für den monatlichen Bedarf und das war gut ausreichend. Wenn er darüber hinaus noch irgendwelche Extra-Wünsche hatte, musste er die von seinem Geld erfüllen.“

„Und wenn er nun in eine Situation geraten wäre, in der er ausnahmsweise mal mehr Geld gebraucht hätte?“, fragte Regina.

„Und was für eine Situation hätte das sein sollen?“

„Vielleicht hat er ja gespielt oder doch Drogen genommen?“

„Carlos hatte sich zwar in den letzten Monaten verändert, aber er war nicht drogensüchtig. Das hätte ich sofort bemerkt. Und wenn er gespielt hätte, wäre er bestimmt nicht zu mir gekommen. Er hätte gewusst, dass ich ihm kein Geld gebe.“

„Haben Sie irgendeine Idee“, fragte Peter „wie das Fentanyl in sein Blut gelangen konnte?“

Christine Perna schüttelte den Kopf. „Ich habe, seit ich bei Dr. Schreier war, hin und her überlegt. Am wahrscheinlichsten ist es wohl, dass er was Neues ausprobieren wollte. Vielleicht war ihm der Alkohol nicht mehr genug oder aber er wollte es selbst unter die Leute bringen und hat es vorher getestet. Vielleicht waren die 20.000 Euro schon eine Art Anzahlung seiner Kunden. Carlos kannte Menschen aus jeder Gesellschaftsschicht."

„Und was halten Sie von der Möglichkeit, dass das Fentanyl ihm absichtlich verabreicht wurde, um ihn zu töten?"

„Glauben Sie das wirklich? Wer sollte ihn töten wollen?"

„Es gibt viele Motive für einen Mord: Geldgier, Eifersucht, Neid- um nur ein paar wenige zu nennen. Ich möchte Ihnen jetzt gerne die erste Nachricht auf dem Band vorspielen." Peter drückte die entsprechende Taste:

„Hi Süße, freu dich, ich komme dich gleich besuchen!"

Christine Perna blieb regungslos sitzen. Ihr Gesicht zeigte nicht die Spur einer Empfindung.

„Können Sie uns sagen, wessen Stimme das eben war?"

„Ja, das kann ich." Sie blickte Peter direkt an. „Das ist Carlos. Carlos, wenn er getrunken hat." Sie machte eine Pause. „Ich wusste nicht, dass er angerufen hatte. Wie viel Uhr war es da?"

„Viertel vor sechs, am Dienstagmorgen."

„Oh mein Gott, das muss kurz vor seinem Unfall gewesen sein!" Jetzt zeigte sich das erste Mal so etwas wie Bestürzung auf ihrem Gesicht.

„Wusste er, dass Sie Nachtdienst hatten?"

Christine nickte. „Ja, natürlich. Er kennt meinen Dienstplan."

„Und wann kamen Sie aus dem Dienst nach Hause?"

„Gegen viertel nach acht am Morgen."

„Das heißt, wenn er auf direktem Wege nach Hause hätte fahren können, wäre er ein bis zwei Stunden vor Ihnen da gewesen."

Christine Perna nickte.

„Obwohl Sie ihn am Sonntag vor die Tür gesetzt hatten?"

Sie zuckte fast unmerklich zusammen.

„Das ist meine Sache und geht niemanden etwas an."

„Ich denke, dass es jetzt auch uns etwas angeht, Frau Dr. Perna“, erwiderte Peter. „Wir ermitteln in einem Mordfall!“

„Dann fragen Sie den, der Ihnen das erzählt hat. Kann ja nur Louisa sein. Und ihre Geschichten sind immer viel dramatischer als meine!“

„Frau Dr. Perna“, schaltete sich nun Regina ein. „Sie haben meinem Kollegen schon gesagt, dass Sie Ihren Mann Carlos sowohl geliebt als auch gehasst haben. Hassen ist ein sehr starkes Wort. Doch wir können das ohne Ihre Hilfe nicht beurteilen. Was ist vorgefallen zwischen Ihnen beiden?“

Christine Perna hatte die Hände im Schoß gefaltet und sah zum Fenster hinaus. Eine Minute verstrich, ohne, dass irgendjemand etwas sagte. Peter ließ ihr Zeit und schaute ebenfalls zum Fenster hinaus. Nur Regina blickte Frau Perna fragend an.

Schließlich räusperte sie sich und begann:

„Man muss Carlos kennen, seine Art und wie er sich gab, um das zu verstehen.“

„Versuchen Sie doch einfach mal, uns ein bisschen von ihm zu erzählen“, sagte Regina ruhig.

„Also gut, es kommt jetzt eh nicht mehr darauf an.“ Christine lächelte schief: „Carlos konnte spontan und romantisch sein. Ich habe Herrn Scheuermann von unserem Picknick im Wald erzählt. Solche Dinge machte er am Anfang unserer Beziehung laufend. Wenn er wollte, konnte er wunderbar einfühlsam sein und war ein toller Diskussionspartner. Dafür habe ich ihn geliebt. Es war nicht so, dass diese Seite in unserer Ehe irgendwann verloren ging. Aber in den letzten beiden Jahren trank er viel zu viel Alkohol. Carlos gehörte zu den Männern, die nicht etwa lustig oder müde werden, wenn sie zu viel getrunken haben. Er wurde aggressiv und herrisch. Er hatte ein jähzorniges Temperament, das er normaler weise recht gut im Griff hatte, außer wenn er trank. Immer öfter kam er in den frühen Morgenstunden nach einem Auftritt betrunken nach Hause und hatte dann kein

Verständnis dafür, wenn ich noch zwei Stunden weiter schlafen wollte, bevor ich aufstehen musste, um in die Klinik zu gehen. Er fand, er hätte ein Recht auf Sex, wann immer er wollte. Er hat sich das Recht einfach herausgenommen. Anfangs war ich so erschrocken, dass ich es mir gefallen lassen habe, zumal er sich, wenn ich dann abends nach Hause kam, immer reumütig entschuldigt hat. Er hat viele Dinge eingesehen, solange er nüchtern war. Eines Morgens hatte er so viel getrunken, dass er sich kaum noch auf den Beinen halten konnte und ich mich richtig vor ihm ekelte. Ich stieß ihn mit aller Kraft weg." Jetzt war sie sichtlich um Fassung bemüht und atmete schwer.

„Was ist dann passiert?", fragte Regina leise.

„Mein Widerstand schien ihn eher noch zu beflügeln. Carlos war gut durchtrainiert und kräftig. Und selbst in diesem Zustand war er mir weit überlegen. Irgendwann haben wir richtig miteinander gekämpft. Ich habe gebissen, gekratzt und getreten. Er hat einiges abbekommen und es machte ihn nur noch entschlossener. ‚Zeig nur deine Krallen, du kleine Wildkatze, ich werde dich schon zähmen!' Zwei Stunden später schlief er endlich seinen Rausch aus. Ich schleppte mich aus dem Bett und rief in der Klinik an, dass ich krank sei. Ich war auch krank. Ich war vor Entsetzen wie gelähmt und zuerst nicht einmal in der Lage, mit meiner Freundin Barbara Konnert darüber zu sprechen. Ich wollte nur noch meine Ruhe haben."

„Was haben sie dann unternommen?" Wieder fragte Regina, Peter hielt sich immer noch ganz aus dem Gespräch raus.

„Ich habe abgewartet, bis Barbara Mark in die Schule geschickt hat. Dann bin ich runter zu ihr, habe ihr gesagt, dass ich heute zu Hause bleiben würde und sie gebeten mir keine Fragen zu stellen. Sie hat mich einfach in den Arm genommen, mir einen Tee gekocht und darauf bestanden, dass ich mich bei ihr hinlegen solle. Ich war erschöpft und bin eingeschlafen. Später erzählte ich ihr dann alles.

Barbara hatte Mozart in den Garten gelassen und deswegen war die Wohnungstür noch angelehnt. Plötzlich stand Louisa in der Tür, es war richtig gruselig. Sie hatte wohl unten meine Stimme gehört. Ich weiß nicht, wie lange sie schon zugehört hatte, jedenfalls stand sie plötzlich da, als Barbara mich im Arm hielt, um mich zu trösten. Barbara hat sie sofort rausgeschmissen und die Tür geschlossen.

Wir beratschlagten, was ich tun könne.

Ich wollte nicht zur Polizei. Normalerweise war Carlos, wenn er seinen Rausch ausgeschlafen hatte, lammfromm. Barbara bot mir auch an, mit nach oben zu gehen, um Carlos zur Rede zu stellen. Doch ich wollte das lieber alleine tun. Es hätte ihm bestimmt nicht gefallen, wenn er bemerkt hätte, dass ich Barbara alles erzählt habe. Kubaner haben da nicht so viel Verständnis."

„Mir scheint, Sie hatten sehr viel Verständnis für Ihren Mann", bemerkte Regina.

Christine Perna zuckte mit den Schultern. „Es dauert, bis einem manche Dinge bewusst werden. Ich habe vieles verdrängt. Nach dem Motto: Wenn man die Dinge nicht beim Namen nennt, sind sie auch nicht real, sie existieren nicht. Ich ging wieder nach oben. Louisa war nirgends zu sehen, Barbara wusste ich in unmittelbare Nähe, und ich stellte Carlos zur Rede. Er war ziemlich geknickt und versprach, weniger zu trinken. Da ich daran aber nicht glauben wollte, machten wir außerdem aus, dass er zukünftig nach einem Auftritt bei Toni schlafen würde, der hatte ihm das schon oft angeboten. Und das hat eigentlich ganz gut funktioniert."

„Gab es dann keine Übergriffe mehr?"

Christine Perna blickte auf ihre Hände. Fast zwei Minuten schwieg sie und Regina wollte gerade ihre Frage noch mal stellen, als Frau Perna wieder mit leiser Stimme zu sprechen begann:

„Irgendwann muss Louisa Carlos erzählt haben, dass ich mich bei Barbara ausgeweint habe. Ich weiß nicht, was sie ihm alles erzählt hat, aber er kam eines Abends fuchsteufelswild nach Hause. Auch diesmal hatte er getrunken. Er warf mir vor, ihn bei Barbara angeschwärzt zu haben und außerdem, und das sei das Schlimmste für einen kubanischen Mann, ihn mit Barbara zu betrügen. Ich war so fassungslos, dass ich ihn einfach ausgelacht habe. Wie kommt er auf so einen Mist?“

Sie hatte aufgehört zu sprechen. Im Zimmer hätte man eine Stecknadel fallen hören können. In Gedanken schien sie weit weg zu sein.

„Frau Dr. Perna, wie hat Carlos dann reagiert?“, fragte Peter eindringlich.

Christine Perna schaute wieder aus dem Fenster. „Auf die übliche Art.“

„Und Ihre Freundin Barbara hat davon nichts mitbekommen? Konnte sie Ihnen nicht helfen?“

„Nein, sie war mit Mark bei ihrem Vater. Carlos ist dann verschwunden, er hatte einen Auftritt. Von da an war für mich klar, dass ich nicht mehr mit ihm zusammen leben wollte.“

„Haben Sie ihm das gesagt?“, fragte Peter.

„Zuerst nicht. Carlos hatte immer mal wieder Bemerkungen über eine jüngere Frau gemacht, wenn er getrunken hatte, und ich wollte es nun genau wissen. Die Jungs von der Band gaben mir keine rechte Auskunft. Eines Abends kam ich nach seinem Auftritt vorbei und sah ihn mit einer jungen Frau flirten. Sie küssten sich und hielten sich in den Armen. Ich zeigte mich nicht, fuhr der jungen Frau aber später nach Frankfurt hinterher und stellte sie zur Rede. Was diese Ana an ihm fand, kann ich mir gut vorstellen, wenn er sich bei ihr so benommen hat, wie bei mir anfangs. Vielleicht ist er zu ihr nicht im betrunkenen Zustand gegangen.

„Wie hat diese Ana reagiert?“, fragte Regina.

„Sie sagte mir, dass Carlos und sie sich lieben würden und dass es keine Affäre sei. Ich bin fluchtartig heimgefahren, dass war alles etwas zu viel auf einmal."

„Worum ging es bei Ihrem Streit am Sonntag?", wollte Peter wissen.

„Am Sonntagmittag habe ich Carlos endlich zur Rede gestellt. Ich habe ihm gesagt, dass ich seine Koffer gepackt hätte und er sie mitnehmen könnte zu Ana. Dass auch Barbara Bescheid wüsste und ich sofort die Polizei benachrichtigte, wenn er noch mal hier auftauchen sollte. Und, dass ich mit meinem Anwalt gesprochen hätte und mich scheiden lassen würde."

„Wie hat er das aufgenommen?" fragte Regina.

„Ich glaube, er hat es das erste Mal kapiert, wie ernst es mir war. , Ich werde dann mal eine Weile verschwinden, vielleicht beruhigst du dich ja auch wieder. Und wenn nicht? Na, dann ist Ana ein ganzes Stück jünger als du und deine Kohle brauche ich eh nicht mehr.' Das war's dann."

Jetzt wirkte Christine Perna erschöpft. Ein paar Haarsträhnen hatten sich aus dem Knoten gelöst, weil sie immer wieder mit den Händen über die Haare gestrichen war beim Erzählen. Es machte ihr Gesicht viel weicher, nahm ihm die Strenge.

Regina hatte ihr noch mal Wasser nachgeschenkt, und das trank sie nun in großen Schlucken. Dann setzte sie sich wieder aufrecht hin und blickte Peter direkt an: „Macht mich das jetzt in Ihren Augen zur Mörderin?"

„Sie haben schlimme Erlebnisse gehabt und das würde als Motiv durchaus ausreichen. Wir stehen noch am Anfang unserer Ermittlungen. Es mag noch viele verschiedene Gründe und viele mögliche Täter geben. Ich möchte Ihnen jedenfalls sehr für ihre Offenheit danken."

„Lassen Sie mich bitte noch eines abschließend bemerken. Ich sagte Ihnen schon, dass ich meinen Beruf liebe und für keinen Mann aufs Spiel setzen würde. Wenn ich Carlos wirklich hätte umbringen wollen, dann doch am ehesten, wenn er mir Gewalt angetan hatte und nicht Wochen später. Dann wäre es wenigstens noch Notwehr gewesen. Aber ich bin jemand, der heilt, nicht tötet. Ich habe einen Eid abgelegt, der mir alles bedeutet. Und gerade jetzt war ich soweit, dass ich Carlos seine Grenzen gezeigt hatte. Er hatte eine Freundin, und ich war dabei, die Scheidung einzureichen. Es ist nicht so, dass mir dieser Schritt leicht gefallen ist, aber er war für mich der einzig mögliche."

Regina ergriff wieder das Wort: „Frau Dr. Perna, eine Bitte noch. Wir haben hier noch den Schlüsselbund Ihres Mannes." Sie legte ihn auf die Schreibtischplatte. „Können Sie uns sagen, wofür die einzelnen Schlüssel sind?"

Christine Perna beugte sich nach vorne und nahm den Schlüsselbund in die Hand:

„Haustür, Wohnungstür, Briefkasten und das ist glaube ich von Toni Leberts Haus der Schlüssel." Sie hatte alle der Reihe nach angetippt. „Am besten fragen Sie da Toni selbst, zumindest hatte Carlos immer einen Schlüssel von ihm, seitdem er dort auch schlief. War's das? Kann ich jetzt gehen?"

Peter nickte: „Ich gebe Ihnen Bescheid, wenn die Gerichtsmedizin den Leichnam frei gibt."

Sie hatte sich erhoben und verabschiedete sich. Ein Hauch von Gucci blieb im Zimmer zurück und Emotionen, mit denen Peter und Regina auch noch so vielen Jahren Polizeiarbeit noch zu kämpfen hatten.

3.

„Wir ändern unseren Plan", sagte Peter nach einer Weile. „Ich denke wir sollten nachher zuerst Ana einen Besuch abstatten und dann Louisa. Bei beiden möchte ich mich nicht anmelden, will einfach mal sehen, wie sie auf uns reagieren."

Regina nickte zustimmend.

„Tipp du bitte das eben Gehörte in den PC, ich besorge uns in der Zeit etwas zum Essen", fuhr Peter fort. „Was darfs sein? Pizza, Pasta, Chinese oder Curry-Wurst?"

„Pizza mit Rucola, Parmaschinken und Parmesan bitte", gab Regina ihre Bestellung auf.

Eine Stunde später befanden sie sich auf den Weg in die Schwindstraße.

Der Name Dietz stand an dritter Stelle auf dem Klingelschild. Offensichtlich wohnten hier acht Parteien, in jedem Stockwerk zwei. Gerade wollten sie wieder umkehren, weil auch nach mehrmaligem Klingeln noch niemand reagiert hatte, als sie ein müde klingendes „Ja, wer ist da?" aus der Sprechanlage hörten.

„Peter Scheuermann und Regina Kolb von der Kriminalpolizei Frankfurt. Wir möchten gerne mit Frau Dietz sprechen."

Etwas verzögert kam die Antwort: „Dritter Stock rechts" und der Summer ertönte. Peter drückte gegen die Tür und ließ Regina dann den Vortritt. Das Treppenhaus war hell und in allen Zwischenetagen befand sich ein Fenster mit einem Blumenbänkchen davor, alles sehr akkurat. Ganz im Gegenteil zu der Frau, die im dritten Stock wartend in der Tür stand. Ihre schwarzen, kinnlangen Haare standen wirr in alle Richtungen. Ihr Gesicht war blass und ungeschminkt. Dunkle Ringe hatten sich unter ihren hellgrauen Augen gebildet. Sie trug ein fleckiges, graues T-Shirt und eine ehemals weiße Jogginghose, die unter ihrem Bauch hing. Ein Bauch, der eindeutig nach „schwanger" aussah. Die Füße waren barfuss, die Zehennägel dunkelrot lackiert.

Wortlos drehte sie sich um, als Peter und Regina vor ihrer Tür standen, und ging in eine Art Wohnzimmer vor.

„Ich habe nicht mit Besuch gerechnet, und selbst wenn, wäre es mir auch egal gewesen. Suchen Sie sich irgendwo einen freien

Platz!“, war das Erste, was sie zu ihnen sagte. Ihre Stimme war eine Überraschung. Warm, dunkel und voll.

Das mit dem Hinsetzen war gar nicht so einfach. Es gab eine Couch, auf der jetzt Ana Platz nahm, indem sie Kleider und Decken einfach beiseite geschoben hatte. Der einzige Sessel war voll geräumt mit leeren Flaschen und Taschentüchern. Etwas entfernt stand ein kleiner Esstisch mit drei Stühlen. Peter zog zwei Stühle vom Tisch weg, und Regina und er setzten sich hin.

„Sind Sie Ana Dietz?“ Die Frau nickte.

„Darf ich fragen, wie alt Sie sind und was Sie beruflich machen?“

„Ich bin fünfundzwanzig und gelernte Frisöse. Im Moment versuche ich jedoch gerade mir eine Gesangskarriere aufzubauen. Weswegen sind Sie hier?“

„Frau Dietz“, das war jetzt Regina „wir möchten uns mit Ihnen gerne über Carlos Perna unterhalten. Sie wissen, dass er am Dienstagmorgen einen tödlichen Unfall hatte?“

Ana Dietz nickte, langte zu dem Sessel hinüber, um sich ein weiteres Taschentuch zu nehmen.

„Alex hat mir Bescheid gesagt. Was wollen Sie wissen?“ Tränen liefen ihr übers Gesicht.

„In welcher Beziehung standen Sie zu Carlos Perna?“

„Wir haben uns geliebt.“ Jetzt fing sie haltlos zu schluchzen an.

„Frau Dietz“, Regina hatte ihr die Hand tröstend auf den Arm gelegt. „Sie wussten, dass Herr Perna verheiratet war?“

„Ja, natürlich hab ich das gewusst. Aber da lief schon lange nichts mehr zwischen den beiden. Das hat er mir oft genug versichert. Sie hatten sich auseinander gelebt, sie liebte ihren Beruf mehr als ihn, sie wollte keine Kinder haben und das war für einen Mann wie Carlos undenkbar.“

„Erwarten Sie ein Kind von ihm?“ fragte Regina leise.

Ana schluchzte jetzt laut. Man konnte kaum verstehen, was sie sagte. Peter hörte heraus: „Er hätte mich geheiratet, wir wären eine Familie geworden."

„Wann kommt das Baby?", fragte er.

Ana hatte die Arme um ihren Körper gelegt und schaukelte weinend hin und her. Regina und Peter blickten sich an, so konnten sie Frau Dietz nichts mehr fragen. Es war offensichtlich, dass sie völlig aufgelöst war. Hatte sie gewusst, was Carlos für ein Mensch war, worauf sie sich da eingelassen hätte?

Regina legte wieder ihre Hand vorsichtig auf Anas Arm.

„Frau Dietz, wir werden Sie jetzt erst mal nichts mehr fragen. Wir kommen darauf zurück, wenn es Ihnen ein bisschen besser geht. Haben Sie jemanden der sich um sie kümmern kann?"

Ana schüttelte den Kopf.

„Vielleicht Ihre Eltern, eine Freundin?"

„Meine Eltern wissen nicht, dass ich schwanger bin. Ich habe noch nichts gesagt, sie würden mir die Hölle heiß machen, schwanger ohne Trauschein."

Gab es das auch noch? Eltern, denen der Trauschein wichtiger war als die eigene Tochter? Na ja, Peter wusste, dass es eigentlich alles gab. Und wenn er ehrlich war, würde es ihn bei Marlene auch nicht gerade freuen, wenn sie sich in ähnlicher Situation befände.

„Ana", Regina war dazu übergegangen den Vornamen zu benutzen. „Sie brauchen Hilfe. Sie sollten jetzt nicht alleine sein. Wen können wir für Sie anrufen?"

„Ich weiß niemanden, Alex redet nicht mehr mit mir." Sie weinte weiter.

„Alex? Alex Baumann? Aus der Band?"

Sie nickte. „Ja, wir waren mal sehr gut befreundet. Aber dann bin ich mit Carlos zusammengekommen und Alex wollte das wohl nicht. Er hat kein Wort mehr mit mir gesprochen, außer am Dienstag, als er, als er ..." sie konnte nicht mehr weiterreden.

„Überlegen Sie noch mal, wer könnte jetzt zu Ihnen kommen?"

„Vielleicht Rosi, meine Schwester. Aber sie arbeitet jetzt noch."

„Wo arbeitet sie? Haben sie die Telefonnummer?"

„In einem Steuerbüro. Die Nummer ist eingespeichert. Taste 2."

Regina hatte sich schon das Telefon genommen. Es war Freitagnachmittag, halb vier. Vielleicht konnte Rosi Dietz da ja schon Feierabend machen.

„Frau Dietz, bitte nicht erschrecken." Blöder Einleitungssatz, sie musste sich da mal was anderes ausdenken. Die meisten Menschen erschreckten nämlich genau dann, wenn man ihnen sagte, dass sie es nicht tun sollten. „Mein Name ist Regina Kolb, ich bin von der Kripo in Frankfurt. Wir sind gerade bei ihrer Schwester Ana. Es geht ihr nach einer schlechten Nachricht nicht gut. Sie hat großen Kummer und wir möchten sie nicht alleine hier in der Wohnung lassen. Ist es Ihnen möglich hierher zu kommen?"

„Oh mein Gott, was ist denn passiert? Ja, ich mache mich sofort auf den Weg. Ich sag schnell Bescheid, dass ich weg muss. Ich kann in zwanzig Minuten da sein!"

Regina legt auf. „Ana, Ihre Schwester wird in zwanzig Minuten hier sein. Wir lassen Ihnen unsere Visitenkarten hier. Bitte rufen Sie uns an, wenn es Ihnen besser geht. Es ist wichtig."

Ana nickte und griff nach dem nächsten Taschentuch. „Es tut mit leid, aber das ist alles noch zu viel für mich. Bitte lassen Sie mich jetzt alleine. Es ist okay. Rosi kommt ja gleich."

Sie hatte sich auf die Kleider gelegt und eine Decke über die Knie gezogen.

Peter und Regina standen auf, gingen hinaus und zogen die Wohnungstür leise hinter sich zu.

„Womit wir unser nächstes Motiv und den nächsten Verdächtigen haben", bemerkte Peter, als sie wieder im Auto saßen.

Regina nickte zustimmend. „Ja, Alex Baumann und die Eifersucht."

4.

Louisa Perna wohnte in der Innenstadt von Frankfurt. Inzwischen hatte der Berufsverkehr eingesetzt, und sie brauchten ganze dreßig Minuten von der Schwindstraße in die Schäfergasse.

Die Haustür des sechsstöckigen Hauses stand offen, und Peter und Regina stiegen direkt in den fünften Stock hinauf. Hier standen auf einem braunen bedruckten Klebeschild die Namen Perna und Mendoza.

Auf ihr Klingeln hin öffnete ein Mann in Boxershorts und Unterhemd die Tür. Er hatte die kaffeebraune Haut eines Kubaners, war leicht untersetzt und unrasiert.

Unwillig blickte er sie an. „Wer sind Sie denn? Ich dachte, Louisa hätte was vergessen."

Peter stellte sich und Regina wieder vor. „Und mit wem haben wir die Ehre?"

Der Mann tippte mit dem Zeigefinger auf den Teil des Namensschildes, der Mendoza zeigte.

„Mendoza, Markos Mendoza ist mein Name."

Peter erinnerte sich, dass er diesen freundlichen Herrn schon mal am Telefon hatte, als er Louisa Perna angerufen hatte.

„Können wir vielleicht kurz hineinkommen oder sollen wir uns hier auf dem Gang mit Ihnen unterhalten?"

„Ich wüsste nicht, dass ich Ihnen etwas zu sagen hätte, aber bitte kommen Sie herein."

Er wies auf eine kleine Küche, in der es einen Tisch mit zwei Stühlen gab. „Ich bleibe stehen, wollte mir eh gerade einen Kaffee machen, um wach zu werden. Was wollen Sie von mir?"

Peter und Regina waren ebenfalls stehen geblieben.

„Herr Mendoza, wir ermitteln in der Todessache Carlos Perna", begann Peter.

„Todessache!" Markos Mendoza schnaubte verächtlich. „Das arme Schwein hatte einen Autounfall. Louisa heult sich den ganzen Tag die Augen aus dem Kopf deswegen."

„Haben Sie Carlos gekannt?"

„Klar, war ja sozusagen mein Schwager in spe. Netter Kerl. Immer gut drauf. Hat mich oft drüben besucht. Er konnte Rum wie Wasser saufen."

„Wo ist drüben?"

„Na drüben, in meiner Kneipe. Hat Louisa Ihnen das nicht erzählt? Wir haben eine Kneipe hier in der Straße gepachtet. Geht ganz ordentlich. Vor allem seitdem wir bis in die Morgenstunden geöffnet haben."

„Wann haben Sie Ruhetag?"

„Machen Sie Witze? Wer kann sich denn heute noch einen Ruhetag leisten? Ihr feinen Beamten vielleicht, aber unsereins kann das nicht."

„War Carlos auch am frühen Dienstagmorgen bei Ihnen in der Kneipe?"

„Nee, soweit ich von Louisa weiß hatte er einen Auftritt in Gelnhausen. Was er danach gemacht hat, keine Ahnung."

„Danach ist er nach Frankfurt gefahren."

„Tja, Frankfurt ist groß, oder? Ich kann Ihnen da nicht weiterhelfen." Er hatte eine Espressokanne auf die Herdplatte gestellt. Es dauerte nicht lange, und der Espresso war fertig. Er nahm eine Tasse vom Regal, ließ eine Unmenge Zucker hineinrieseln und goss mit dem Kaffee auf. Dann griff er neben den Kühlschrank und holte eine Flasche kubanischen Rum hervor. Erst als er einen ordentlichen Schluck davon in die Tasse gekippt hatte, sprach er weiter.

„Wenn man wie ich bis sechs Uhr morgens wach bleiben muss, braucht man ein bisschen Unterstützung." Er deutete auf den Kaffee.

„Herr Mendoza, wer ist an Personal zwischen zwei Uhr morgens und sieben Uhr morgens in Ihrer Kneipe tätig? Wer war am Dienstagmorgen da?“

„Um diese Zeit bin ich meistens alleine. Die Leute, die dann kommen, wollen trinken und nicht essen. Louisa geht um zwölf. Schließlich hat sie tagsüber auch noch ein paar Putzstellen. Wenn viel los ist, hilft mir nach Mitternacht noch Mike, ein Kumpel. Aber am Dienstag hatte er was vor und ich hab die Bar alleine gemacht. Die Stammkunden bedienen sich eh selber.“

„Dann möchte ich Sie bitten, uns eine Aufstellung aller Personen, die zur betreffenden Uhrzeit da waren, zukommen zu lassen. Wann schließen Sie?“

„Irgendwann zwischen sechs und sieben Uhr morgens. Aber wie stellen Sie sich das vor? Die wenigsten tragen sich bei mir mit Namen und Adressen ein, wenn sie zur Tür reinkommen. Ich behaupte mal, dass die meisten Leute nicht mal mehr ihren Namen wissen um diese Uhrzeit!“ Er grinste sie an.

„Na ja, vielleicht fällt Ihnen ja der ein oder andere ein. Andernfalls schicke ich Ihnen einen meiner Leute, der mal für die nächsten zwei Wochen Ihre Gäste mit Namen und Anschrift erfasst.“

„Na prima, da kann ich ja gleich dichtmachen!“

„Es geht um Mord, Mendoza, und nicht um Ihr Geschäft!“

„Glauben Sie wirklich, was Louisa da von den feinen Damen des Hauses erzählt? Sie ist schon immer ein bisschen eifersüchtig auf Christine und ihre beste Freundin gewesen, das würde ich nicht so ernst nehmen.“

„Was denken Sie denn, ist passiert?“

„Na, Carlos hatte doch einiges getrunken. Vielleicht hatte er das diesmal unterschätzt und die Kurve nicht bekommen.“

Louisa Perna hat uns erzählt, dass Ihr Bruder Carlos mehr oder weniger jeden zweiten Tag auf einen Kaffee zu ihr kam. Sie müssen ihn also auch ziemlich oft gesehen haben, oder?“

„Louisa geht um vier zum Putzen rüber, wenn Carlos mittags kam, dann hat er drüben bei ihr Kaffee getrunken. Ich hab ihn nur nachts gesehen, und da hatte er meistens schon ordentlich Standgas."

„Diesmal hatte er nicht nur Alkohol im Blut, sondern auch eine Substanz, die Fentanyl heißt. Und das hat ihn umgebracht."

Mendoza blickte erschrocken auf.

„Fenta... was? Wieso wissen Louisa und ich noch nichts davon?"

„Fentanyl, eine Art weißes Heroin, führt bei Überdosierung zum Atemstillstand." Es war das erste Mal, dass Regina den Mund aufmachte.

„Weißes Heroin?"

„Ja, ein künstlich hergestelltes Heroin, das man strecken kann und damit große Mengen erhält. In der falschen Dosierung ist es jedoch tödlich. Hatte Carlos Ihrer Meinung nach mit Drogen zu tun?"

Mendoza zuckte mit den Schultern. „Bei ihm wusste man nie, auf welche Idee er als Nächstes kommen würde. Vielleicht hat ihm das Zeug ja jemand angeboten und er hat es zu Geld gemacht und sich selbst die falsche Dosis gesetzt? Wie dem auch sei, ich muss mich jetzt langsam fertig machen."

„Eine Frage noch, wo finden wir ihr Lokal?", fragte Peter.

Mendoza grinste anzüglich. „Lokal? Die meisten nennen es Kneipe. Ist gleich gegenüber, das blau gestrichene Haus, können Sie gar nicht verfehlen. Aber tun Sie mir einen Gefallen und quetschen nicht meine Gäste aus. Ich habe Ihnen ja schon gesagt, dass Carlos nicht da war."

Regina und Peter stiegen die vielen Stufen wieder hinunter.

„Puh, was ein unfreundlicher Typ, ob er die Wahrheit sagt über den betreffenden Morgen?"

„Zumindest würde die Kneipe vom Radius her passen. Wenn Carlos von Ana kam, hatte er bestimmt nicht diese Hintergrundgeräusche, die wir auf dem Band gehört haben. Aber was beweist es schon, wenn er doch in der Kneipe war? Markos kann gelogen haben, um sich und seinen Gästen Unannehmlichkeiten zu ersparen. Das macht ihn aber noch nicht zum Mörder. Noch fehlt uns auch sein Motiv. Carlos hat um viertel vor sechs aufs Band gesprochen. Gestorben ist er fünfundvierzig Minuten später. Also hat er das Zeug ungefähr fünfundzwanzig bis dreißig Minuten später verabreicht bekommen, oder selbst genommen. Das sind dreißig Minuten, in denen er sich ganz woanders als in dieser Kneipe aufgehalten haben kann."

Sie waren bei dem blauen Haus angekommen. Peter schätzte es auch auf sechs Stockwerke. Im Gegensatz zu den anderen Gebäuden ringsherum war es jedoch schmaler geschnitten. Es gab höchsten Platz für eine Wohnung auf jeder Etage. Auf der rechten Seite befand sich eine Tür, die vermutlich in den Hausflur und das Treppenhaus führte. Zwei Meter weiter links kam dann die Eingangstür zur Kneipe. Sie war wohl mal hellblau gestrichen gewesen. Jetzt jedoch blätterte die Farbe überall ab und darunter kam ein undefinierbarer Braunton zum Vorschein. Auch die Rollläden sahen so aus, als müssten sie dringend gestrichen werden, und von den Fensterbänken bröckelte der Putz. Über all dem leuchteten in grellem Orange Farbe die Worte: El Paradiso.

„Na, ich weiß nicht. Wie das Paradies sieht das hier eher nicht aus!", meinte Regina zweifelnd. „Die ganze Straße sieht etwas runtergekommen aus. Kaum zu glauben, dass mehr oder weniger um die Ecke die Konstabler Wache und der Beginn der Zeil sind."

„Tja, bis hierhin ist der Wohlstand noch nicht vorgedrungen. Um die Ecke gibt es ein paar wirklich gute und teure Lokale, aber das hier, da gebe ich dir recht, sieht zumindest von außen nicht sehr viel versprechend aus."

„Na, dann hat es ja was mit dem Wirt gemeinsam", bemerkte Regina trocken.

Peter warf einen Blick auf den kleinen Glaskasten neben der Tür, der die Speisen- und Getränkekarte enthielt. Es gab Suppen und den Eintopf des Tages, Würstchen und Frikadellen. An alkoholischen Getränken gab es Bier, Apfelwein, diverse Schnäpse und Rum.

„Wollen wir mal versuchen, uns irgendwie bemerkbar zu machen?"

Von drinnen war laute Musik zu hören.

„Das ist Reggaeton, die Musik, die Marlene im Moment bevorzugt hört."

Peter klopfte mit aller Kraft gegen die Tür.

Nach kurzer Zeit wurde der Rollladen links neben der Tür hochgezogen. Die Fenster dahinter waren geöffnet, was auch erklärte, wieso die Musik so laut zu hören war. Jetzt erschien Louisa Pernas Kopf in dem Rechteck. Die Haare hatte sie straff aus dem Gesicht gezogen und auf dem Kopf aufgetürmt festgesteckt. Sie schien eine Vorliebe für grelle Farben zu haben. Ihr heutiges T-Shirt war giftgrün. Allerdings, so musste Peter zugeben, solche Farben standen ihr. Es war nicht zu verstehen, was sie sagte, als sie Peter und Regina vor der Tür stehen sah. Ihrer Miene nach zu schließen war sie jedoch wenig begeistert.

Kurze Zeit später öffnete Sie die Tür und bedeutete den beiden Beamten einzutreten. Ihr T-Shirt war leider etwas zu kurz geraten und die Jeans nicht sehr hoch geschnitten, sodass man die dicke Speckrolle, die über der zu engen Jeans hing, nicht übersehen konnte, genauso wenig wie das Dreieck ihres Strings, das oben aus der Jeans rauslugte und in etwa die Größe eines Vorzeltes haben musste.

Peter wandte schnell die Augen ab.

Sie standen in einem fast quadratischen Raum. Da die anderen Rollläden noch unten waren und an der Decke nur eine Lampe angeschaltet war, mussten sich ihre Augen erst an das schummerige Licht gewöhnen.

Direkt gegenüber der Eingangstür, ungefähr drei Meter von der Tür entfernt, befand sich eine Theke mit Barhockern. Rechts davon standen sechs kleine Tische. Die Stühle dazu waren hochgestellt. Mitten im Raum stand ein Putzeimer, halbvoll mit drekkigem Wasser. Im hinteren Teil des Raumes zeigte ein Pfeil mit der Aufschrift Toiletten nach links. Direkt daneben konnten sie durch eine offene Tür etwas schemenhaft die Küche sehen.

„Können Sie bitte mal die Musik leiser drehen, Frau Perna?"

Peter musste schreien, damit sie ihn verstand.

Louisa Perna ging hinter die Theke und stellte die Stereo-Anlage aus.

„Gibt es irgendwelche Neuigkeiten?", fragte sie dann.

„Ja, die gibt es, Frau Perna. Wir haben eben schon mit Herrn Mendoza gesprochen. Die gerichtsmedizinische Untersuchung hat ergeben, dass Ihr Bruder Fentanyl im Körper hatte."

„Aha, und was ist das?"

Peter erklärte es so, wie er es wenige Minuten zuvor noch Markos Mendoza erklärt hatte.

„Niemals hätte er so ein Zeug genommen! Mein Bruder war doch nicht blöd!", entrüstete sich Louisa Perna.

„Aber die Möglichkeit, dass er so etwas verkaufen wollte, schließen Sie nicht aus?", fragte Peter.

„Woher soll ich das wissen? Fragen Sie doch seine Schlampe von Frau. Vielleicht hat sie so auf dem Geld gehockt, dass er auf solche Ideen kommen musste! Vielleicht hat sie ihm das Zeug auch gespritzt?!"

„Und warum sollte sie das tun?"

„Na, womöglich hatte sie es in letzter Zeit lieber mit Frauen? Ist das nicht eher Ihre Aufgabe, das herauszufinden?" Louisa hatte sich den Schrubber wieder geschnappt und bearbeitete mit energischen Bewegungen den Boden. Alles an ihr war in Bewegung.

„Frau Perna, wir schauen uns hier noch mal kurz um!"

„Bitte sehr, kann sie ja eh nicht daran hindern, aber laufen sie um Himmelswillen nicht durch das frisch Geputzte!"

Peter und Regina machten einen Bogen um die Theke und befanden sich nun im hinteren Teil des Raumes. Um in die Küche zu gelangen, musste man drei Stufen hinuntersteigen. Sie waren klein und der Boden rutschig vom Fett. Die Fenster waren mit Gittern verkleidet und hätten dringend mal wieder einer Säuberung bedurft. Undeutlich konnte man einen Hinterhof, der wohl als Parkplatz genutzt wurde, ausmachen.

Sie verließen die Küche wieder und wandten sich zu den Toiletten. Hier gab es einen kleinen Gang. Eine Tür führte zu den Toiletten, rechts Weiblein, links Männlein. Die Tür am Gangende führte offensichtlich auf den Hof hinaus. Über ihr blinkte ein beleuchtetes Schild mit dem Wort Notausgang, sie war jedoch verschlossen.

Peter und Regina liefen wieder nach vorne. Es gab noch eine weitere Tür auf der Seite, die kaum auffiel, weil sie genauso wie die Wände beige gestrichen war.

„Wo geht es hier hin, Frau Perna?", fragte Regina.

Louisa Perna schaute auf und stützte sich schwer atmend auf ihrem Schrubber ab.

„Die? Die führt ins Treppenhaus. Das Lokal hat ja die Kühlanlage im Keller und da kommen wir nur übers Treppenhaus hin. Sie ist offen. Wenn Sie nix Besseres zu tun haben, können Sie es sich gerne ansehen."

Peter öffnete die Tür und stand wie vorhergesagt im Treppenhaus. Rechts war die Eingangstür, die auf die Straße führte. Seitlich in der Wand waren zwei halbhohe Metalltüren, hinter denen vermutlich die Hausmülltonnen aufbewahrt wurden. Er wandte sich nach links und betrachtete die Briefkästen der

Hausbewohner. Es war durchaus üblich in der Innenstadt von Frankfurt, dass sowohl die Bediensteten der Müllabfuhr als auch die der Post Schlüssel hatten, um in die Hausgänge zu gelangen. Hier stellte abends niemand die Tonnen vor die Tür, so wie es in Peters Wohnort der Fall war. Es gab sechs Briefkästen. Peter hatte also richtig vermutet, dass es auf jedem Stockwerk nur eine Wohnung gab.

„Ich schreibe mir mal die Namen auf, soweit man sie noch lesen kann“, meinte Regina. „Vielleicht kann uns ja jemand noch etwas sagen zu Carlos Perna, wenn er so oft hier war.“

Peter nickte zustimmend. „Darum kümmern wir uns dann am Montag. Ich denke wir sollten jetzt erst mal zurückfahren und alles zusammenfassen, damit wir die anderen unterrichten können.“

Sie verabschiedeten sich von Louisa Perna, und kaum hatten sie die Straße betreten, da ertönte auch wieder laut der Reggaeton.

„Ich habe noch ein paar Anrufe zu erledigen. Schaffst du eine Kurzfassung bis 18 Uhr? Dann würde ich gerne noch mal alle zusammen rufen und auf den neuesten Stand bringen“, fragte Peter.

„Wenn wir nicht auf der Allee feststecken, schon.“ Regina nickte zustimmend.

„Ich muss nur mal schnell Juan anrufen, dass es etwas später wird und ihn fragen, ob er noch einen Moment bei Lukas bleiben kann. Er hat heute Abend nämlich frei.“

Regina erledigte schnell den Anruf. Anscheinend hatte Juan zugestimmt, noch etwas länger zu bleiben.

„Wie läuft es denn so mit ihm?“, fragte Peter.

„Er ist klasse, den hat mir der Himmel geschickt. Tausendmal besser, als jedes Au-Pair-Mädchen, dass ich in den letzten fünf Jahren hatte. Er ist für seine zweiundzwanzig Jahre schon sehr vernünftig und Lukas betet ihn an und lernt obendrein noch

Spanisch. Ich hoffe, dass er nach dem Au-Pair- Jahr hier studieren will, und er uns noch etwas erhalten bleibt."

„Ist es für dich nicht komisch, mit einem 22 Jahre jungen Mann im Haus?"

Sie schnitt eine Grimasse. „Du hörst dich an wie meine Mutter: Kind, was sollen denn die Leute denken, wenn du mit so einem jungen Mann zusammenwohnst, denk doch auch mal an deinen Ruf ... Aber weißt du was? Ich genieße es. Er ist Lukas' Au-Pair und weiter nichts. Lukas ist erst zehn. Und wie du weißt, habe ich nicht gerade einen Job, indem man pünktlich nach Hause kommt.

„Stimmt, ich wollte dich auch nicht ausfragen, es interessiert mich halt", erwiderte Peter.

„Jetzt bist du dran. Was ist zu Hause bei euch los? Habt ihr Stress, du und Marion?"

„Stress ist vielleicht nicht das richtige Wort." Peter machte eine Pause und überlegte, wie er das am besten formulieren sollte. Irgendwie landen wir die letzte Zeit immer gleich bei Grundsatzdiskussionen. Wir haben unterschiedliche Meinungen, was die Erziehung von Marlene angeht, das Besuchen von Elternabenden und so weiter. Mir kommt es so vor, als würde nichts mehr gelten, was die letzten Jahre noch selbstverständlich war. Als müssten Marion und ich untereinander neue Regeln aufstellen."

„Na ja, Marlene ist jetzt fünfzehn, oder? Vielleicht möchte Marion ihre Zeit jetzt auch anders nutzen, nachdem Marlene sie nicht mehr so viel braucht."

„Aber es kann ja wohl kaum sein, dass ich alles stehen und liegen lassen muss, um zu einem Elternabend zu gehen, wenn wir einen neuen Fall haben."

„Aber den haben wir ja immer, es ist dein Beruf. Ich denke, Marion fordert ein gewisses Maß an Verantwortung ein, die du für die Familie übernehmen sollst." „Entschuldige mal, wer ist denn hier der Hauptverdiener? Indem ich die Familie ernähre, trage ich doch schon eine Riesenverantwortung, oder?"

„Jetzt friss mich nicht gleich auf! Es gibt ja auch noch anderes als materielle Dinge. Wann hast du das letzte Mal was mit deiner Tochter, von deiner Frau jetzt mal ganz abgesehen, unternommen?"

„Das ist schon eine Weile her, was aber daran liegt, dass sie dazu auch gar keine Lust hat!"

„Vielleicht hast du nur noch nicht den richtigen Vorschlag gemacht?"

„Und der wäre?" Peter wurde jetzt sarkastisch. „Shoppingtour in Paris? Urlaub auf den Malediven?"

„Elternabend mit Papa?", schlug Regina vor.

Wider Willen musste Peter lachen. „Okay, wir sind quitt. Vermutlich hast du ja sogar recht. Lassen wir es dabei mal bewenden!"

Regina konnte sich ein Grinsen nicht verkneifen, hielt aber den Mund.

5.

Um acht Uhr abends schloss Peter zu Hause die Tür auf. Zwei Zettel fand er auf der Kommode im Flur.

Bin mit Kerstin im Kino, Mama holt uns nachher ab.
Marlene

Hab noch schnell Rollenbesprechung, bin zwischen acht und neun wieder da. Im Kühlschrank sind Sachen vom Markt, können dann zusammen essen.
Marion

Peter warf seine Jacke über den Stuhl im Esszimmer und machte sich erst mal auf den Weg nach oben ins Bad. Er hatte das dringende Bedürfnis, den Tag von sich abzuspülen und endlich aus dem zerknitterten Hemd heraus zu kommen.

Zwanzig Minuten später kam er in Jeans und seinem grünen Lieblingshemd barfuß wieder die Treppe hinunter. Er hatte sich nicht die Mühe gemacht, die Haare zu föhnen.

Die waren ohnehin in ein paar Minuten trocken. Er ging an den Kühlschrank und holte sich zuerst ein kleines, eiskaltes Bier. Dann schaltete er das Radio an und begann den Tisch zu decken Für die Terrasse war es heute zu kühl, und so stellte er die Teller auf den großen Tisch in der Essecke. Küche, Wohn- und Esszimmer gingen ohne Tür ineinander über. Zwischen Essecke und Wohnbereich führte die Tür zur Terrasse. Peter holte lauter kleine Schälchen mit Köstlichkeiten aus dem Kühlschrank und stellte sie auf den Tisch: Peperoni, mit Knoblauch und Kräutern eingelegte Oliven, Auberginenpaste, Thunfischcreme, eingelegter Schafskäse, kleine, mit Frischkäse gefüllte Paprika und süß-sauer eingelegte Kürbisse. Ihm lief das Wasser im Mund zusammen. Dann entdeckte er noch einen Teller mit Bifteki. Offensichtlich hatte Marion mehr von den kleinen mit Schafskäse gefüllten Hackfleischbällchen zum Mittagessen gemacht, um für heute Abend noch was zu haben. An der Brotmaschine fand er das griechische Fladenbrot und steckte es kurz in den Ofen zum Aufbacken.

Dann schaute er auf die Uhr: Kurz vor Neun, wollte Marion nicht zwischen acht und neun da sein? Er stellte noch zwei Weingläser auf den Tisch und öffnete eine Flasche Weißwein. Dann schnappte er sich den Blinker und vertiefte sich in einen Artikel über das Welsangeln am Rio Ebro in Spanien.

Um zwanzig nach neun schloss Marion endlich die Haustür auf.

„Hi, tut mir leid, es ist etwas später geworden. Hast du schon gegessen?"

Wie oft hatte er diesen Satz wohl auch schon zu Marion gesagt?

„Nein, ich hab auf dich gewartet. Du hast ja geschrieben, du würdest zwischen acht und neun hier sein."

Sie seufzte: „Ja, das dachte ich auch. Oh wie schön, alles schon fertig!"

„Na klar, du hast doch alles auf den Zettel geschrieben." Er nahm sie in den Arm und gab ihr einen Begrüßungskuss.

„Komm, dann lass uns schnell was essen, bevor ich wieder weg muss um Marlene zu holen."

„Ach richtig, die ist ja im Kino, wann holst du sie ab?"

„So gegen viertel nach zehn."

„Ich begleite dich, wenn du magst. Oder soll ich sie holen?"

„Oh schön, dann lass uns doch zusammen fahren und anschließend trinken wir noch ein Glas Wein."

Samstag

1.

Am Samstagmorgen erwachte Peter schon um halb sieben. Leise, um Marion nicht aufzuwecken, schnappte er sich sein auf dem Stuhl bereit liegendes Sportzeug, nahm es mit ins Bad und zog es dort an. Nur für den Fall, dass Marion in der nächsten Stunde aufwachen würde, legte er einen Zettel auf den Esstisch mit ‚*Bin Laufen*' und zog leise die Haustür hinter sich zu.

Sämtliche Regenwolken von gestern hatten sich verzogen und einem blassblauen Himmel Platz gemacht. In ein paar Stunden würde es sicher warm werden. Jetzt waren die Temperaturen noch angenehm, um die sechzehn Grad, ideal zum Laufen. Peter hatte nach zwei Minuten den Feldweg erreicht, der an Pferdekoppeln und Feldern entlangführte und auf dem man in einem großen Bogen in circa fünfundvierzig Minuten um den Ort herumlaufen konnte. Im Sommer war es hier frühmorgens am schönsten. Man konnte jede Menge Wildhasen beobachten, und auf einer der Wiesen stand ein Reh. Es hob den Kopf und stand ganz still, als Peter den Weg entlangkam. Da der Weg aber Peter nicht näher an das Reh heranführte, beobachtete es nur gespannt, wie Peter vorbeilief. Dann senkte es seinen Kopf und äste friedlich weiter.

Nach einer viertel Stunde hatte Peter seinen Rhythmus gefunden, und sein Kopf leerte sich allmählich. Obwohl er ab und zu einer Pfütze ausweichen musste, schienen seine Beine ganz von alleine vorwärtszulaufen. Er fühlte sich plötzlich energiegeladen und frei. Wegen dieses Gefühls allein lohnte sich schon das morgendliche Aufstehen. Außerdem konnte er jetzt, nachdem er den Kopf erst mal leergefegt hatte, am besten über alles nachdenken.

Da war Ana Dietz. Carlos Tod hatte sie wohl ziemlich mitgenommen. Sie erwartete ein Baby und hatte anscheinend die Hoffnung gehabt, mit Carlos eine Familie zu gründen.

Da war Dr. Christine Perna, deren Ehe mit Carlos, zumindest in der letzten Zeit, von Gewalt geprägt war und von Christine beendet werden wollte. Allerdings hätte sie das wohl auf ganz legalem Weg erreicht. Er würde sich von ihr die Telefonnummer des Anwalts geben lassen, um zu überprüfen, ob sie sich wirklich beraten lassen hatte. Und obwohl Peter die telefonische Bestätigung der Klinik hatte, würde er dort noch mal vorbei fahren und nach dem Nachtdienst fragen. Interessant wäre noch, ob Frau Perna von der Schwangerschaft Anas wusste.

Dann war da Barbara Konnert, die hübsche Trösterin und Freundin von Christine Perna, die den Ehemann Ihrer Freundin nicht sonderlich mochte.

Alex Baumann: Über seine Verbindung zu Ana musste er am Montag befragt werden.

Toni Lebert und Jack Mayle, wie Alex ebenfalls Mitglieder der Band. Alle hatten noch Geld von Carlos zu bekommen.

Louisa Perna, die intrigante Schwester, die Frau Dr. Perna nicht ausstehen konnte und Ana angeblich nicht kannte.

Markos Mendoza, der ein „After-Hour-Lokal" führte. Diese Art von Kneipen, die die Gäste der anderen Kneipen auffingen, die irgendwann nachts schlossen. Auf das Publikum war er ja mal gespannt ...

Auf dem Rückweg lief er dann beim Bäcker vorbei und kaufte frische Brötchen und Croissants. Das Haus war noch genauso still, wie er es verlassen hatte. Marion und Marlene schliefen wohl noch. Er schaltete die Kaffeemaschine an, legte den Hanauer

Anzeiger daneben ab und ging hoch zum Duschen. Fünf Minuten später war er wieder unten, drückte den Knopf für eine große Tasse Kaffee und goss mit viel Milch auf. Dann machte er es sich mit dem Milchkaffee und der Zeitung am Tresen gemütlich.

Um halb neun hörte er Marion aus dem Schlafzimmer ins Bad gehen. Kurze Zeit später rief sie zu ihm runter: „Kommst du noch mal hoch? Und bringst die Zeitung und einen Kaffee mit?" Marion liebte es, am Wochenende den ersten Kaffee im Bett zu trinken.

Er war ohnehin fertig mit der Zeitung, also drückte er für Marion einen Kaffee und ging damit nach oben. Sie hatte sich schon ein dickes Kissen in den Rücken geklemmt und saß aufrecht im Bett. „Guten Morgen, du Frühaufsteher!" Sie reckte ihren Arm der Kaffeetasse entgegen. Dabei rutschte ihr dünnes, wie immer ziemlich tief ausgeschnittenes Nachthemd auf der anderen Seite von der Schulter und gab ihre linke Brust frei.

„Mhm, bekomm ich das jedes Mal zu sehen, wenn ich einen Kaffee mitbringe?"

„Vielleicht zeig ich dir noch mehr, wenn du mich erst den Kaffee trinken lässt." Sie hatte noch immer den Arm ausgestreckt und machte keine Anstalten, das Nachthemd wieder hoch zu ziehen.

„Wenn das so ist, komm ich noch mal ins Bett und du solltest dich mit dem Kaffeetrinken beeilen, ich bin ausgehungert."

Später fuhren sie nach Hanau auf den Markt. Wegen des guten Wetters war viel los. Menschen aller Sprachen drängelten sich zwischen den Verkaufsständen. Die Marktbeschicker priesen laut ihre Waren an. Überall wurde geschubst und gedrängelt. Peter und Marion hatten keine Eile und schlenderten erst einmal komplett über den Markt, um sich für den Abend inspirieren zu lassen. Sie hatten Freunde zum Essen eingeladen. Schließlich kauften sie Spargel, neue Kartoffeln, Schweinelendchen, Kopfsalat und Kräuter und Erdbeeren.

„Wie wär's jetzt mit einem Bratenbrötchen oder einem Nierenspieß?" Peter hatte schon wieder Hunger.

Marion nickte zustimmend. Sie stellten sich an. Peter wusste, dass dieser Wagen schon um ein Uhr nachts aufgebaut wurde und den Verkauf startete. Jetzt, um halb eins, waren die Leute hinter der Theke schon fast zwölf Stunden im Einsatz. Bis nachher dann alles sauber gemacht war, wurde es bestimmt sechzehn oder siebzehn Uhr. Und trotzdem waren sie immer freundlich, und das Essen war Peters Meinung nach das Beste vom ganzen Markt.

Während er und Marion warteten hatte er Zeit, die anderen Menschen um sich herum zu beobachten. Einige standen alleine mit ihrer Currywurst in der Hand da, andere trafen sich hier zum Essen auf einen kleinen Schwatz. Manche begegneten sich auch zufällig, so wie jetzt der junge Mann, der einem Vorbeigehenden zurief und mit seinem Brötchen winkte. Der Angerufene machte kehrt, ein erfreutes Lächeln auf dem Gesicht. „Mensch Max, das ich dich hier treffe! Ist ja ne Ewigkeit her!" dabei klopfte er dem Mann mit dem Brötchen, der offensichtlich Max hieß, mehrmals kräftig auf den Rücken.

Und hier mitten auf dem Marktplatz, mitten in der Warteschlange, sah Peter dic Szene plötzlich losgelöst von allem. An irgendetwas erinnerte ihn das, was er da sah. Doch er bekam es noch nicht zu fassen. Es war wichtig, das spürte er. Abwesend starrte er vor sich hin und versuchte herauszubekommen, was an dieser Szene so besonderes war.

„Hallo! Bist du noch da?" Marion holte ihn aus ihren Überlegungen zurück. „Wir sind dran, was möchtest du jetzt?"

Peter entschied sich für das Bratenbrötchen und Marion für den Nierenspieß.

„Entschuldige, was hast du eben gesagt?" Peter schaute Marion fragend an.

„Dass ich zum Schluss noch bei den Blumen gucken will. Kurz bevor der Markt schließt, sind sie am günstigsten. Wo bist du überhaupt auf einmal mit deinen Gedanken?"

„Siehst du die beiden jungen Männer dort drüben?" Peter wies mit dem Kopf in die Richtung und Marion nickte.

„Sie haben sich eben zufällig hier getroffen, und an irgendetwas erinnert mich das. Es ist wichtig für meinen Fall, aber ich komme noch nicht drauf."

„Ist es wichtig, was sie gesagt haben, oder wie sie aussehen? Ist es wichtig, dass sie sich zufällig getroffen haben, oder ist es die Art und Weise, wie sie sich wieder gesehen haben?" Marion hatte es schnell auf den Punkt gebracht.

Und da wusste er es: Es war die Art und Weise, wie sie sich gesehen hatten. Genau so konnte es passiert sein. Er musste sich den Autopsie-Bericht von Dr. Schreier noch mal genau durchlesen, oder noch besser, ihn so bald wie möglich anrufen. Vielleicht arbeitete er ja auch samstags?

„Macht es dir etwas aus, wenn wir noch mal kurz im Kommissariat vorbeifahren?"

„Mit den ganzen Lebensmitteln? Ja, das macht mir was aus. Wenn du noch mal hin musst, dann setz mich vorher zu Hause ab. Es gibt noch genug zu tun, bis die anderen zum Essen kommen, und die Zeit muss ich nicht im Kommissariat rumhängen. Und jetzt suche ich mir auch noch schnell Blumen aus!"

Da war nix zu machen. Von hier aus wäre es näher gewesen. Vielleicht aber besser so, dann konnte er in Ruhe noch mal alles nachlesen, ohne dass Marion vor ihm saß und wartete.

2.

Gegen drei Uhr am Nachmittag kam er im Kommissariat an. Zuerst nahm er sich den Autopsiebericht noch mal vor. Ja, da stand es. Er hatte sich richtig erinnert. Jetzt musste ihm Schreier nur noch bestätigen, dass es so auch ging. Er wählte die Nummer der Gerichtsmedizin. Und er hatte Glück, er bekam Schreier an den Apparat.

„Schieben Sie auch Wochenend-Dienst?“, fragte Schreier fröhlich. Vermutlich hatte er wieder eine Rarität für seine Studenten aufgetan.

„So was Ähnliches. Ich möchte Sie noch was fragen zu Carlos Perna.“

„Na dann, hopp, hopp, habe nämlich die Tische voll ...“

„Gibt es schon genauere Analysen zu den Kleberückständen des Pflasters im Nackenbereich?“

„Ja, die gibt es. Ich konnte keine ältere Verletzung im Nackenbereich feststellen. Das Pflaster habe ich in der Kleidung des Toten gefunden. Es war kaum noch als solches zu erkennen. Es wies keinerlei Spuren von Blut auf, dafür aber von Fentanyl.“

„Genau darauf will ich hinaus. Haben Sie bei Carlos Perna irgendwelche Einstiche von einer Nadel feststellen können?“

„Ich weiß schon Ihre nächste Frage. Also: Ich habe keine Einstiche einer Nadel feststellen können. Und ja, ich konnte nachweisen, dass es ein Fentanyl-Pflaster ist. Das wollte ich Ihnen am Montag gleich mitteilen. Wie sind Sie jetzt drauf gekommen?“

„Durch Zufall, eine Begegnung auf dem Marktplatz.“

Schreier schien sich über so eine Antwort nicht weiter zu wundern.

„Und jetzt brauche ich Ihre Bestätigung.“

„Nur zu, wie soll es denn gewesen sein?“

„Könnte es ein, dass der Mörder Carlos ein Pflaster mit Fentanyl an diese Stelle geklebt hat, in dem er ihn umarmt oder auf den Rücken geklopft hat?“

Schreier kicherte los. „Die Umarmung des Todes! Sehr gut möglich. Wenn Carlos das Jackett aus hatte. Der Mörder musste nur gut aufpassen, dass er selbst mit der Substanz nicht in Berührung kam. Schätze mal der oder die war nüchtern. Carlos selbst hatte mit seinen 2,4 Promille im Blut wenig Chance, das zu bemerken.“

„Danke, das war's schon. Dann wünsche ich Ihnen ein schönes Wochenende!“

Peter legte auf. Er atmete tief durch. Sicherlich konnte er ausschließen, dass Carlos selbst sich das Fentanyl-Pflaster aufgeklebt hatte. Das hatte nichts mehr mit dem „weißen Heroin“ zu tun.

Der Mörder oder die Mörderin musste also das Vorhaben gut geplant haben, denn sicherlich rennt man nicht für alle Fälle mit so einem Pflaster durch die Gegend. Er oder sie musste Carlos Perna sehr nahe gekommen sein, außerdem Zugang zu den Fentanyl-Pflastern haben und überdies wissen, wie der Stoff wirkt.

Peter fand, es hatte sich gelohnt, dass er noch mal nach Frankfurt gefahren war. Jetzt war er schon ein ganzes Stück weiter. Er schaltete den PC aus, als das Telefon klingelte.

„Gott sei Dank, dass ich Sie erreiche. Hier ist Rosi Dietz, erinnern sie sich? Die Schwester von Ana Dietz. Sie hatten mich gestern angerufen.“

„Ja, natürlich erinnere ich mich. Wie geht es Ihrer Schwester?“

„Schlecht. Ganz schlecht.“ Rosi fing an zu schluchzen.“

Peter horchte auf. „Was ist passiert?“

„Sie wird vielleicht das Baby verlieren. Sie liegt in der Uniklinik. Sie hat sich ein Bein und das Handgelenk gebrochen, sie wird gerade operiert.“

„Wie ist das passiert?“ fragte Peter eindringlich.

„Wir wissen es nicht. Sie ist aus einem der Fenster im Zwischenstock gestürzt." Sie weinte nun noch heftiger.

„Frau Dietz, wo sind sie jetzt?"

„Ich rufe von der Uniklinik aus an. Ich bin kurz vor die Tür gegangen. Im Moment kann ich für Ana nichts tun. Meine Mutter wartet auf Anas Zimmer."

„Bitte bleiben Sie dort. Ich komme gleich rausgefahren. Sagen wir in fünfzehn Minuten in der Eingangshalle, geht das?"

„Ja, in Ordnung. Ich gehe hier sowieso nicht so schnell weg."

Peter schaffte es sogar in zwölf Minuten.

„Frau Dietz?" Eine etwa dreißigjährige Frau, mit ebenso schwarzen Haaren wie ihre Schwester Ana, war die einzige Person in der Eingangshalle.

„Sie nickte. Kommissar Scheuermann nehme ich an. Ich hatte eine Ihrer Visitenkarten eingesteckt, weil Ana mich darum gebeten hatte, beim nächsten Gespräch mit Ihnen, dabei zu sein."

Sie gaben sich die Hand. „Es tut mir sehr leid, was mit Ihrer Schwester passiert ist. Ich hoffe, es geht ihr bald wieder besser. Wollen wir unten am Main ein paar Schritte gehen?"

Sie nickte und trat mit ihm vor die Tür. Bis zum Ufer schwiegen beide.

Dann begann sie unvermittelt: „Alex ist noch in Anas Wohnung. Er wartet auf die Polizei, die das Rettungspersonal verständigt hat. Weil wir doch nicht wissen, wie es passiert ist."

„Alex Baumann?"

„Ja, er ist ein Freund von Ana. Er kam heute Morgen zu ihr, nachdem ich ihn angerufen hatte, um ihm zu sagen, dass es Ana momentan nicht gut geht. Als er da war, bin ich zum Einkaufen. Ana hatte außer Cola nichts mehr im Kühlschrank. Und als ich wiederkam, da ..." Sie konnte nicht mehr weiter sprechen.

Peter wartete einen Moment, bis Rosi Dietz sich wieder gefangen hatte.

„Ein Rettungswagen stand vor der Tür, als ich vom Einkaufen kam, und die Tür zum Hof stand offen. Sie lag da unten auf der Erde. Und die Rettungssanitäter haben sich um sie gekümmert, und Alex hat daneben gestanden und immer nur gesagt: Das Fenster. Sie ist aus dem Fenster gefallen. Er ist dann da geblieben und ich bin dem Rettungswagen hinterhergefahren."

„Also war Alex bei Ihrer Schwester, als es passiert ist?"

„Ja. Er sagte, er sei nur schnell zur Toilette gegangen. Und als er zurückkam stand die Wohnungstür sperrangelweit auf. Und da ist er runtergelaufen und hat sie durch das offene Fenster unten gesehen."

„Aus welcher Höhe ist sie gefallen? Welches Fenster war offen?"

„Das zwischen Parterre und erstem Stock. Aber es ist ziemlich hoch. Mehr als zwei Meter."

„Als wir gestern da waren, stand vor den Fenstern immer eine Blumenbank mit Blumen drauf."

„Ja, das ist normal auch so. Aber als ich weg bin zum Einkaufen, hatte wohl gerade jemand das Fenster geputzt. Die Bank stand an der Seite und das Fenster war offen. Ich hätte doch nie daran gedacht, dass man da herausfallen kann. Vielleicht hat Ana hinaus gesehen und das Gleichgewicht verloren." Rosi fing wieder an zu weinen.

„Frau Dietz, kennen Sie Alex Baumann näher?"

„Wir waren ein paar Mal zu viert im Kino. Ana, Alex, mein Freund und ich."

„War Ana, bevor sie Carlos kennen lernte, mit ihm zusammen?"

„Ana mochte ihn. Aber die beiden verband nur eine Freundschaft, da war nicht mehr."

„Ana erzählte uns, dass er nicht mehr mit ihr gesprochen hätte, nachdem sie mit Carlos zusammen war. Vielleicht hatte er sich mehr als eine Freundschaft erhofft?"

„Das weiß ich nicht, kann schon sein. Aber Ana hat ihn immer fair behandelt. Sie hat ihm keine Hoffnungen gemacht oder so.“

Na ja, dachte Peter. Trotzdem konnte es sein, dass Alex sich Hoffnung auf eine Liebschaft gemacht hatte und ihm die Freundschaft nicht genug war.

Sie kehrten wieder zur Uniklinik zurück.

„Auf welcher Station ist das Zimmer Ihrer Schwester?“

„Auf der Chirurgie, Zimmer 1104.

„Ich begleite sie dahin zurück. Vielleicht kann ich noch kurz mit einem Arzt sprechen.“

Rosi nickte zustimmend und gemeinsam bestiegen sie den Aufzug.

„Ich geben Ihnen für den Notfall mal meine Handynummer.“ Peter schrieb sie auf die Rückseite seiner Visitenkarte. „Bitte rufen Sie mich an, wenn Ihnen noch etwas einfällt.“

Peter verabschiedete sich von Rosi Dietz und suchte das Schwesternzimmer.

Dort konnte man ihm allerdings nicht weiter helfen. „Dr. Ahrens ist noch bei Frau Dietz im OP, und die nächsten Patienten warten schon. Ich kann Ihnen nicht versprechen, dass er Zeit zum Telefonieren hat!“ Die Schwester sah ihn vorwurfsvoll an.

„Ich lasse Ihnen mein Kärtchen da. Bitte sagen Sie Dr. Ahrens, dass es wichtig ist. Hier hinten steht meine Privatnummer, unter der er mich heute und morgen erreichen kann.“

Peter fuhr wieder mit dem Aufzug nach unten. Erleichtert trat er vor die Tür und holte tief Luft. Dieser typische Krankenhausgeruch war ihm immer unbehaglich. Dann stieg er in seinen Wagen. Über Funk erfragte er die Telefonnummer von Ana Dietz Wohnung und rief dort an.

Er hatte Glück. Alex Baumann hob ab und Peter bedeutet ihm, in der Schwindstraße zu bleiben, er würde gleich vorbeikommen.

Zwanzig Minuten später öffnete ihm Baumann die Tür.

„Ach, Herr Scheuermann, Ihre Kollegen waren schon da. Wissen Sie was Neues von Ana?"

Er schien davon auszugehen, dass der Kommissar Bescheid wusste.

„Sie liegt in der Uniklinik mit mehreren Brüchen. Es könnte wohl sein, dass sie das Baby verliert.", antwortete Peter.

Alex Baumann schlug mit seiner muskulösen Faust gegen die Wand. Seine Lippen waren fest zusammengepresst.

„Kann ich bitte hereinkommen Herr Baumann?"

„Kommen Sie", Alex Stimme klang gepresst, er gab die Tür frei, die er fast ganz ausgefüllt hatte.

Die Wohnung war in einem sehr viel ordentlicheren Zustand als am Tag zuvor.

Der Sessel und die Couch waren freigeräumt, nur die Decke lag zusammengefaltet am Fußende. Es schien frisch gesaugt zu sein, und auf dem Tisch standen sogar Blumen.

Alex war Peters Blicken gefolgt. „Sie werden mich ja eh fragen. Ja, die hab ich Ana mitgebracht. Wollte sie aufmuntern."

Sie nahmen am Esstisch Platz.

„Und, hat sie sich darüber gefreut?"

„Weiß nicht, schwer zu sagen. Bei Ana kennt man sich nicht so leicht aus."

„Was für ein Verhältnis haben sie zu Ana?"

Alex stieß die Luft laut und vernehmlich aus. Es klang fast wie ein Pfeifen. „Eigentlich war es ein gutes. Bis zu dem Zeitpunkt, wo sie nur noch ein Thema hatte."

„Und was war das für ein Thema?"

„Das Thema hieß Carlos."

„Hatte sie sich in ihn verliebt?"

„Verliebt? Was weiß ich. Es ging nur noch: Carlos macht dies, Carlos kann das. Carlos bringt mich als Sängerin groß raus!"

„Hatten Sie ihr das auch versprochen?"

„So etwas kann man nicht versprechen. Entweder man hat Talent oder nicht. Aber sie hat Talent, und ich habe sie mit ein paar Leuten bekannt gemacht. Natürlich kam sie auch zu ein paar Gigs."

„Und plötzlich war sie nicht mehr mit Ihnen zusammen, sondern mit Carlos?"

„Wir waren nicht so zusammen, wie Sie das jetzt denken!"

„Was denke ich denn?"

„Dass ich mit Ana zusammen war und sie sich dann plötzlich mit Carlos zusammengetan hat und ich eifersüchtig wurde."

„Und war es nicht so?"

Alex schwieg einen Moment. Dann folgte wieder ein Fausthieb, nur diesmal auf den Tisch und nicht gegen die Wand.

„Ach verdammt. Ich mag Ana. Ich mag Ana sehr. Und es gab eine Zeit, da waren wir auch richtig zusammen. Dann sagte sie mir, dass sie mich zwar sehr mögen aber nicht lieben würde. Was, frage ich Sie, soll ich mit so einem Spruch anfangen? Wir redeten wieder und wieder, aber irgendwann musste ich einfach akzeptieren, dass es so war."

„Wann merkten Sie, dass sie mit Carlos zusammen war?"

Alex stützte den Kopf in die Hände. „Vielleicht drei Wochen später. Ich ging zu ihr und habe es ihr auf den Kopf zugesagt. Erst hat sie es noch bestritten, doch dann sagte sie mir, dass schon länger etwas zwischen den beiden lief und es täte ihr leid, bla bla bla."

„Wie lange ist das her?"

„Das sind jetzt fünf Monate."

„Wie war danach ihr Verhältnis zu Carlos?"

„Na ja, etwas gespannt. Aber wir sind in einer Band und müssen zusammen spielen."

„Und Ana?"

„Mit Ana habe ich bis Dienstag kein Wort mehr gesprochen. Ich glaube nicht, dass sie wirklich mit Carlos glücklich geworden wäre. Er konnte ziemlich ungemütlich werden, wenn er etwas getrunken hatte."

Ungemütlich war vielleicht nicht ganz die passende Beschreibung, dachte Peter.

„Haben Sie Ana dann am Dienstag erzählt, dass Carlos tödlich verunglückt ist?"

„Ja irgendeiner musste es ihr ja sagen. Ich hab sie angerufen."

„Obwohl Sie das Telefonieren nicht mögen?"

„Ja, jetzt noch weniger. Sie ist völlig ausgetickert. Hat mich als Lügner beschimpft und ich wolle ihr nur eins auswischen. Sie hat dann noch mal bei Toni angerufen, um zu erfahren ob es stimmt."

„Und trotzdem sind Sie heute Morgen hier her gekommen, als Rosi Dietz Sie darum gebeten hat?"

„Ja, sie hat mich gestern schon angerufen, nachdem Ana eingeschlafen war. Haben uns immer gut verstanden."

„Wussten Sie, dass Ana schwanger ist?"

„Bis gestern nicht. Sie kam die letzte Zeit nicht mehr so oft zu den Gigs."

„Im wievielten Monat ist Ana jetzt?"

„Rosi sagt im sechsten."

„Das heißt?", Peter schaute Alex Baumann fragend an.

Der erhob sich schwerfällig und begann eine Wanderung durch das Zimmer. „Ja, auch ich kann rechnen. Das heißt, dass Ana schwanger wurde zu einer Zeit, als ich noch mit ihr zusammen war."

„Und haben Sie sie heute gefragt, ob Sie als Vater in Frage kommen könnten?"

„Ja, das habe ich."

„Und haben Sie darauf auch eine Antwort bekommen?"

„Nein, sie war nicht wirklich in der Lage, ernsthafte Antworten zu geben. Schien mit ihren Gedanken weit weg zu sein. Deswegen bat mich Rosi ja auch noch da zu bleiben, während sie einkaufen wollte."

„Wie kam es zu dem Sturz?"

Alex unterbrach seine Wanderung und setzte sich wieder an den Tisch.

„Ich weiß es nicht genau. Ich war kurz auf der Toilette. Als ich wiederkam stand die Haustür auf. Zuerst habe ich nach Ana gerufen. Dann dachte ich, dass sie vielleicht Rosi hinterher gegangen sei und lief nach unten. Da bemerkte ich das offene Fenster und sah sie unten liegen. Ich hab mit dem Handy den Rettungswagen gerufen und bin bei ihr geblieben. Es war furchtbar. Sie hat nur ganz flach geatmet. Ich hatte Angst, dass sie stirbt."

Jetzt rannen dem großen, muskulösen Mann die Tränen über das Gesicht.

„Sie muss wieder gesund werden. Dass mit Carlos wird sie schon verkraften irgendwann."

Beide schwiegen eine ganze Weile. Dann erhob Peter sich. „Was werden Sie jetzt tun?"

„Tun? Was sollte ich tun?"

„Bleiben Sie noch länger hier, oder gehen Sie nach Hause?"

„Ich werde warten, bis Rosi sich meldet. Dann fahr ich wahrscheinlich heim."

„Hat Ihnen Herr Lebert ausgerichtet, dass ich Sie gerne am Montag um neun Uhr im Kommissariat sehen möchte?"

Alex Baumann nickte.

„Gut, dann bis zum Montag. Ich finde schon raus Danke."

Peter verließ die Wohnung und stieg nachdenklich in seinen Wagen. Alex hätte also auch ein Motiv gehabt, Carlos umzubringen.

Es wäre auch möglich, dass es zwischen Alex und Ana zu einem handfesten Streit über das Baby gekommen war, nachdem Rosi das Haus verlassen hatte. Wer weiß, vielleicht war ja wirklich er der Vater und nicht Carlos? Er wollte Ana wieder für sich haben.

Vielleicht war Ana vor ihm davongelaufen und aus dem Fenster gestürzt? Oder sie hatte Alex gesagt, dass sie auch jetzt noch nicht mit ihm zusammen sein wollte und er hatte etwas nachgeholfen?

Es half nichts, sie mussten unbedingt mit Ana sprechen ...

Peter meldete sich noch bei seiner Dienststelle und ordnete für Ana Dietz Personenschutz an. Solange nicht geklärt war, wie es zu dem Sturz kam, befand sie sich möglicherweise in Gefahr.

3.

Als er um halb sieben die Haustür aufschloss kam ihm schon der Duft der Spargelsuppe entgegen und auf einmal merkte er, wie hungrig er war.

Marion stand in der Küche und schälte die Kartoffeln.

„Na, hat es doch länger gedauert?“ Sie sah in fragend an.

„Ja, tut mir leid. Eine junge Frau, die mit dem Fall irgendwie zusammenhängt, ist aus dem Fenster gestürzt und hat sich schwer verletzt. Ich war noch in der Uni-Klinik.“

„Wird sie durchkommen?“

„Es besteht wohl keine Lebensgefahr, aber sie ist im sechsten Monat schwanger und wird vielleicht ihr Baby verlieren.“

Marion hatte den Kartoffelschäler sinken lassen.

„Oh jeh! Die arme Frau! Konntest du mit ihr sprechen?“

„Nein, nur mit ihrer Schwester. Ich habe ihr meine Handynummer gegeben, falls ihr am Wochenende noch etwas einfällt und auf den Anruf des Arztes warte ich auch noch, obwohl mir die Stationsschwester da nicht viel Hoffnung gemacht hat.“

„Wie immer ... Hoffen wir, dass wir wenigstens in Ruhe essen können!“

„Ja, das hoffe ich auch. Wann kommen die anderen?“

„Um halb acht. Du hast also eine knappe Stunde Zeit, falls du noch mal schnell unter die Dusche willst ..."

„Ja genau das hatte ich vor. Soll ich mich vorher um den Wein kümmern?

Was wollen wir heute Abend trinken?"

„Ich würde zum Spargel am liebsten einen Weißwein trinken. Haben wir noch von der Scheurebe? Der passt glaube ich am besten."

„Ich schau nach." Peter verschwand im Keller und tauchte fünf Minuten später mit drei Flaschen im Arm wieder auf.

„Hier erst mal zwei Scheurebe und dann habe ich noch einen Prosecco mitgebracht. Wir könnten Bellinis als Aperitif trinken."

Marion nickte zustimmend.

Peters Handy klingelte und er ging dran.

„Dr. Ahrens am Apparat. Sie wollten mich kurz sprechen, Kommissar Scheuermann?" Die Stimme klang etwas gehetzt, das Wort „kurz" hatte er besonders betont.

„Ja vielen Dank für den Rückruf!" Peter machte Marion ein paar erklärende Zeichen und zog sich dann auf die Terrasse zurück.

„Ich habe nur kurz Zeit, muss gleich wieder in den OP, also was kann ich für Sie tun?"

„Ich würde gerne wissen, wie es Ana Dietz geht und wann ich Ihrer Meinung nach mit ihr sprechen kann."

„Was das Bein und den Arm betrifft, das wird in den nächsten Wochen heilen. Mit der Schwangerschaft ist es etwas komplizierter. Wir haben Frau Dietz jetzt auf die Gynäkologie verlegt. Ob Sie das Baby behalten wird, kann man noch nicht sagen. Am besten wenden Sie sich an Frau Dr. Schmitt, die diensthabende Kollegin dort."

„Kann ich sie jetzt erreichen?"

„Ich stell sie durch zur Pforte. Von dort kann man sie anpiepsen lassen, falls sie im unterwegs sein sollte oder vielleicht auch im Kreißsaal. Sie hat aber Ihre Nummer von mir schon bekommen."

„Dann vielen Dank, und noch eine etwas ruhigere Nacht!" wünschte Peter. Ob Dr. Ahrens das noch gehört hatte, bezweifelte er.

Der Pförtner meldete sich und nach einer knappen Minute Wartezeit wurde Peter mit Frau Dr. Schmitt verbunden.

„Schmitt?" meldete sie sich fragend.

„Kommissar Scheuermann, von der Kripo Frankfurt, guten Abend. Ich wollte Ihnen mitteilen, dass wir für Ihre Patientin Ana Dietz einen Beamten zur Bewachung abgestellt haben, weil wir nicht wissen, ob sie sich noch in Gefahr befindet. Und ich wollte mich erkundigen, wie es Frau Dietz jetzt geht?"

„Guten Abend. Dr. Ahrens hat mir auch schon Ihre Telefonnummer gegeben. Ich würde das gerne durch einen Rückruf überprüfen."

„Selbstverständlich!" Peter legte auf. Kurze Zeit später rief Dr. Schmitt zurück.

„Ich möchte gerne wissen, wie es Ana Dietz geht und wann sie in der Lage ist, mir ein paar Fragen zu beantworten."

„Sie ist aus dem Fenster gestürzt, richtig?"

„Ja, und wir versuchen nun zu klären wie ..."

„Also, was die Schwangerschaft betrifft, steht es auf der Kippe, ob sie das Baby behalten wird. Sie hat in unregelmäßigen Abständen Wehen, wir versuchen das mit Wehen hemmenden Medikamenten aufzuhalten. Wir haben ihr außerdem Lungen-Reife-Spritzen für das Baby gegeben, damit sich die Lunge des Embryos schneller entwickelt. Falls es zu einem Notkaiserschnitt kommen sollte, hat das Baby die besseren Überlebenschancen, wenn es schon selbstständig atmen kann."

Sie machte eine kurze Pause.

„Und Frau Dietz selbst, wie geht es ihr?"

„Sie hat Schmerzen, durch die Brüche verursacht, ansonsten ist sie sehr apathisch, sie hat einen Schock und eine Amnesie."

„Das bedeutet?"

„Dass sie sich an nichts erinnern kann, was den Unfallhergang betrifft. Wir erleben das öfter. Es ist ein Schutz des Körpers."

„Und wie lange kann eine solche Amnesie anhalten?"

„Das ist ganz unterschiedlich. Im Moment bin ich ganz froh, wenn sie sich nicht zu sehr aufregt, das verschlechtert nämlich die Chancen für das Baby. Wir werden ihr auf jeden Fall psychologische Hilfe anbieten. Gehen Sie von einem Gewaltverbrechen aus?"

„Wir ermitteln derzeit, wie es zu dem Sturz kam. Es kann ein Unfall gewesen sein oder sie hat sich bewusst aus dem Fenster gestürzt. Es wäre aber auch möglich, dass sie einen Stoss bekam."

„Dann befindet sie sich auch hier noch in Gefahr?"

„Da wir das nicht mit Sicherheit ausschließen können, ist der Beamte da."

„Möchten Sie sonst noch etwas wissen? Ich muss nämlich gleich in den Kreißsaal ..."

„Nein, vielen Dank. Ich werde mich morgen wieder nach Frau Dietz erkundigen."

Sonntag

1.

Trotz dem sie erst gegen drei Uhr morgens ins Bett gekommen waren, erwachte Peter früh. Er begab sich auf seine Jogging-Runde, doch diesmal kamen ihm keine neuen Ideen zum Fall Carlos Perna. Er wusste aus Erfahrung, dass es dann das Beste war, ein bisschen Abstand zu bekommen, und lenkte seine Gedanken in eine ganz andere Richtung.

Leider aber war das auch ein Problem. Er hatte sich ganz feste vorgenommen, mit Marion noch mal über den Ausgang ihres Hochzeitstages zu sprechen. Nur, je länger er wartete, umso unwirklicher kam ihm das Ganze vor. Worüber hatten sie sich eigentlich gestritten? Warum lauter Kleinigkeiten zu einem Berg aufbauen? Wo war die Lösung? Er war sich keiner Schuld bewusst. Okay, Marion hatte ihn irgendwie getroffen, als sie ihm vorwarf, zu viel zu trinken. Aber was war zu viel? In ihren Augen war das schon ein Bier und zwei Glas Wein. Abgesehen davon, dass er das nicht jeden Abend trank und auch viele Tage hintereinander gar keinen Alkohol zu sich nahm, schadete er ja höchstens sich selbst. Er wurde weder laut noch aggressiv, höchstens müde, wenn er was getrunken hatte. Und in diesen Mengen machte es ihm schon gar nichts aus. Es gab Tage, er war ehrlich zu sich, da freute er sich einfach auf die Wirkung des Alkohols. Es fiel ihm dann leichter, Abstand zu seinen Fällen zu bekommen, er wollte damit das Gedanken- Karussell in seinem Kopf anhalten.

Einfach mal nicht daran denken, was es für kranke Menschen gab. Menschen, die für ein paar Euro mordeten, Menschen, die zu sehr liebten oder hassten, die von Eifersucht oder Neid verzehrt wurden, oder Menschen, für die ein einziges Erlebnis genügte, um aus ihrem geordneten Leben auszubrechen um alles zu verlieren, was sie bis dahin erkämpft hatten. Ganz zu schweigen von den Angehörigen der Opfer oder der Täter, die es nicht fassen und glauben konnten, was da passierte.

Peter liebte seinen Beruf, aber es war nicht immer leicht, das alles zu verdauen. Auch das Fischen half ihm dabei. Allein, an einem Fluss zu stehen, nur Natur um sich herum, hatte schon immer eine ausgleichende Wirkung auf ihn gehabt. Dem Fließen des Wassers zuzusehen, den Geräuschen der Natur um sich herum zu lauschen und die Insekten zu beobachten, die über dem Wasser tanzten, oft nur wenige Tage an der Oberfläche lebten, ihre Eier auf dem Wasser ablegten und starben. Die Eier sanken zu Boden und dort auf dem Grund des Wasserbodens entwickelten sich die Larven. Wenn ihre Zeit gekommen war, stiegen sie nach oben und erst an der Oberfläche schlüpften sie und entfalteten die Flügel. Bevor sie wegfliegen konnten mussten sie aber ihre Flügel trocknen lassen. Das konnte, je nach Temperatur, ganz unterschiedlich lange dauern. Dann konnte man sie beobachten, wie sie mit ihren aufgerichteten, deltaförmigen Flügeln, aussehend wie kleine Segelyachten, mit dem Fluss stromabwärts trieben. Je nach Art kam es dann weinige Stunden bis Tage später zu einer weiteren Häutung und der farbenprächtige „Spinner“ war geboren. Es kam zum Hochzeitsflug und zur Begattung, die Eier wurden abgelegt und sowohl der Eier legende Spinner als auch der „Spender“ starben. Die wenigsten wussten, dass das Insekt eine viel längere Zeit im Wasser als außerhalb des Wassers durchmachte.

Diesen Kreislauf zu beobachten, beruhigte Peter.

Und was Marion und Marlene betraf, so hatten sie wirklich wenig gemeinsame Zeit zu dritt. Marlene interessierte sich auch nicht dafür, gemeinsam mit ihnen beiden etwas zu unternehmen. War das normal in dem Alter? Er wusste es nicht. Was war schon normal? Es fühlte sich nur nicht gut an. So, als würde sie ihn aus ihrem Leben ausschließen. Er durfte für die materiellen Bedürfnisse sorgen und Marion für das Drumherum. Auf der anderen Seite wollte er ja auch, dass sie selbstständig wurde, nur übertrieb sie es da nicht ein bisschen? Und auch Marion hatte sich irgendwie von ihm entfernt. Plötzlich musste er über sich selbst lachen. Wenigstens eine Einsicht bescherte ihm das Laufen. Nämlich die, dass Regina vermutlich recht hatte. Als Marlene klein gewesen war, hatte Marion zwangsläufig nicht so viel Zeit für ihre eigenen Bedürfnisse. Jetzt, wo sie immer selbstständiger wurde, hatte Marion mehr Zeit für sich. Und die nutzte sie auch. In dem sie zum Beispiel wieder Theater spielen ging, was sie schon immer gerne gemacht hatte. Und gerade das hatte ihn ja auch so an Marion angezogen, als sie sich kennen lernten. Dass sie eigene Interessen hatte, mit sich selbst etwas anfangen konnte, es ihm nicht übel nahm, wenn er zum Fischen ging. Warum also nahm er es ihr übel, dass sie nun wieder ihre Freizeitaktivitäten aufnahm?

Ganz gegen seine Gewohnheit war Peter langsamer geworden und jetzt am Kinzigsee stehen geblieben. So früh waren nur vereinzelt Jogger unterwegs. Die Scharen von Spaziergängern mit ihren Hunden und die Badegäste fehlten noch. Er blickte auf den See hinaus und zwang sich, seinen letzten Gedanken weiter zu verfolgen. Warum nahm er es ihr übel? Es war vielleicht ein ganz klein bisschen Eifersucht dabei, er war eifersüchtig darauf, dass sie ihre Zeit so viel freier einteilen konnte als er. Sie arbeitete auch viel, aber eben nicht an so starre Zeiten gebunden wie er. Sie konnte zum Beispiel mittags um vier schwimmen gehen und dafür abends am PC sitzen oder die Wäsche machen. Aber es war kleinkariert, sie deswegen zu beneiden, denn jahrelang hatte Marlene ihren und weniger seinen Zeitplan diktiert. Vielleicht war das auch der Grund, warum sie kein zweites Kind hatten, auch so ein Thema, was sie nie offen besprochen hatten.

Und jetzt stürzte Marion sich ins Theaterspielen, Schwimmen und Yoga und sie und Marlene standen eben nicht parat, wenn er nach Hause kam. Aber genauso war es früher immer gewesen. Marion hatte immer aufgepasst, dass sie die Zeiten, an denen er nicht mit seinen Fällen beschäftigt war oder mit dem Angeln, gemeinsam verbracht hatten. Dass sie jetzt nicht mehr nur auf seinen Dienstplan Rücksicht nahm, störte ihn.

Die Erkenntnis verblüffte ihn einigermaßen. Für einen Macho hatte er sich bis jetzt noch nie gehalten, aber genau danach sah es aus.

Er schnitt seinem Wasserspiegelbild eine Grimasse, wendete sich vom See ab und begann wieder zu laufen.

Als er heim kam, war Marion auch aufgestanden. Noch im Nachthemd hatte sie wohl die Spülmaschine ausgeräumt und war jetzt gerade dabei, noch die letzten schmutzigen Gläser vom Vorabend in die Maschine zu räumen. Ihre erste Tasse Kaffee trank sie nebenbei.

„Guten Morgen, möchtest du zuerst duschen gehen? Dann schau ich noch kurz in die FAZ."

„Morgen, ja das wäre nicht schlecht, ich bin vom Laufen ganz durchgeschwitzt. Heute wird es bestimmt schön warm. Vielleicht können wir ja später grillen?"

„Ich treffe mich doch heute Mittag noch mal mit dem Theater-Team."

„Sonntags?"

„Ja, Sonntags. Ich hatte es dir auch erzählt, es war der einzige Tag, an dem alle konnten."

„Sorry", er hob entschuldigend die Arme. Das hab ich vergessen."

„Wir können doch morgen Abend grillen. Da dürfte sogar Marlene da sein. Heute ist sie nämlich auf Kerstins Geburtstag." Und damit war er anscheinend entlassen, denn Marion hatte die Zeitung zu sich herüber gezogen und demonstrativ aufgeschlagen. Resigniert zog er die Schultern nach oben und verschwand unter der Dusche.

Marion hatte den Frühstückstisch auf der Terrasse gedeckt und sie saßen gerade bei einem späten Sonntagsfrühstück als das Telefon klingelte. Nach einem Blick auf die Nummer drückte sie ihm kommentarlos den Apparat in die Hand.

„Scheuermann, was gibt's?" Peter hatte natürlich auch gleich die Nummer des Kommissariats erkannt. Eine Weile hörte er schweigend zu. Dann griff er sich an die Stirn. „Im Ernst? Kein Spaß? Na da kann er sich ja auf eine Menge Frotzeleien gefasst machen."

Er legte auf. Marion schaute ihn fragend an: „Was ist passiert?"

„Ich habe gestern noch einen Beamten zur Bewachung von Ana Dietz in der Uniklinik stationiert. Sie liegt auf der Gynäkologie. Offensichtlich ist ihm beim Anblick einer hochschwangeren Frau, die auf dem Flur ihre Wehen veratmet hat, schlecht geworden. Er ging zu Boden und hat sich so unglücklich den Kopf gestoßen, dass er eine schwere Gehirnerschütterung hat. Das ist aber noch nicht alles. Der diensthabenden Ärztin fiel nichts Besseres ein, als ihn dort gleich in ein freies Einzelzimmer zu legen. Jetzt liegt er also auf der Gynäkologie."

„Oh Gott! Er tut mir ja leid, aber ..." Marion konnte nicht anders, sie musste lachen und Peter gleich mit.

Er erhob sich. „Ich werde noch ein paar Anrufe erledigen. Wann musst du weg?"

„Erst um vier. Könntest du gegen sieben heute Abend Marlene zu Kerstins Party fahren? Sie feiert bei ihrer Oma im

Garten, in Hanau. Wenn nicht, ist auch nicht schlimm, dann fährt sie mit dem Zug."

„Das müsste klappen. Wie kommt sie denn heim?"

„Gar nicht, sie schläft bei Kerstin und geht morgen dann von dort in die Schule."

„Und wie lange wird deine Sache da heute Mittag gehen?"

„Das dauert, wir gehen doch anschließend noch alle essen. Manchmal glaube ich, dass du mir gar nicht richtig zuhörst. Ich hatte dir das erzählt."

Dunkel konnte sich Peter erinnern, dass sie mal so etwas geäußert hatte. Er war sich aber ziemlich sicher, dass sie ihm nicht gesagt hatte, wann das Ganze stattfand. War auch egal.

„Okay, vielleicht gehe ich dann heute Abend noch ein bisschen Fischen, mal sehen, was sich ergibt." Damit zog er sich ins Büro zum Telefonieren zurück.

Sein erster Anruf galt dem verletzten Kollegen in der Uniklinik. Der hatte sich schon einiges an Kommentaren anhören müssen und fand die Sache weniger lustig. Soweit er es mitbekommen hatte,sei die Nacht ruhig gewesen, außer der Mutter von Frau Dietz sei kein anderer Besuch da gewesen.

Peter legte auf und rief wieder bei der Pforte an, um sich noch mal mit einem Arzt verbinden zu lassen. Der Zustand von Frau Dietz war immer noch unverändert. Sie war völlig apathisch und sprach weder mit den Ärzten und Schwestern, noch mit ihrer Mutter. Man hatte schon den Eindruck, dass sie einen verstand, aber ein Gespräch mit dem Kommissar war im Moment nicht möglich. Als Nächstes rief er Regina an und berichtete ihr von Anas Unfall, sowie von dem Fentanyl-Pflaster, das bei Carlos gefunden worden war.

Den Mittag verbrachte Peter mit dem Lesen seiner Fisch und Fang und mit dem Binden von vier schönen Fliegen.

Als es Zeit war, Marlene nach Hanau zu fahren, packte er sein Angelzeug hinten ins Auto. Vielleicht hatte er ja noch Lust nach Schlüchtern hoch zu fahren und dort an der Kinzig ein paar Würfe zu machen. Oder er würde einfach zu seinem Lieblings-Inder in Hanau gehen und ein Curry essen. Dafür konnte er Marion nämlich nie begeistern, sie mochte kein indisches Essen.

Er setzte Marlene bei Kerstins Oma ab und stellte fest, dass es von hier nur gut fünf Minuten bis zum Haus von Christine Perna waren.

Spontan beschloss er bei ihr vorbei zu fahren. Er wollte Christine Pernas Reaktion beobachten, wenn er ihr von dem Fentanyl-Pflaster berichten würde.

Er parkte das Auto an der Ecke und stieg aus. Jetzt am Abend dufteten die Rosen am intensivsten. Er nahm sich die Zeit zwischen Gartentor und Haustür kurz stehen zu bleiben und tief einzuatmen. Ja, das war der Duft des Sommers. Er ging weiter und klingelte dann bei Perna. Nichts tat sich, niemand öffnete. Naja, schließlich war es Sonntagabend und er hatte sich nicht angemeldet. Er drehte sich um und in diesem Moment sah er Barbara Konnert mit ihrem Auto vor der Tür einparken.

Sie stieg aus, und wieder verspürte er dieses ziehen irgendwo unterhalb des Bauchnabels. Sie trug ein hellgrünes, schmal geschnittenes Sommerkleid, das ihre Figur bestens zur Geltung brachte. Ihre Füße steckten in weißen Riemchensandalen mit Absätzen. Eine Sonnenbrille hatte sie sich ins Haar geschoben und bändigte so ihre Lockenmähne.

„Guten Abend, hat es Ihnen die Sprache verschlagen, weil ich Sie vor unserer Haustür erwischt habe, Herr Kommissar?"

Sie war inzwischen näher gekommen und schaute ihn spitzbübisch grinsend an. Er bemerkte, dass auch ihre Zehennägel „french" lackiert waren.

Er war sich sicher, dass sie sich ihrer Wirkung auf ihn bewusst war. Zumindest schien sie die Situation zu genießen.

„Das Kleid steht Ihnen sehr gut, und ich habe ihre Erscheinung bewundert, was Sie durchaus auch gleich bemerkt haben und ein bisschen genießen, kann das sein?"

Sie fing an zu lachen. „Jetzt sind wir quitt. Ja, ich gebe zu, ich genieße es, wenn mir ein Mann wohlwollende Blicke zuwirft. Allzu viel Gelegenheit hatte ich dazu in letzter Zeit nicht. Und manchmal ist es ganz gut, sich nicht nur als Mutter zu fühlen." Sie war ernst geworden. „Wollten Sie zu Christine?"

„Ja."

„Sie hat Nachtdienst heute. Das lenkt sie am besten von Carlos Tod ab. Sie braucht ihre Arbeit. Kann ich Ihnen noch irgendwie helfen?"

„Ein paar Fragen hätte ich noch, möchte Sie aber nicht aufhalten, wenn Sie Ihren Sohn ins Bett bringen müssen."

„Ich habe heute frei. Marc habe ich gerade zu meinem Vater gebracht. Er wollte dort gerne übernachten. Und Mozart hat er gleich mitgenommen."

„Mögen sie indisches Essen?" Das war ihm so rausgerutscht, ohne sich zu fragen, ob das gut war.

„Soll das etwa eine Einladung zum Essen sein?" Sie hatte den Kopf schräg gelegt und sah ihn direkt an.

Oh lieber Gott mach, dass ich in diesen grünen Augen nicht untergehe!, dachte Peter. Laut sagte er: „Es wäre mir ein großes Vergnügen. Schließlich haben das letzte Mal Sie mich zum Essen eingeladen und jetzt ist es an mir, mich zu revanchieren."

„Einfach so?"

„Einfach so. Es passiert nichts, was Ihnen nicht gefällt." Er musste verrückt sein.

„Ich liebe Indisch."

„Na dann wäre das ja geklärt. Wenn Sie noch mal ins Haus müssen, warte ich hier kurz."

„Okay, bin sofort wieder da."

Er hörte, wie sie ihre Wohnungstür aufschloss. Dann ließ sie die Rollläden herunter und kam mit einer weißen Strickjacke über dem Arm wieder heraus.

„Ich bin soweit. Ihr Auto oder meins? Oder sollten wir besser mit zwei Autos fahren?"

„Wir nehmen mein Auto, wenn es Ihnen recht ist. So weit ist es nicht bis in die Innenstadt, und ich fahre Sie dann schnell wieder heim nach dem Essen."

Fünf Minuten später parkten sie in der Innenstadt. Das Restaurant befand sich in einer Passage.

„Waren Sie schon mal hier?", fragte Peter, als sie die schummrig beleuchtete Eingangstür des Restaurants erreicht hatten.

„Einmal mit meinem Vater. Aber es ist bestimmt schon zwei Jahre her. Und Sie, sind Sie oft hier?"

„Nein, nicht allzu oft. Meine Frau mag Indisch nicht, und alleine macht es nicht so viel Spaß."

„Mag sie es denn, wenn Sie mit mir hier hingehen?"

„Ich habe nicht unbedingt die Gewohnheit, mit anderen Frauen essen zu gehen. Ich denke, sie wird es mir nicht übel nehmen."

Sie hatten das Lokal betreten und bekamen einen schönen Tisch in einer Nische zugewiesen.

Peter bestellte Lammcurry und Barbara Konnert entschied sich für Huhn mit Koriander.

„Was tun Sie in ihrem Leben, wenn Sie keine Fälle aufklären?", fragte sie, nachdem der weiß livrierte Kellner mit ihrer Bestellung in Richtung Küche enteilt war.

„Ich habe eine Familie. Am Wochenende haben wir oft Freunde zum Essen da. Unsere Tochter Marlene ist fünfzehn. Allerdings unternimmt sie nicht mehr gerne etwas mit uns."

Barbara nickte verstehend. „In dem Alter hatte ich dazu auch keine Lust mehr. Es macht viel mehr Spaß mit der besten

Freundin zu quatschen, Musik zu hören oder um die Häuser zu ziehen. Es ist normal, oder?"

„Aber nicht immer leicht, sich daran zu gewöhnen."

„Ja, es ist bestimmt komisch, wenn man nicht mehr die erste Bezugsperson ist. Das wird mir mit Mark auch so gehen. Was tun Sie noch, irgendwelche Hobbys?"

„Ich jogge gerne, aber meine große Leidenschaft ist das Fliegenfischen."

„Ich kenne den Film: Aus der Mitte entspringt ein Fluss von Robert Redford. Ich glaube Brad Pit spielt einen der Brüder. Da sieht das Fischen sehr ästhetisch aus. Ansonsten weiß ich nichts darüber."

„Wollen Sie denn mehr darüber wissen?"

Sie sah ihn jetzt direkt an. „Natürlich!"

Beinahe hätte er ihre Antwort nicht mitbekommen, weil er in ihre grünen Augen gesehen hatte. Das musste aufhöre! Er riss seinen Blick von ihren Augen los und landete bei ihrem lächelnden Mund. Die vollen Lippen hatten nur einen Hauch von Glanz. Er griff nach seinem Glas Wein, um nicht als Nächstes mit seinem Blick in ihrem Dekolleté zu landen und verschluckte sich fast, so einen großen Schluck hatte er genommen.

„Beim Fliegenfischen geht es darum, den Köder, also die Fliege, dem Fisch so zu präsentieren, dass er sie auch nimmt. Dazu muss man zum Beispiel wissen, welche Insekten im Moment unterwegs sind. Nehmen die Fische von der Oberfläche, dann brauch ich einen Spinner oder sind sie eher am Grund zu suchen, dann brauche ich ein Larven-Imitat, oder sind es die aufsteigenden Insekten, die die Fische an der Oberfläche suchen, dann brauche ich die Nachbildung eines so genannten Emerger, etwas, das aussieht, wie ein Insekt, das gerade schlüpft.

„Also erst die Insektenkunde, dann ans Wasser?"

„Na ja, zumindest ein bisschen sollte man sich auskennen, wenn man Erfolg haben will. Das richtige Gerät und die Wurftechnik sind auch von Bedeutung."

„Und der Erfolg sind die Anzahl der Fische, die man fängt und mit nach Hause nimmt?"

„Fliegenfischer sind in der Regel keine Kochtopf-Fischer."

„Soll heißen?"

„Es geht nicht darum, den Fisch abzuschlagen und sämtliche Kochtöpfe aller Bekannten vollzumachen. Ich setzte die meisten Fische zurück. Catch and Release – was zwar in Deutschland unsinniger Weise nicht erlaubt, aber durchaus gängige Praxis ist."

„Also was ist es, was das Fliegenfischen ausmacht?"

„Ich kann Ihnen nur sagen, was das Fliegenfischen für mich ist. Selbst ein Tag, an dem ich nichts fange, ist ein Tag in schöner Natur. Man fischt idealer weise auf Sicht, man sieht also den Fisch, den man fangen will, im Fluss stehen. Es würde schnell langweilig werden, alle leicht erreichbaren Fische anzuwerfen und so vielleicht einen Fisch nach dem anderen zu haken, nur damit man das Drillerlebnis hat, also das Erlebnis, bis der Fisch der am Haken ist. Ich finde es weitaus befriedigender, in der Lage zu sein, einem Fisch, der etwa unter einem Busch oder jenseits einer komplizierten Rückströmung steht, die Fliege so vor die Nase zu setzen, dass er sie auch nimmt."

„Und dann? Wird der Fisch nicht durch den Haken verletzt?"

„Beim Fliegenfischen wird nicht mit Widerhaken gefischt. Der Fisch kann also, nach dem Einfangen im Kescher vorsichtig vom Haken befreit werden. Wichtig ist, dass man ihn nur mit nassen Fingern anfasst."

„Mit nassen Fingern?"

„Ja, weil man sonst die empfindliche Schleimhaut verletzt und dann ist der Fisch anfällig für Bakterien und Keime, er wird dann nicht lange überleben."

Er machte eine Pause.

„Interessiert Sie das wirklich? Oder möchten Sie verhindern, dass wir auf den Tod von Carlos Perna zu sprechen kommen?"

„Es interessiert mich. Und wenn es Ihnen nichts ausmacht, möchte ich erst essen und dann auf Carlos zu sprechen kommen."

„Es macht mir nichts aus. Im Gegenteil. Ich habe Ihnen versprochen, dass nichts passiert, was Sie nicht möchten."

Sie nahm ihr Weinglas in die Hand und schaute ihn prüfend an. Dann beugte sie sich vor. „Und im Umkehrschluss, wie ist es da? Werden Dinge, die ich möchte, passieren?"

Ihm wurde warm. Sehr warm. „Und was sind das für Dinge?" Diese Augen, Wahnsinn!

Sie lachte leicht. Kein albernes Gekicher, kein bisschen verlegen, sondern das warme Lachen einer Frau, die sich ihrer Ausstrahlung sehr wohl bewusst ist.

Peter konnte nicht anders, er musste einfach an Sex denken. Irgendwie sprangen bei ihm alle Sensoren an. Mit Gewalt schaute er weg und griff nun auch nach seinem Weinglas. Sie war ihm noch eine Antwort schuldig.

„Was das für Dinge sind? Salut!" Sie hatte ihr Weinglas erhoben und stieß mit ihm an. Dann sagte sie: „Schauen wir mal, dann sehen wir schon!" Ihre Stimme war ernst geworden.

Jetzt holte Peter tief Luft:

„Und was tun Sie in Ihrer Freizeit?"

„Sie meinen, wenn ich nicht arbeite oder mich um Marc kümmern muss?"

Er nickte zustimmend.

„Ich gehe gerne wandern. Ich höre sehr gerne klassische Musik und gehe, leider zu selten, in klassische Konzerte. Und ich liebe das Lesen. Das ist etwas, was ich machen kann, ohne einen Babysitter zu brauchen."

„Und was lesen Sie?"

„Fast alles. Ich mag Romane, ich mag Krimis und besonders haben es mir die Klassiker angetan. Ich mag Goethe und Schiller genauso gerne wie Fontane oder Thomas Mann und Bertold Brecht."

„Nicht alle habe ich in guter Erinnerung. Dafür hat die eine oder andere Klassenarbeit gesorgt", bemerkte Peter.

„Das ist schade, so geht es ja vielen. Ich habe diese Vorliebe von meinem Vater geerbt. Er hat schon früher, als ich noch Kind war, über alles und jedes mit mir diskutiert. Meistens beim Wandern oder Pilze sammeln. So habe ich ganz nebenbei die Bürgschaft oder den Zauberlehrling kennen gelernt. Es macht uns auch heute noch großen Spaß, über Faust oder Maria Stewart zu diskutieren. Wussten Sie, dass die Idee zu Goethes Gretchen auf einem realen Ereignis beruht?"

„Nein, das wusste ich nicht!"

„Goethe war Zeuge einer öffentlichen Hinrichtung am 14. Januar 1772 auf der Hauptwache in Frankfurt. Die dreiundzwanzig Jahre alte Susanna Margaretha Brand wurde enthauptet, nachdem sie des Kindsmordes schuldig gesprochen wurde. Sie hatte als Dienstmagd in einem Gasthaus gearbeitet und wurde von dem Diener eines holländischen Kaufmanns verführt und geschwängert. Der Diener reiste wieder ab und Gretchen verheimlichte die Schwangerschaft. Sie brachte das Kind alleine zur Welt und um die Schande der unehelichen Geburt zu verheimlichen, tötete sie es in ihrer Verzweiflung und versteckte die Leiche im Stall. Dann hat sie sich von ihren Schwestern Geld geliehen und ist aus Frankfurt geflohen. Aber man fand die kleine Leiche und Gretchen war gesundheitlich so angeschlagen, dass sie nach Frankfurt zurückkam, weil sie in der Fremde niemanden kannte, der ihr hätte helfen können. Und so wurde sie verhaftet. Und um Verführung jeglicher Art geht es ja in Goethes Faust."

„Man lernt nie aus." Peter hatte das Glas erhoben und prostete seiner Gesprächspartnerin zu.

„Zum Wohl!" Sie hatte mit ihm angestoßen. „Aber auf die Klassiker muss man sich mit Muße einlassen – je nach Stimmung.

Ich mag genauso gerne heute geschriebene Romane oder Krimis. Und ich mag Gedichte."

„Sie erzählen das mit so viel Begeisterung, dass man direkt angesteckt werden könnte."

„Lesen Sie gar nicht?"

„Doch, aber nur im Urlaub komme ich dazu, ein Buch zu lesen und dann eher keine Krimis. Ansonsten lese ich Fachartikel oder etwas übers Fliegenfischen."

Der Kellner brachte den Hauptgang und sie widmeten sich dem Essen.

Etwas später schob Barbara mit einem kleinen Seufzer ihren Teller zur Seite. Er war blitzblank geputzt.

„Es scheint Ihnen geschmeckt zu haben!" Auch Peter war fertig und schob den Teller zur Seite.

„Ja, es war sehr lecker. Und wenn ich mich dazu entschlossen habe, etwas zu genießen, dann tue ich das auch ohne Reue."

Schon wieder ein Satz, den man nicht nur auf das Essen beziehen konnte. Oder war ihm plötzlich sein Hirn unterhalb des Bauchnabels gerutscht?

Sie bestellten beide einen Kaffee.

„Und nun, um mal aus Faust zu zitieren, sollten wir auf des Pudels Kern zu sprechen kommen. Sie dürfen anfangen mit Ihren Fragen. Ich hoffe ich kann Ihnen weiterhelfen!", leitete sie den offiziellen Teil dann ein.

„Okay, dann also los: Frau Perna hat uns erzählt, dass ihr Mann eine Freundin hatte. Wussten Sie auch davon?"

„Ja, Christine hat es mir erzählt."

„Also sagt Ihnen auch der Name Ana Dietz etwas?"

„Ja, er sagt mir was."

„Hat Christine Perna Ihnen erzählt, dass sie Frau Dietz zur Rede gestellt hat?"

„Ja, sie ist ihr nachgefahren. Frau Dietz erzählte ihr, dass sie und Carlos sich lieben würden und dass es was Ernstes sei.

Christine hat sich nach Hause geflüchtet. Sie hat einen Privatdetektiv engagiert, weil sie wissen wollte, wie oft die zwei zusammen waren. Wohl ziemlich oft, den Bildern nach zu urteilen."

Peter war verblüfft. Er ließ sich aber nicht anmerken, dass diese Information für ihn neu war.

„Wie hat Christine Perna reagiert, als sie die Bilder sah?"

„Ich war nicht dabei als Herr Benzing sie ihr zeigte. Aber natürlich haben wir dann darüber gesprochen. Sie ist meine beste Freundin, das wissen Sie."

„Dann will ich es anders formulieren. Welche Gefühle hat sie Ihnen gegenüber gezeigt oder geäußert?"

Anerkennend lächelte Barbara. „So kann ich die Frage beantworten. Lassen Sie mich einen kurzen Moment darüber nachdenken." Sie war wieder ernst geworden und dachte nach.

Peter ließ ihr Zeit und unterbrach sie nicht.

„Es war eine Mischung. Zum einem war sie verletzt und traurig. Es ist, glaube ich, nie sehr schmeichelhaft, herauszufinden, dass einen der Ehemann mit einer jüngeren Frau betrügt. Das kratzt gehörig am Selbstwertgefühl einer Frau. Was hat sie, das ich nicht habe? Sie kennen bestimmt den Schlager von Gitte. Aber irgendwie war sie auch erleichtert. Jetzt war sie auch innerlich endlich soweit, sich gegen Carlos zu behaupten. Vom Kopf her war ihr schon länger klar gewesen, dass sie sich von Carlos trennen musste. Von den gewaltsamen Übergriffen hat sie Ihnen ja erzählt. Aber ein Kubaner lässt sich von seiner Ehefrau nicht einfach so vor die Tür setzen. Jetzt hatte Sie den Beweis, dass er sie betrog. Sie wollte mit diesen Bildern zum Anwalt gehen und auch über die Körperverletzungen reden."

„Es war also eine Mischung aus Trauer, Verletztheit und Erleichterung."

„So würde ich es beschreiben."

„Wusste Christine, dass Ana Dietz schwanger ist?"

Barbara ließ fast das Glas fallen, das sie gerade in die Hand genommen hatte.

„Schwanger? Schwanger von Carlos?"

„Es sieht ganz so aus." Dass es da auch noch Alex gab, verschwieg er mal. „Sie wussten es offensichtlich nicht?"

„Nein, oh Gott! Was für ein Durcheinander! Ich glaube nicht, dass sie es wusste, sonst hätte sie es mir bestimmt erzählt!"

„Sind Sie sich da so sicher?"

„Sie ist meine beste Freundin. Wir reden über alles!"

„Ist das wirklich so?"

Sie war nachdenklich geworden und beantwortete die Frage nicht direkt. „Ich denke, das hätte sie mir gesagt."

„Okay, dann hätte ich noch eine Frage, die Sie betrifft. Darf ich?"

„Bitte ..." Sie machte eine einladende Geste.

„Wie hat Carlos Ihnen gegenüber reagiert, nachdem ihm seine Schwester Louisa erzählt hatte, dass sie Sie mit Christine Arm in Arm auf der Couch vorgefunden hatte?"

Peter entging es nicht, wie sich ihr Körper kaum merklich anspannte. Sie blieb stumm.

„Frau Konnert, bitte. Wie hat er reagiert? Die Reaktion gegenüber Christine Perna kennen wir. Dr. Perna hat sie mir und meiner Kollegin geschildert." Er wartete ab, ließ sie aber nicht aus den Augen.

„Wenn Sie wissen, was er mit Christine gemacht hat, dann wissen sie, wie brutal er war, und dass sie Todesangst hatte. Ein Teil der Angst hat sich auch auf mich übertragen. Von da an habe ich immer, auch tagsüber, meine Haustür von innen abgeschlossen. Einmal hat er an meine Tür gepocht, als er betrunken nach Hause kam und wüste Beschimpfungen ausgestoßen. Aber er konnte ja nicht rein. Außerdem habe ich das Telefon am Bett. Ich hätte sofort die Polizei gerufen. Ich habe nicht die Hemmungen, die Christine hatte."

„Mit welchen Worten hat er sie beschimpft?“

Sie schnitt eine Grimasse. Ich konnte nicht alles verstehen. Ein Teil war Spanisch. Die Wörter Hure, Nutte und Schlampe konnte ich aber deutlich vernehmen. Gott sei Dank ist Marc nicht wach geworden.“

„Okay, danke. Soll ich noch ein Glas Wein bestellen? Ich denke, wir lassen es für heute gut sein mit dem Fragen.“

Sie sah ihn an. „Und wenden uns wieder schöneren Themen zu? Macht sich Ihre Frau nicht langsam Sorgen, wenn Sie nicht nach Hause kommen?“

„Sie spielt Theater.“

Barbara hatte die Augenbrauen fragend hochgezogen.

„Sie spielt wirklich Theater, in einer Laiengruppe. Und dann gehen sie heute anschließend alle essen. Da wird es spät, sonst hätte ich ihr schon Bescheid gesagt.“

„Dann würde ich gerne einen Vorschlag machen. Der Wein hier ist das Einzige, was mir nicht schmeckt. Da habe ich einen besseren zu Hause. Neulich haben Sie abgelehnt, weil Sie noch im Dienst waren. Wie wäre es also jetzt mit einem Glas Wein bei mir auf dem Balkon zum Abschluss?“

„Das Angebot ist verlockend, aber halten Sie das für klug?“

Sie lächelte. „Da möchte ich Ihnen jetzt Ihre Antwort von vorhin zurückgeben: Es passiert nichts, was sie nicht wollen!“

Und genau das ist das Problem, dachte er. Doch er sagte:

„Okay, dann trinken wir noch ein Glas Wein zum Abschluss.“

2.

Auf dem Esstisch hatte sie eine runde Vase voller Rosen stehen, deren Duft sich im ganzen Raum verteilte. Sie zog den Rollladen zu dem kleinen Balkon hoch. Draußen stand ein kleiner, runder Tisch mit einer Platte aus terracotta-farbenen Mosaik-Steinchen und gusseisernem Fuß. Dazu gab es zwei Stühle, auch aus schwarzem Guss mit dicken, champagnerfarbenen Kissen. Auch hier duftete es verschwenderisch. Ein blühender Jasmin rankte an der schmalen Seite mit Hilfe eines Gitters nach oben, die Blumenkästen waren mit Lavendel und weißen Petunien bepflanzt. Überall waren Kerzen aufgestellt, die sie jetzt anzündete.

„Schön haben Sie es hier!"

„In warmen Sommernächten sitze ich gerne hier. Ich mag den Duft der Blumen."

Ja, zum Genießen passte auch der Duft. Eine Frau, die mit allen Sinnen lebte. Vielleicht gerade weil sie diese schlimme Geschichte hatte. Weil sie den Tod als Zuschauer kennen gelernt hatte, weil sie Abschied hatte nehmen müssen.

Sie unterbrach seinen Gedankengang: „Was darf es denn sein? Weiß, Rosé oder Rot?"

„Am liebsten Weiß. Ich trinke zwar sehr gerne Rotwein, aber der ist mir jetzt etwas zu schwer."

„Gut, dann habe ich eine schöne, kühle Flasche Albariño."

„Auch ein Spanier, stimmt's?"

„Ja, für mich ein sehr leckerer. In Spanien ist Albariño die herausragende Rebsorte des Anbaugebietes Rías Baixas in Galicien. Albariño heißt übersetzt die kleine Weiße. Es wird vermutet, dass die Rebsorte mit Riesling verwandt ist. Der Legende nach wurde sie zwischen dem 11. und 13. Jahrhundert von Mönchen aus Deutschland oder Frankreich über den Jakobsweg nach Galicien gebracht. Wären Sie so lieb?"

Sie hatte ihm ganz selbstverständlich die Flasche und den Öffner hingehalten und ging nun Gläser holen. Dann machte sie einen Kübel voll Wasser und Eis und stellte ihn seitlich auf den Tisch.

„Bitte, setzen Sie sich doch."

Er nahm Platz, und sie schenkte ein. Dann stießen sie an.

„Schmeckt er Ihnen?", fragte sie nach einer Weile.

Peter hatte den trockenen und doch fruchtigen Geschmack angenehm auf der Zunge. „Sehr lecker. Ich schmecke Aprikose, kann das sein?" Und er kam nicht umhin zu denken: Und ich würde gerne wissen, wie du schmeckst Er musste komplett verrückt sein. Diese Frau hatte etwas mit seinem neuesten Fall zu tun, und er war verheiratet und nicht mehr ein pubertierender Jüngling, der sich nicht beherrschen konnte!

„Ja, das ist ganz typisch für Albariño", hatte sie geantwortet.

Eine Pause war entstanden. Nicht unangenehm und merkwürdigerweise auch nicht fremd.

„Wissen Sie, es ist schön, sich auch mal auf einem gewissen Niveau mit einem Mann, der nicht mein Vater ist, unterhalten zu können. Manchmal habe ich das ganze Mütter-Geplapper satt! Ich kann eh niemals mit diesen Supermüttern konkurrieren. Marc ist weder in der musikalischen Früherziehung, noch im Tennis, Kinderyoga oder beim kreativen Zeichnen. Und damit bin ich schon unten durch." Sie machte eine Pause. „Auch damit, dass ich nicht sofort wieder händeringend nach einem Mann suche."

Ihre Stimme war ganz dunkel geworden.

„Sie trauern noch, oder?"

Sie nickte: „Ich habe mal gelesen, dass Trauern richtige Arbeit ist. Und das stimmt. Auf mich trifft es zu. Es gibt eben Tage, da überfällt mich das Alleinsein mit Macht. Und das Wissen, dass Michael all die schönen Dinge nicht mehr mit mir erleben kann, gräbt mir die Luft zum Atmen ab. Oder, dass Marc sich kaum noch an seinen Papa erinnern kann. Das tut mir weh.

Es gibt aber auch Tage, an denen ich einfach dankbar dafür bin, dass wir beide eine so schöne gemeinsame Zeit hatten. Auch wenn sie kurz war, habe ich sie mit einer Intensität erlebt, wie es andere Paare vielleicht nie erleben, auch wenn sie viele gemeinsame Jahre haben. Entschuldigung, es muss am Wein liegen und daran, dass Sie so aufmerksam zuhören können. Ich wollte das Thema gar nicht anschneiden."

„Und es muss auch Tage geben, an denen man darüber reden darf, oder? Ich höre Ihnen gerne zu." Und das war ernst gemeint. Ihre Trauer berührte ihn. Sie verstellte sich nicht, sie spielte ihm nichts vor.

„Danke." Ihre Stimme war fast nur ein flüstern. „Wissen Sie, in der ersten Zeit bekommt man viele Anrufe, es gibt viele Menschen, die sich um einen kümmern wollen. Die erste Zeit war auch nicht so sehr das Problem. Ich weiß nicht, ob sie sich das vorstellen können. Aber als Michael starb und endlich nicht mehr leiden musste, und er hat sehr gelitten in den langen letzten Wochen, da war ich sogar erleichtert. Ich dachte: Jetzt hat er es endlich geschafft! Am liebsten hätte ich jedem gesagt: Ich habe gute Nachrichten. Ich freue mich für ihn. Er ist endlich gestorben. Stattdessen sagt man: Ich habe schlechte Neuigkeiten. Michael ist gestorben. Man eckt sonst bei den anderen an." Jetzt hatte sie zu weinen begonnen.

Peter saß einfach ganz still da.

„Und dann", fuhr sie fort, „dann kommen die Anrufe immer spärlicher und die, die anrufen, werden immer ungeduldiger. So nach dem Motto: ‚Jetzt ist es aber endlich mal gut. Jetzt müsste sie doch mal fertig mit Trauern sein!' Dabei braucht doch dafür jeder seine eigene Zeit. ‚Wenn sie schon so lange trauert, dann soll sie es sich wenigstens nicht anmerken lassen!' Und das ist so verdammt schwer!"

Er hatte ihre Hand in seine Hand genommen und meinte:

„Die meisten werden nicht gerne mit dem Tod konfrontiert. Zu sehen, dass Menschen um sie herum krank sind oder trauern, macht Ihnen bewusst, dass auch das eigene Leben endlich ist. Das ist etwas, was man gerne verdrängt."

„Danke, dass Sie mir zuhören und nicht gleich die Flucht ergreifen. Ich wollte das gar nicht. Es kam einfach über mich." Die Tränen hatten aufgehört.

„Sie müssen sich nicht rechtfertigen. Alles im Leben hat seine Zeit." Er ließ Ihre Hand los.

Sie griff nach der Weinflasche und schenkte noch mal nach.

Sie machte keine Anstalten, sich die Tränen vom Gesicht zu wischen und sagte nun schon wieder mit festerer Stimme: „Das hat gut getan!"

Er erhob sein Glas und prostete ihr zu. Wieder entstand ein Schweigen, wieder nicht unangenehm.

Sie griff nach seiner Hand. „Wäre es zu viel verlangt, wenn ich Sie um einen Kuss bitten würde?" Ihre Stimme war wieder ganz dunkel.

Sie sah ihn fragend an, das Gesicht noch immer nass von den Tränen, den Mund leicht geöffnet. Irgendwie passte das zu der ganzen Situation, es passte zu Barbara, er war nicht überrascht.

Er beugte sich nach vorne, und sie kam ihm entgegen. Ihre Lippen legten sich auf einander, erst nur ganz leicht. Es durchfuhr ihn wie ein elektrischer Schlag. Sie schmeckte nach mehr, mit Anstrengung löste er seine Lippen von den ihren.

Sie hatte den Kopf in den Nacken gelegt: „Bitte, hör nicht auf!"

„Barbara, du bist eine sehr attraktive Frau, ich kann mir kaum etwas Verlockenderes vorstellen, als jetzt weiter zu machen, aber es wäre wider alle Vernunft! Wo soll das hinführen?"

„Ich bin eigennützig. Ich würde so gerne mal wieder spüren, wie es ist, eine Frau zu sein. Es ist ..." ihre Stimme war ganz heiser geworden, „es ist vier Jahre her, dass mich ein Mann so berührt hat, dass es mir Spaß gemacht hat. So berührt hat, dass ich mich fallen lassen konnte, dass ich meinen Körper richtig gespürt habe. Bei dir kann ich mir das vorstellen. Schon vom ersten Moment an, als ich dich gesehen habe. Betrachte es einfach als eine Therapie. Niemand geht eine Verpflichtung ein. Wir sind beide nicht mehr siebzehn, oder? Es ist der Moment, wo man nur im Hier und Jetzt lebt!" Sie lachte etwas unsicher.

„Ist das so, bist du dir da sicher?" Es war Wahnsinn, er wusste es und gleichzeitig wollte er es nicht anders.

„Ich bin sicher", flüsterte sie. „Bitte, ich brauche das jetzt!"

Ihre Lippen trafen sich wieder. Erst sacht, dann immer heftiger. Sie hatte den Mund geöffnet und er konnte seine Zunge spielen lassen. Einen Arm hatte er um Ihre Schulter gelegt und er zog sie jetzt zu sich. Dann ließ er sie sachte los und schob sie ein Stück von sich weg.

Sie sah ihn fragend an.

„Wollen wir lieber rein gehen? Wenn du nach vier Jahren das erste Mal wieder mit einem Mann zusammen bist, möchte ich mir gerne etwas Zeit lassen."

„Wie schön", flüsterte sie. „Ich mache ein bisschen Musik und du kannst vielleicht unsere Gläser mitnehmen?" Den Kübel mit der Flasche hatte sie schon in der Hand.

Er nahm die Gläser, stellte sie auf einen kleinen Tisch. Sie hatte wieder die Eagels aufgelegt, das Licht gedimmt und stand jetzt barfuß vor ihm.

Er hob die Hand und ließ seine Finger vorsichtig durch ihre rote Lockenmähne gleiten. „Leicht wie eine Feder, mit dem Duft nach Zitrone." Er näherte sich mit seinem Mund wieder ihrem Mund. „Du riechst gut. Das ist mir schon die ganze Zeit aufgefallen." Sie küssten sich. Langsam, vorsichtig, dann heftiger. Sie hatte die Hände erst auf seine Schultern gelegt, dann ungeduldig einen Knopf seines Hemdes geöffnet, um seine nackte Brust zu spüren. Sie löste sich etwas außer Atem von seinem Mund. „Ich will dich berühren", bitte, zieh das Hemd aus.

Sie nicht aus den Augen lassend, öffnete er die Knöpfe und ließ das Hemd zu Boden gleiten.

„Ich möchte auch mehr von dir sehen, deine Haut spüren. Zieh das Kleid aus."

Sie drehte ihm den Rücken zu und hielt ihre Lockenmähne hoch. „Es hat einen Reißverschluss, du kannst mir heraushelfen."

Er konnte nicht widerstehen und küsste sie auf den Nacken. Ein Schauer durchlief ihren Körper. „Das mag ich", flüsterte sie.

Langsam zog er den Reißverschluss auf, der bis zu einem kleinen, weißen Spitzenstring reichte. Er spürte, wie er hart wurde. Sie wollte das Kleid von den Schultern streifen. „Warte, ich will mir noch einen Moment mit dem Auspacken Zeit lassen." Mit den Fingern fuhr er den Linien des Reißverschlusses nach, öffnete den Verschluss des BHs und arbeitete sich sachte nach unten, um dann die Umrisse des Strings nachzufahren. Sie stöhnte leise. „Du machst mich wahnsinnig, das halte ich nicht lange durch!"

„Du sollst nur genießen. Willkommen im Hier und Jetzt!"

Er drehte sie langsam zu sich um. Aufreizend schob sie nun ihr Kleid von den Schultern und ließ es an den Beinen runterrutschen. Der BH bedeckte noch ihre Brüste und langsam, ganz langsam ließ sie auch ihn fallen.

Ihre Brustwarzen hatten sich aufgerichtet und der dunkle Vorhof bildete einen Kontrast zu ihrer hellen Haut, die zwei wohlgeformte Brüste umspannte. Sie hatte nicht den Körper eines jungen Mädchens, aber sie war wunderschön.

Peter verspürte wieder das heftige Ziehen in der Lendengegend.

Er küsste sie wieder und ließ seine Hände über ihre Brust wandern. Dann beugte er den Kopf und ließ seine Zunge um ihre Brustwarzen kreisen.

„Mir geben die Knie nach“, flüsterte sie. „Lass uns nach nebenan gehen.“

Er hob sie hoch, sie war leicht und auch ihre Haut duftete nach Zitrusfrüchten.

Er legte sie auf dem Bett ab. „Zieh deine Jeans aus“

„Nein, noch nicht. Du bist dran“. Er legte sich neben sie und fing an sie zu streicheln.

Ihr Atem ging schneller. Er entdeckte den Kübel mit dem Wein am Bett und nahm einen Eiswürfel heraus. „Nicht erschrekken.“ Langsam ließ er den Eiswürfel um ihre Brustwarzen gleiten. Sofort bekam sie eine Gänsehaut und konnte ein Aufstöhnen nicht unterdrücken. Er setzte seine Wanderung mit dem Eiswürfel nach unten fort, umkreiste ihren Bauchnabel und fuhr dann über ihren String und weiter an der Innenseite ihrer Schenkel entlang. Sie atmete in kurzen Stößen und hatte die Beine leicht gespreizt als er mit dem kühlen Eis ihre geschwollenen Lippen berührte. Er konnte ihre Nässe spüren, als er vorsichtig den String herunterzog. Sie hatte ihm mit der Hand in die Haare gegriffen und drängte ihn nun wieder nach oben, um sie zu küssen. Ihre Augen hatten die Farbe von dunklem Grün als sich ihre Münder fanden.

„Jetzt musst du mir eine kleine Pause gönnen, und jetzt möchte ich dich sehen.“

Er zog die Jeans aus und sie zog ihm langsam den Slip runter und berührte seine Härte. Fast hätte er sich nicht mehr beherrschen können. Er legte sich wieder neben sie, küsste sie und wanderte mit dem Mund langsam nach unten.

Sie hob sich ihm entgegen, die Finger fest in die Bettdecke gekrallt. „Warte, mach eine kleine Pause“ stieß sie hervor.

„Lass es doch einfach geschehen“, flüsterte er.

Sie konnte sich nicht mehr zurückhalten und kam das erste Mal.

Er legte sich wieder neben sie und streichelte sanft ihre Brüste.

„Das war Wahnsinn, es hat mich überrollt wie ein D-Zug. Sie war immer noch außer Atem.

„Möchtest du noch weitermachen, oder ist das Therapie genug?“

„Könntest du denn jetzt aufhören?“, fragte sie ihn neckend und berührte ihn wieder.

„Ausgeschlossen.“

„Dann lassen wir es doch wieder einfach geschehen.“ Ihre Augen glänzten immer noch vor Erregung. Er ließ sich Zeit, streichelte sie, erkundete ihren Körper mit der Zunge, bis sie wieder bereit war.

„Komm in mich. Ich kann nicht mehr länger warten!“ Ihre Stimme war heiser vor Verlangen. Sie nahm ihn in sich auf und dirigierte seine Bewegungen immer schneller. Als sie die Beine hob trieben sie gemeinsam dem Höhepunkt entgegen.

3.

Auf der Rückfahrt nach Hause hatte er das Fenster heruntergekurbelt und ließ sich den kühlen Fahrtwind ins Gesicht pusten. Er ließ das Gefühl des Abends noch in sich nachklingen und versuchte noch ein kleines bisschen im „Hier und Jetzt“ zu bleiben.

Eben doch wie ein Siebzehnjähriger, kam es ihm flüchtig in den Sinn, doch er verscheuchte den Gedanken gleich wieder.

Als er eine halbe Stunde nach Mitternacht zu Hause ankam, stand Marions Auto noch nicht in der Garage. Er schloss die Haustür auf und sah den Anrufbeantworter blinken. Er betätigte die Wiedergabetaste und hörte Marions Stimme, im Hintergrund war die fröhliche Runde zu hören:

„Hi du, ich bin's. Wir haben alle was getrunken und deswegen hat mir Karin angeboten, dass ich bei ihr übernachten kann, um nicht mehr fahren zu müssen. Auf dem Handy habe ich dich nicht erreicht, aber das hast du ja nie beim Fischen dabei. Ich fahr dann morgen früh von hier aus ins Büro und melde mich dann bei dir! Gute Nacht!" Die Ansage war zu Ende.

Peter nahm ein Whiskeyglas aus dem Schrank und ging an das Regal mit den schottischen Whiskeys. Er entschied sich für einen fünfundzwanzig Jahre alten Glen farclas, einen seiner Lieblingswhiskeys. Manchmal trank er ihn mit einem winzigen Schluck Wasser, das machte ihn weicher. Niemals jedoch mit Eis. Da hatte man die Menge des Wassers nicht im Griff, weil das Eis Stück für Stück schmolz. Heute trank er ihn pur. Heute sollte er nicht weich und gefällig schmecken. Heute wollte er den kratzigen und torfigen Geschmack spüren. Er öffnete die Tür und setzte sich mit dem Glas in der Hand raus, die Flasche stellte er neben sich ab.

So gewappnet stellte er sich seinen Fragen. Warum kam Marion nicht heim? Schlief sie wirklich bei einer Freundin? Oder übernachtete sie vielleicht bei Achim? Und wenn ja, warum nicht? Wo war er denn eben noch gewesen?

Peter nahm einen großen Schluck Whiskey. Es brannte in der Kehle und das war gut. Wie kam es überhaupt, dass er ihr das auf einmal zutraute? Weil sie Achims Namen nachts gemurmelt hatte? Wieder ein Schluck Whiskey. Er wusste die Antwort schon: Er traute Marion so etwas zu, weil er gerade fremdgegangen war, und sich einzureden, dass sie das auch tat, half ihm, nicht irgendeine Schuld bei sich zu suchen, sondern bei ihr!

Aber war bei Frauen nicht auch immer das Gefühl im Spiel? Jedenfalls hatte er das bis jetzt immer geglaubt. Männer konnten das besser trennen. Sagte man. Aber das stimmte wohl nicht. Barbara Konnert trauerte noch immer um ihren Mann, trotzdem wollte sie Sex haben. Seine große Liebe war Marion, mit ihr wollte er alt werden. Aber ob die Natur das so vorgesehen hatte? Ein einziger Sexualpartner bis ans Lebensende?'

Er schenkte sich aus der Flasche nach. Eine angenehme Wärme breitete sich in der Magengegend aus. Bereute er etwas? Als Mann sicherlich nicht. Nicht eine Sekunde. Er wusste, es war etwas Einmaliges gewesen. Er hatte Barbara aus ihrem Dornröschenschlaf wecken dürfen, aber er war nicht der Prinz, auf den sie irgendwann mal warten würde.

Und trotzdem hatte er einen Fehler begangen. Aus beruflicher Sicht einen unverzeihlichen Fehler. Sie hatte mit dem Fall zu tun. Er suchte einen Mörder oder eine Mörderin, und er hatte die strickte Trennung von Beruf und Privat nicht eingehalten. Und darüber würde er wahrscheinlich nicht mal mit jemanden reden können.

Diesmal setzte er gleich die ganze Flasche an, jetzt wollte er nicht mehr nachdenken.

Ein paar dicke Regentropfen brachten ihn endlich dazu, vom Liegestuhl aufzustehen und nach oben zu gehen, wo er nur die Jeans auszog und sich dann ins Bett fallen ließ.

Montag

1.

Um fünf Uhr erwachte er mit einem ausgetrockneten Mund und lauter Knitterfalten auf der Brust, die sein Hemd dort hinterlassen hatte. Er müsste aufstehen, um einen Eimer Wasser zu trinken, aber das würde heißen, dass er seinen Kopf bewegen musste. Langsam richtete er sich auf. Es brummte etwas, aber es war noch zu ertragen. Er tappte runter in die Küche und trank das Leitungswasser direkt aus dem Hahn. Dann zwang er sich den ganzen Kopf unter den Wasserstrahl zu halten.

Vorsichtig trocknete er sich dann das Gesicht ab und schaltete die Kaffeemaschine an. Er öffnete die Balkontür und kühle, feuchte Luft schlug ihm entgegen. Das Wetter hatte sich verändert. Der Garten tropfte nass vom Regen, der in der Nacht gefallen war, und am Himmel zogen dunkle Wolkenfetzen entlang.

Der Frühsommer macht eine Pause, dachte er und bückte sich etwas zu hastig nach dem Whiskeyglas und der Flasche, die er gestern einfach stehen gelassen hatte.

Er trank zwei starke Espresso. So gerüstet stieg er unter die Dusche und zog sich dann an. Um sechs Uhr fuhr er los an die Kinzig. Heute wollte er nicht angeln, er wollte nur mal eine Viertelstunde das Wasser beobachten.

Wie nicht anders zu erwarten, war es aufgewühlt und schlammig. Das hieß, dass es irgendwo flussaufwärts ein paar heftige Gewitter gegeben haben musste. Heute hätte er also eh nicht auf

Sicht fischen können, er hätte im wahrsten Sinne des Wortes im Trüben gefischt. Genau wie im Fall Carlos Perna.

So wie es jetzt aussah, hatte Carlos sich das Fentanyl nicht gespritzt, sondern ein Pflaster im Rückenbereich hatte den Wirkstoff abgegeben. Das hatte er sich bestimmt nicht selber dahin geklebt. Aber wer hatte Zugang zu solchen Pflastern? Am ehesten noch Dr. Christine Perna, nur warum hätte sie Carlos ermorden sollen? Sie war doch gerade dabei, alles für die Trennung zu regeln? Und was war mit den 20.000 Euro? Regina hatte die Angaben von Toni Lebert überprüft. Für die letzten drei Auftritte hatte die Band eine Gage von insgesamt 7.000 Euro erhalten. Selbst wenn er die unter die Fußmatte seines Autos gelegt hatte, waren da nun noch 13.000 Euro mehr gefunden worden. Stefan hatte gestern Auskunft von der Bank erhalten, dass es sich mit den Konten der Pernas so verhielt, wie Christine Perna es angegeben hatte. Wenn Carlos Perna nicht bei einer anderen Bank Geld hatte, von dem seine Frau nichts wusste ...

Woher hatte Carlos das Geld? Wenn er es nicht für den Verkauf von weißem Heroin bekommen hatte, dann war es am ehesten möglich, dass er jemanden erpresst hatte. Doch war der oder die Erpresste auch der Mörder?

Welche Rolle spielte Alex in dem Ganzen, welche Rolle Louisa Perna und Markos Mendoza? Und zuletzt welche Rolle spielte eventuell Barbara Konnert?

Seine Gedanken waren genauso durcheinander wie das Wasser vor ihm.

Er machte kehrt und lief zu seinem Wagen zurück. Dann fuhr er zum Kommissariat.

Um kurz vor acht griff er nach dem Telefonhörer.

„Na, Herr Kommissar, welche Frage verschafft mir denn schon wieder am frühen Morgen die Ehre Ihres Anrufes?“ Der Pathologe Schreier schien immer guter Laune zu sein.

„Wir gehen davon aus, dass Carlos Perna ins Koma fiel, weil er ein Pflaster mit hochdosiertem Fentanyl im Rückenbereich hatte."

„Ja, das ist richtig. An einer Stelle, an die er selbst nur durch Verrenkungen dran gekommen wäre."

„Also nehmen wir an, dass ihm das Pflaster jemand unbemerkt aufgeklebt hat."

„Was nicht so schwierig ist, wenn das Opfer stark alkoholisiert war und vielleicht ein bisschen Geschubse und Gedrängel herrschte."

„Die Pflaster kann man nicht so einfach kaufen."

„Auch das ist richtig. Es fällt unter das Betäubungsmittelgesetz. An Fentanyl kommen Sie ohne Spezialrezept nicht ran."

„Also käme als Täter jemand in Frage, der ein solches Rezept ausstellen könnte, zum Beispiel ein Arzt?"

„Derjenige der das Pflaster besorgt hat, muss es ja nicht unbedingt auch aufgeklebt haben, oder?"

„Dann hätten wir zwei Täter."

„Vorsicht, das würde ich nicht so sehen! Jeder, der mal eine schwerkranke Oma zu Hause gepflegt hat könnte noch so ein Pflaster zu Hause haben. Ich glaube sie müssen nach dem Motiv zuerst suchen, dann kann man sich überlegen, wie der Täter an das Fentanyl herankam. Noch Fragen? Oder kann ich anfangen zu schnipseln? Kam einiges rein am Wochenende."

Peter verabschiedete sich. Auf einmal waren seine Beine und Arme bleischwer geworden. Jeder, der mal eine schwerkranke Oma zu Hause gepflegt hat, könnte noch so ein Pflaster zu Hause haben ... Und natürlich auch jede, die mal einen schwerkranken Mann zu Hause gepflegt hat ... Er presste die Hände gegen die Stirn. Sollte er sich etwa so getäuscht haben?

In diesem Moment klopfte es und, Regina stand in der Tür.

„Morgen, Kopfschmerzen?"

Er nickte: „Ja, lass mich bitte noch zehn Minuten alleine."

Sie schloss leise die Tür. Er stellte sich ans Fenster und blickte raus, ohne viel zu sehen. Regina würde er nichts vormachen können. Er musste ihr zumindest einen Teil erzählen, mochte sie dann denken, was sie wollte. Er alleine war nicht mehr objektiv. Sie mussten Barbara noch mal befragen. Um neun kam Alex Baumann und sie mussten Christine Perna nach dem Detektiv fragen, den Barbara gestern erwähnt hatte. Warum hatte die Ärztin ihnen das verschwiegen?

Er drehte sich seufzend um, öffnete die Tür und bat Regina herein. Sie stellte ein sprudelndes Glas mit Wasser und Aspirin vor ihm ab.

„Danke! Setz dich bitte und schließ die Tür."

Er ließ sich in seinen Sessel fallen.

„Fang einfach beim Anfang an!", schlug sie vor, „ich kenne dich gut genug, um zu wissen, dass du etwas auf dem Herzen hast."

Er grinste schief: „Ich habe einen Fehler gemacht. Einen Fehler, der einem Kommissar nicht unterlaufen sollte."

„Selbsterkenntnis ist der erste Schritt zur Besserung!"

„Es bleibt bitte unter uns." Er machte eine Pause und sie nickte.

„Ich war gestern Abend mit Barbara Konnert Essen. Eigentlich hatte ich versucht, Frau Dr. Perna zu erreichen, doch sie war im Nachtdienst. Frau Konnert kam gerade nach Hause, und ich lud sie spontan zum Essen ein. Ich habe ihr ein paar Fragen gestellt. Anschließend haben wir bei ihr zu Hause noch ein Glas Wein getrunken und sind zum Du übergegangen."

Regina saß bewegungslos da. „Fertig?", fragte sie dann.

„Fertig!"

„Aha."

„Aha?"

„Und was möchtest du sonst von mir hören? Warum erzählst du mir das überhaupt?"

„Regina, ich weiß, dass es in einem Mordfall nicht sehr klug ist mit einer Verdächtigen Essen zu gehen und Wein zu trinken."

„Glaubst du, Barbara Konnert wollte dich um den Finger wickeln, dich ablenken?"

„Gestern hätte ich es nie geglaubt! Es gibt aber ein paar Dinge, die mir jetzt in einem anderen Licht erscheinen. Sie hat ihren todkranken Mann zu Hause gepflegt. Sie hätte also durchaus noch so ein Pflaster zu Hause haben können."

„Der Besitz des Pflasters macht sie aber nicht zu einer Mörderin."

„Sie hatte Angst vor Carlos. Er hat versucht in ihre Wohnung einzudringen."

„Dann sollten wir sie dazu noch mal befragen."

„Ja, das müssen wir wohl. Ich möchte das gerne mit dir zusammen, aber bei ihr zu Hause machen. Wir werden uns ganz offiziell anmelden, auch bei Frau Dr. Perna. Denn Barbara hat mir erzählt, dass Christine Perna einen Detektiv engagiert hatte, um Beweise für Carlos Pernas Affäre mit Frau Dietz zu bekommen. Von der Frau Doktor möchte ich jetzt gerne wissen, warum sie uns das verschwiegen hat."

„Einverstanden."

Es klopfte an die Tür und Stefan steckte den Kopf herein. „Alex Baumann ist gerade eingetroffen."

„Setz ihn noch fünf Minuten vorne hin, er ist eh noch zu früh", bedeutete Peter ihm.

Stefan verschwand und Peters Telefon klingelte.

Marion war am Apparat und Regina verließ taktvoll den Raum.

2.

Der große Alex Baumann saß wie ein Häufchen Elend vor Ihnen.

„Guten Morgen!“ begrüßten Peter und Regina ihn.

„Haben Sie Neuigkeiten von Frau Dietz?“ fragte Peter ihn.

„Rosi hat mich angerufen. Ana geht es den Umständen entsprechend. Im Moment sieht es so aus, als würde sie das Baby behalten. Aber sie spricht nicht. Sie hat den Kopf geschüttelt, als Rosi sie fragte, ob ich sie besuchen darf.“

„Sie steht unter Schock. Was denken Sie, ist passiert? Warum ist sie aus dem Fenster gestürzt?“

„Wenn ich das nur wüsste!“ Er hatte seinen Kopf in den Händen vergraben. „Wäre ich nur nicht gerade dann auf Toilette gegangen!“

„Was war denn ‚gerade dann‘?“, fragte Regina.

Alex blieb stumm. „Herr Baumann, haben Sie die Frage meiner Kollegin gehört?“

Er nickte. „Ja, das hab ich. Darf ich aufstehen? Irgendwie kann ich nicht still sitzen. Das Reden fällt mir leichter, wenn ich laufe.“

„Bitte, sie haben zwei Meter in jede Richtung!“, bot Peter ihm an.

„Ich hatte ja schon erzählt, dass Rosi mich Freitagabend angerufen hat und mir erzählt hat, dass es Ana so schlecht gehe. Zuerst dachte ich: ‚Na und? Ist sie doch selbst dran schuld!’ Ich war immer noch zornig, dass sie Carlos mir vorgezogen hatte, aber mehr noch als zornig war ich verletzt.

Doch dann erzählte mir Rosi, dass Ana schwanger sei, und zwar im sechsten Monat. Plötzlich wurde mir bewusst, dass nicht nur Carlos als Vater infrage kam, sondern auch ich. Und ob sie mir das glauben oder nicht, auf einmal war ich total aufgeregt. Ich liebe Ana, habe nie aufgehört, sie zu lieben. Und in diesem Moment dachte ich: Wenn das unser gemeinsames Baby ist, dann wird alles gut, dann werde ich ihre Zeit mit Carlos einfach vergessen, dann fangen wir neu an! Und dann bin ich am Samstag mit Blumen zu Ana gefahren. Ich habe mich total erschreckt, sie war da schon ganz daneben, aber sie hat mich immerhin nicht gleich wieder rausgeschmissen. Und einen kurzen Moment dachte ich, dass sie sich sogar freut, mich zu sehen. Rosi bat mich, ihr Zeit zu lassen, Ana habe einen Schock und die Zeit werde es schon richten. Ich müsse Geduld haben, sie wisse, dass Ana mich mag.

Und dann wollte Rosi nur schnell ein paar Sachen einkaufen gehen, und ich sollte solange bei Ana bleiben, was ich ja auch gemacht habe."

Er hatte mit seiner Wanderung aufgehört und ließ sich wieder auf den Stuhl sacken.

„Und dann habe ich den Fehler gemacht, sie zu fragen, ob es mein Baby ist, ich wollte es doch unbedingt wissen, verstehen Sie?"

„Immer und immer wieder habe ich sie gefragt. Irgendwann hat sie sich die Ohren zugehalten und fing an zu schreien. Da erst habe ich begriffen, dass sie nicht in der Lage war, mir zu antworten. ‚Okay, es tut mir leid, Ana', habe ich gesagt. ‚Wir verschieben das. Du wirst es mir sagen, wenn es dir besser geht. Renn nicht weg, ich gehe nur mal schnell zur Toilette'."

Er hatte sich nun an Regina gewandt: „Und das meine ich mit: Wäre ich nur nicht gerade dann auf Toilette gegangen!"

Peter und Regina schwiegen eine Weile.

„Und jetzt wiederhole ich meine Frage von vorhin noch mal: Was, denken Sie, ist gerade dann passiert?", fragte Peter.

„Sie wird den Moment genutzt haben und zur Tür hinausgeschlüpft sein. Vielleicht wollte sie einfach nur vor meinen Fragen fliehen. Vielleicht kam sie ins Stolpern und ist aus dem offenen Fenster gestürzt. Ich weiß es doch auch nicht! Seitdem ich sie dort gefunden habe, stelle ich mir die Frage immer und immer wieder!"

Jetzt hatte er wieder sein Gesicht in den Händen vergraben.

„Und wenn es so gewesen ist, dass Sie Frau Dietz so sehr bedrängt haben, dass sie vor Ihnen, und nicht nur vor der einen

Frage fliehen wollte? Was, wenn Sie ihr auf der Treppe nachgelaufen sind, Sie der viel schneller laufen konnte als die schwangere Frau? Was, wenn Ana Ihnen doch eine Antwort auf Ihre Frage gegeben hat? Nämlich die, dass Carlos der Vater des Kindes sei? Was, wenn Ana gar nicht gestolpert ist, sondern Sie ihr einen Schubs gegeben haben?"

„Nein, nein, ich wollte das doch gar nicht, ich liebe sie doch. Ich bin ihr doch nur hinterher gelaufen, um sie aufzuhalten. Sie hat mir nicht sagen können, wer der Vater ist. Ich habe versucht sie festzuhalten, weil ich nicht wollte, dass sie so aufgelöst, wie sie war, einfach auf die Straße rennt. Sie hat sich losgerissen und das Gleichgewicht verloren. Es war ein Unfall, Sie müssen mir glauben!"

Alex Baumann war jetzt in höchster Aufregung.

„Und warum sagen Sie uns das nicht gleich?"

Er sah Peter und Regina hilflos an.

„Herr Baumann, ich mache Sie darauf aufmerksam, dass wir einen Beamten vor Frau Dietz Zimmertür positioniert haben. Und solange wir Frau Dietz nicht selber gesprochen haben, halten Sie sich bitte von der Uniklinik fern, haben Sie das verstanden?"

„Ja, ich hab's verstanden. Sie will mich eh nicht sehen."

„Und noch etwas: Haben Sie jemals mit einem schwerkranken Menschen und seiner Pflege zu tun gehabt?"

„He? Ich versteh nicht!"

„Haben Sie? Beantworten Sie einfach meine Frage!", befahl Peter.

„Nein. Gott sei Dank noch nicht."

„Gut, dann können Sie jetzt wieder gehen. Wir werden uns bei Ihnen melden."

Damit war Baumann entlassen und Regina und Peter warteten schweigend, bis er die Tür hinter sich geschlossen hatte.

„Ich weiß nicht so recht", fing Regina dann an. „Glaubst du, er ist in der Lage, die Frau, die er liebt, aus dem Fenster zu stoßen?"

„Wissen wir, ob er sie liebt? Vielleicht hat sich seine Liebe in Hass verwandelt? Er kann sich nicht sehr gut beherrschen. Ich habe dir ja erzählt, wie er mit der Faust gegen die Wand geschlagen hat. Nach wie vor hat er durch seine Eifersucht auch noch ein Motiv gehabt, Carlos Perna zu töten."

„Ja, das schon. Aber sein Tod schadet ihm beruflich sehr. Ohne Sänger ist die Band im Moment erst mal nicht existent."

„Es wäre trotzdem möglich, dass sich seine Eifersucht in den letzten fünf Monaten so gesteigert hat, dass ihm das egal war. Es wird für ihn sehr schwer gewesen sein Tag für Tag mit Carlos zusammen zu arbeiten. Zumal, erinnere dich bitte, die anderen Bandmitglieder erzählt haben, dass Carlos mit seinen Bettgeschichten geprahlt hat: ‚Ich werde jetzt noch erwartet, sie ist echt eine ganz Süße, sie weiß, was Spaß macht.' So zumindest hat dieser Toni das formuliert. Solche Sprüche müssen Alex Baumann doch rasend gemacht haben, wenn er Ana noch liebte."

„Wir haben noch mehrere auf unserer Liste", meinte Regina. „Da ist zum Beispiel noch Dr. Christine Perna. Auch wenn sie schon soweit war, dass sie die Scheidung einreichen wollte, hat vielleicht die Erkenntnis, dass Ana Dietz schwanger ist, noch etwas ganz anderes bei ihr ausgelöst. Vielleicht wurde ihr auch plötzlich klar, dass sie als die besser Verdienende für Carlos Unterhalt zahlen würde müssen und somit eigentlich auch Carlos Freundin und Carlos Kind unterstützen würde."

„Es kann auf gar keinen Fall schaden, Dr. Perna mal zu fragen, ob sie einen Ehevertrag abgeschlossen hatten. So wie ich die Frau Dr. einschätze, gibt es aber eher eine Gütertrennung. Sie hat ja laut ihrer Aussage auch die Konten gut im Griff.

Wer bleibt noch?"

„Dann haben wir da noch Barbara Konnert. Ihr Motiv könnte die Angst vor Carlos Perna sein. Dass sie lesbisch ist, können wir nun wohl ausschließen?", konnte Regina sich nicht verkneifen zu fragen.

„Ha, ha. Toller Witz! Sie muss ja nicht lesbisch sein, um an ihrer Freundin zu hängen. Aber ob die Zuneigung so weit geht, dass sie dafür einen Mord begehen würde? Sie hat immerhin einen kleinen Sohn zu versorgen, und sie ist kein naives Dummchen."

„Bliebe als Motiv die Angst. Vielleicht ist er doch mal bei ihr in die Wohnung eingedrungen? Vielleicht hat er ihr auch Gewalt angetan? Vielleicht haben die beiden Frauen den Mord zusammen geplant?"

„Regina, ich glaube nicht, dass sie mich belogen hat, als sie sagte Carlos hätte an ihrer Tür geklopft und sie beschimpft, sei aber nicht hereingekommen."

„Es kann doch durchaus sein, dass das nicht gelogen war. Vielleicht gab es aber auch ein anderes Mal, bei dem er reinkam? Vielleicht hat sie dir nicht alles gesagt, sondern immer nur so viel, wie du gerade wissen wolltest."

„Okay, okay. Du magst ja recht haben. Ich werde sie nachher anrufen und einen offiziellen Termin ausmachen. Vielleicht klappt es ja am Spätnachmittag."

Es entstand eine kleine Pause. „Was ist mit Louisa Perna und Markos Mendoza?", fragte Peter dann.

„Tja, da fehlt uns noch ein Motiv. Es ist am wahrscheinlichsten, dass Mendozas Kneipe der Tatort war, oder dass es dort in der Nähe passiert ist. Es wäre denkbar, dass Perna Mendoza mit irgendetwas erpresst hat und deswegen sterben musste."

„Trotz der Verbindung zu seiner Schwester Louisa?"

„Tja, so wie alle diese Verbindung schildern, war sie sehr eng. Aber wir haben auch da zu wenig Informationen und wir wissen nichts über die Intensität der Verbindung zwischen Louisa und Markos ..."

„Also?"

„Also, bleibt nur eins: Hausaufgaben machen!"

3.

Eine Stunde später hatten sie den Rest des Teams über alle Neuigkeiten informiert, mit Ausnahme von Peters Besuch bei Barbara Konnert.

Sie beschlossen, dass Ralph und Stefan am späten Abend die Kneipe in der Schäfergasse aufsuchen sollten, da sie nicht von Mendoza erkannt werden konnten.

Als Peter wieder alleine in seinem Büro war, wählte er Barbaras Nummer.

„Barbara Konnert?"

„Guten Morgen, Peter Scheuermann hier."

„Guten Morgen."

„Barbara ..." Er machte eine Pause. „Barbara, falls es möglich ist, möchte ich gerne heute am späten Nachmittag mit meiner Kollegin vorbeikommen und dir noch ein paar Fragen über Carlos Perna stellen."

„Wann werdet ihr da sein?" Ihre Stimme klang völlig gelassen.

„Ist 17 Uhr eine gute Zeit? Ich würde auch gerne Frau Dr. Perna noch nach der Adresse des Detektivs fragen."

„17 Uhr ist in Ordnung. Was Christine, wenn sie nachher aufwacht vorhat, weiß ich nicht, aber ich werde es ihr ausrichten. Hast du deiner Kollegin erzählt, was zwischen uns vorgefallen ist?"

„Sie weiß, dass wir zusammen essen waren und noch ein Glas Wein zusammen getrunken haben und uns jetzt duzen, mehr nicht."

„Okay, den Rest denkt sie sich vielleicht. Du ermittelst in einem Mordfall und bist vielleicht nicht mehr ganz objektiv. Umso höher rechne ich es dir an, dass du gestern für mich da warst. Bis nachher also." Sie hatte aufgelegt, noch bevor er etwas erwidern konnte.

Eine erstaunliche Frau. Eine Frau, die die Dinge einfach aussprach.

Er holte Regina ab und sie verließen das Revier. Ihr Ziel war die Schäfergasse. Sie hatten vor, die Mieter über Mendozas Kneipe zu befragen.

„Hast du das Foto von Carlos dabei?"

Er nickte.

„Wenn es dir nichts ausmacht, gehen wir noch kurz einen Kaffee trinken. Ich habe nichts gefrühstückt", schlug er dann vor.

„Dafür bin ich immer zu haben!"

Peter entschied sich für zwei Blaubeer-Muffins und einen schwarzen Kaffee, Regina trank einen Espresso mit Vanillesirup, aufgeschäumter Milch und Karamell. So gestärkt begaben sie sich in die Schäfergasse.

„Mittagszeit, hoffentlich haben wir Glück und treffen jemanden zu Hause an", meinte Regina.

„Beginnen wir ganz oben." Peter hatte schon die Klingel gedrückt. Sie warteten eine Weile, nichts passierte. Erst bei der dritten Klingel hatten sie Glück. Der Summer ertönte und Peter drückte gegen die Tür. „Das müsste dann der dritte Stock sein."

„Am besten laufen wir so lange nach oben, bis jemand in der Tür steht."

Sie befanden sich nun in dem schmalen Treppenhaus und machten sich auf dem Weg nach oben. In jedem Zwischenstock befand sich ein Fenster. Jetzt konnte man deutlich auf den kleinen Hof, der sich hinter der Kneipe befand, hinausblicken. Er wurde wirklich als Parkplatz genutzt. Die Zufahrt führte noch über den Hof des Nachbarhauses. Deswegen befand sich also auch keine Einfahrt direkt neben diesem Haus.

Im dritten Stock erwartete sie ein Mann von etwa siebzig Jahren. Er hatte eine graue, zerschlissene Stoffhose an, die von Hosenträgern gehalten wurde. Darunter trug er ein blaues Hemd.

„Wer sind denn Sie?" Ich dachte, das wäre unser Essen", wurden sie begrüßt.

Peter stellte sich und Regina vor. „Wir möchten Sie nicht lange aufhalten, hätten aber ein paar Fragen. Können wir kurz reinkommen Herr...?"

„Holzhausen. Konrad Holzhausen. Na gut, noch ist das Essen ja nicht da", damit drehte er sich um und bedeutete ihnen zu folgen.

„Maria, hier sind zwei Leute von der Polizei, die ein paar Fragen haben."

Am schon gedeckten Esstisch saß eine zierliche, weißhaarige Frau. Sie hatte eine beigefarbene Bluse und einen dunkelbraunen Rock an. Wie bei ihrem Mann hatten die Kleider schon bessere Tage gesehen, und trotzdem wirkte alles sehr gepflegt. Was die Einrichtung betraf, schien hier die Zeit irgendwo in den 60iger Jahren stehen geblieben zu sein, alles war peinlich sauber.

„Oh guten Tag, bitte nehmen Sie doch Platz!"

„Danke!" Peter und Regina setzten sich.

Dann drehte sie sich zu ihrem Mann mit ängstlichem Blick um: „Konrad, das habe ich doch jetzt richtig gemacht?"

„Natürlich hast du das! Alles in bester Ordnung." Er sah seine Frau liebevoll an.

„Alzheimer, sie hat Alzheimer", erklärte er dann. „Sie weiß die einfachsten Dinge nicht mehr. Wo ist das Bett? Wo ist das Bad? Heute Abend hat sie wahrscheinlich vergessen, dass sie hier waren. Aber es ist nicht jeder Tag gleich. Oft merkt sie, dass sie etwas Komisches gesagt hat und das macht ihr Angst. Deswegen fragt sie mich. Aber wir schaffen das irgendwie zusammen."

Peter fehlten die richtigen Worte. Regina meinte: „Wie schön, dass Sie dann für sie da sind!"

„Was haben Sie für Fragen?"

Wie lange wohnen Sie schon hier?"

„Das sind jetzt genau zweiundvierzig Jahre. Unsere beiden Kinder sind hier groß geworden."

„Können Sie uns etwas über die Bewohner des Hauses sagen?“

„Ich nehme mal an, es interessieren Sie nur die jetzigen Bewohner?“

„Ja, die aktuellen und alles über das Lokal, was sich unten befindet.“

„Lisa Meier ist die netteste. Sie hilft mir immer bei den Kindern“, warf Maria Holzhausen ein.

„Ja, das war früher so, aber sie wohnt schon lange nicht mehr hier, Liebes“, erklärte ihr Mann.

„Oh!“ Unglücklich schwieg sie und schien verzweifelt nachzugrübeln.

„Wissen Sie, an das, was früher war, erinnert sie sich oft gut. Aber in der Gegenwart findet sie sich nicht mehr zurecht. Also ganz oben, in der Mansarde, wohnt ein junger Student. Es ist ein Russe, glaube ich. Im vierten Stock wohnt ein junges Pärchen mit einem Baby. Lucy Bauer, das ist die Frau, die unter uns im zweiten Stock wohnt. Sie ist im Moment arbeitslos, Sie müssten sie eigentlich auch antreffen. Alles ganz normale Leute.“

„Und wer wohnt in der Wohnung im ersten Stock?“

Konrad Holzhausen verzog das Gesicht. „Die gehört zur Kneipe da unten. Als es vor ein paar Jahren noch ein anständiges Lokal war, hat da das Personal gewohnt, der Koch und ein Kellner. Aber jetzt können sie da unten ja auch nichts mehr Gescheites essen.“

„Was meinten Sie mit: ‚Als es vor ein paar Jahren noch ein anständiges Lokal war‘?“, hakte Peter nach.

„Na ja, früher war es ein Speiselokal mit einer netten, kleinen Bar. Wir haben die vorigen Besitzer gut gekannt, alles war sauber und ordentlich. Aber seitdem dieser Kubaner es hat, kommen die meisten Gäste erst nach Mitternacht und da sind sie schon ziemlich betrunken!“

„Und woher wissen Sie das so genau?“

„Weil sie nicht gerade leise sind. Beim Ordnungsamt müsste schon genug vorliegen. Besonders schlimm ist es montagabends. Da ist irgend so eine Boy-Night und noch mal doppelt so laut wie sonst. Aber wir können nicht hier weg ziehen, dann würde Maria sich überhaupt nicht mehr zurecht finden."

„Und die Wohnung im ersten Stock? Ist die auch wieder an den Koch vermietet?"

„Nein, der fährt immer um Mitternacht heim. Unser Balkon vom Schlafzimmer geht auf den Hof hinaus. Man hört es, wenn er mit dem Auto wegfährt."

„Ich habe mit Mario gesprochen" verkündete Maria plötzlich freudestrahlend.

„Und wer ist Mario?", wandte sich Regina an die Frau.

„Der Junge aus der Wohnung. Er ist so hübsch." Sie machte ein Pause und schaute dann zweifelnd zu ihrem Mann: „Oder?"

„Maria, ich habe den Jungen nicht gesehen, ich weiß es nicht." Dann wandte er sich wieder den Beamten zu: „Unsere Tochter kommt fast täglich, um mit Maria spazieren zu gehen. Vielleicht haben sie da einen Jungen gesehen. Ich bezweifle es aber."

„Haben Sie dort jemanden wohnen gesehen?"

„Sie meinen so richtig? Jemand, der morgens geht und abends wieder kommt und am Wochenende die Hausordnung macht?"

„So in der Art."

„Nein", nicht in den letzten Jahren. Als der Kubaner die Kneipe übernommen hat, hat er eine Weile auch dort gewohnt, doch dann ist er ausgezogen." Er schüttelte den Kopf. „Da sollten sie am besten mal den Wirt selbst fragen, oder Lucy. Die wohnt ja direkt über dieser Wohnung. Vielleicht bekommt sie mehr mit."

„Eine letzte Frage noch." Peter hatte das Bild von Carlos aus der Jacke gezogen.

„Haben Sie diesen Mann hier schon einmal gesehen? Und wenn ja, wann zuletzt?"

Holzhausen betrachtete das Bild und nickte sofort. „Der ist oft mittags hier und trinkt einen Kaffee mit der Frau, die unten putzt. Immer fein angezogen. Grüßt immer sehr nett."

„Wissen Sie noch, wann er das letzte Mal da war?"

„Nicht genau. Warten Sie. Die ganze letzte Woche glaube ich nicht. Ist bestimmt schon zwei Wochen her. Hat er was ausgefressen?"

„Er ist tot. Er wurde ermordet."

„Ach du liebes bisschen! Und jetzt suchen Sie hier den Mörder?"

„Wir versuchen herauszufinden, wo er in den letzten Tagen vor seinem Tod überall war. Das heißt nicht, dass wir hier den Mörder finden. Aber vielen Dank für Ihre Antworten!"

Peter und Regina verabschiedeten sich und klingelten dann ein Stockwerk tiefer an der Tür, an der Lucy Keller stand.

Sie konnten Schritte hören und dann wurden sie durch einen Spion beobachtet. Nach einer Weile öffnete die Tür sich so weit, wie es die vorgelegte Kette zuließ.

„Was wollen Sie? Wer hat sie unten hereingelassen?"

Peter sagte wieder sein Sprüchchen auf.

„Kann ich Ihren Ausweis sehen?"

Sie studierte ihn lang und gründlich. Dann schloss sie die Tür, man konnte hören, wie sie die Kette löste, und jetzt machte sie ganz auf.

„Sind Sie sicher, dass Sie zu mir wollen?", fragte sie dann neugierig.

Vor ihnen stand eine korpulente, sehr gepflegte Frau mit aschblonden Haaren. Sie trug einen Jeansanzug und Pumps. Peter schätzte sie auf Mitte fünfzig. Um ihre Füße strich laut maunzend eine schwarze Katze. Sie hatte den Schwanz hochgestellt.

„Vielleicht können Sie uns ein paar Fragen beantworten. Wir haben auch schon mit den Holzhausens gesprochen. Dürfen wir reinkommen?“, fragte Regina.

Sie nickte: „Bitte, folgen Sie mir!“

Die Wohnung schien genauso geschnitten zu sein, wie die der Holzhausens.

Sie nahmen am Tisch im Wohnzimmer Platz. Die schwarze Katze machte es sich auf einem der Sessel bequem.

„Wie lange wohnen Sie schon in diesem Haus, Frau Keller?“ begann Peter.

„Das sind jetzt knapp sechs Jahre.“

„Sie leben alleine?“

„Ja, ich habe zurzeit keinen festen Partner, falls Sie das meinen.“

„Und Ihr Beruf?“

„Ich bin Fremdsprachen-Sekretärin. Aber zurzeit habe ich keine Stelle. Mein Chef ist in Rente gegangen, und sein Nachfolger wollte mich nicht übernehmen. Ich bin nicht jung genug. So einfach ist das.“

Sie sagte das ohne jede Spur von Bitterkeit, so als sei sie gar nicht unmittelbar betroffen. Ihr nächster Satz erklärte das dann auch. „Wissen Sie, ich bin nicht besonders betrübt darüber. Ich habe mein Auskommen. Ich bin nicht gezwungen, zu arbeiten, und möchte jetzt erst einmal Zeit für mich haben.“

„Frau Keller, können Sie uns irgendetwas über diesen Mann sagen?“

Peter zog wieder das Bild von Carlos hervor.

„Ja, den Herrn kenne ich. Ist oft hier. Ich glaube er ist mit dem Wirt befreundet. Und mit der Frau die putzt, trinkt er öfters mittags Kaffee.“

„Können Sie sich erinnern, wann Sie ihn das letzte Mal gesehen haben?“

„Warum ist das so wichtig für Sie?“, kam erst mal die Gegenfrage.

„Weil er am Dienstagmorgen ermordet wurde.“

„Oh mein Gott! Am Dienstag?“

Peter nickte. „Frau Keller, wissen Sie, wann Sie ihn das letzte Mal gesehen haben?“

„Wann, wann ist er umgebracht worden? Ich meine die Uhrzeit?“

„Er starb zwischen sechs und sieben Uhr morgens, warum?“

Lucy Keller war aufgestanden und griff nun nach der Schachtel Zigaretten und dem Feuerzeug, die auf dem Couchtisch lagen. Mit zitternden Fingern zündete sie sich dann eine Zigarette an und inhalierte tief. Peter und Regina warteten.

„Ich weiß das Datum, an dem ich ihn das letzte Mal gesehen habe genau und die Uhrzeit ziemlich genau. Es war der letzte Dienstagmorgen gegen sechs Uhr.“

„Waren Sie da Zeitung oder Brötchen holen?“

„Ich hatte kurz überlegt, ob ich das sage, aber wenn es um Mord geht ...“

„Also, wo genau haben Sie ihn gesehen?“

„Er kam aus der Kneipe unten getorkelt. Ich stand im Hausflur und hatte gerade die Tür geöffnet, um hinauszusehen.“

„Was macht sie so sicher, dass es der Dienstagmorgen war?“

Sie war wieder aufgestanden und schaute nun durchs Fenster auf die Straße hinaus. Dann drehte sie sich wieder um. „Ich habe einen verheirateten Freund, dessen Namen ich Ihnen nach Möglichkeit nicht nennen möchte. Montagnacht hat er hier geschlafen, wie fast jeden Montag. Bevor er geht, laufe ich immer runter und schaue, ob die Luft rein ist. Er möchte das so. Dabei habe ich ihn“ – sie zeigte auf Carlos Bild – „gesehen. Und das nicht zum ersten Mal.“

„Hat er sie auch gesehen?“

„Er hat mich gesehen, bevor er die Straße runter ist. Er hat mir zugezwinkert, das war so seine Art. Er war nicht mehr ganz sicher auf den Beinen."

„Und er kam eindeutig aus der Kneipe hier? Sind Sie da sicher?"

„Ja ich bin mir sicher."

„Haben sie noch jemanden gesehen?"

„Naja, es war gegen sechs Uhr morgens, da schließt die Kneipe und es waren noch eine Hand voll Leute, die das Lokal verließen. Manche sehe ich öfter, aber ich kenne keinen."

„Und umgekehrt?", fragte Regina sie. „Kann es sein, dass noch jemand außer Carlos Perna Sie gesehen hat?"

„Das glaube ich nicht. Ich hatte nur ganz kurz rausgeblickt und Carlos, wie Sie ihn nennen, war ja der Erste, der herauskam. Dann habe ich die Tür nur noch einen kleinen Schlitz offen gelassen und hindurch gespäht. Und glauben Sie mir, um diese Zeit ist von denen da keiner mehr nüchtern. Es hat auch keiner zur Tür gesehen."

„Okay, vielen Dank. Wenn Sie mir bitte Ihre Telefonnummer mal hier aufschreiben würden, falls wir noch Fragen haben ..." Peter hatte ihr einen Zettel hingeschoben und gleichzeitig seine Visitenkarte auf den Tisch gelegt. „Und unsere Nummer, falls Ihnen noch irgendetwas einfällt ..."

Er und Regina standen auf und verabschiedeten sich.

„Volltreffer! Oder?" Das war eine rhetorische Frage, die er unten auf der Straße an Regina richtete.

Diese nickte: „Wir sollten uns doch noch mal mit Markos Mendoza unterhalten. Schließlich hat er behauptet, dass Carlos Perna an diesem Abend nicht in der Kneipe war. Das zumindest ist eine Lüge, auch wenn ihn das noch nicht zum Mörder macht."

Sie klingelten gleich gegenüber bei Mendoza/Perna. Auch hier wurde ihnen gleich geöffnet. Oben angekommen stand Herr Mendoza in ähnlicher Aufmachung wie am Freitag zuvor in der Tür.

„Herr Mendoza, Sie haben uns nicht die Wahrheit über die Anwesenheit von Carlos Perna am Dienstagmorgen in der Kneipe gesagt."

Wortlos drehte er sich um und lief in die Küche. Peter und Regina folgten ihm. Auf dem Herd köchelte eine Suppe vor sich hin.

„Ich weiß nicht, wer es Ihnen gesteckt hat, aber wenn ich Ihnen gleich gesagt hätte, dass Carlos noch einen Absacker bei mir genommen hat, hätten Sie mir doch die Bude auf den Kopf gestellt, oder? Das ist schlecht fürs Geschäft und macht den armen Kerl auch nicht mehr lebendig."

„Aber hier geht es um Mord. Es ist sehr wahrscheinlich, dass Carlos das Fentanyl in ihrer Kneipe verabreicht bekommen hat. Und vielleicht hat er da auch ein paar Geschäfte getätigt. Immerhin hatte er sehr viel Geld bei sich. Wozu haben Sie eigentlich die Wohnung im ersten Stock angemietet?"

„Ich habe da gewohnt, bevor ich zu Louisa hierher gezogen bin. Eine Wohnung mitten in der City zu bekommen ist schwierig, ich behalte sie, falls das mit Louisa nicht klappt."

„Ist das nicht ziemlich kostspielig?"

„Sicher, manchmal lasse ich auch das Personal da übernachten. Oder Gäste, die zu viel getrunken haben. Dann müssen sie natürlich für die Übernachtung zahlen."

„Und, wäre es dann nicht auch Ihre Aufgabe gewesen, Carlos Perna, der ja offensichtlich zu viel getrunken hatte, vom Fahren abzuhalten? Und ihm das Zimmer anzubieten?"

„Carlos vom Fahren abhalten?" Jetzt musste Markos Mendoza richtig lachen. „Nicht einmal Sie hätten Carlos vom Fahren abgehalten, es sei denn Sie hätten ihn eingesperrt."

„Wäre es auch denkbar, dass Sie die Wohnung stundenweise vermieten?", fragte Regina.

„Um was zu machen?", antwortete Markos süffisant mit einer Gegenfrage.

„Das können Sie uns vielleicht am besten erklären!"

„Vielleicht könnte ich es, aber ob ich das will? Ich glaube ich kann vermieten wie und an wen ich will."

„Nicht, wenn es dort um illegale Geschäfte geht."

„Hören Sie, meine Kneipe ist ein Treffpunkt für Singles aller Art. Und es kommt schon mal vor, dass sich zwei meiner Gäste dort näher kommen und dann ein ruhiges Plätzchen benötigen. Dann können Sie das für ein kleines bisschen Knete haben. Alles ganz freiwillig, wie in einem Hotel. Hat mit Prostitution gar nichts zu tun und ist für mich ein kleiner Nebenverdienst."

„Und ihr Vermieter, weiß der das?"

Mendoza lachte: „Den habe ich noch nie gesehen. Lebt im Ausland. Solange die Miete kommt interessiert den gar nichts. Eine Maklerfirma verwaltet das Ganze."

„Geben Sie uns bitte die Anschrift der Firma? Wir werden ihre Angaben in jedem Fall überprüfen. „Und dann überlegen Sie bitte, wer am frühen Dienstag morgen noch Gast bei Ihnen im Lokal war. Da Sie ja bestimmt auch Stammkunden haben, wird Ihnen vielleicht der ein oder andere mit dem Namen bekannt sein."

Markos suchte Ihnen die Adresse und Telefonnummer heraus. Sie verabschiedeten sich mit dem Hinweis, dass er in den nächsten Tagen eine Vorladung ins Präsidium erhalten würde.

„Das scheint ihn alles weiter gar nicht zu stören, der macht ja auf ganz cool", meinte Regina beim Runtergehen.

4.

Um halb vier hatten sich noch mal alle in Peters Büro eingefunden. Regina gab eine Zusammenfassung von der Ermittlungen des Mittags.

„Stefan, Ralph, ich möchte gerne, dass ihr mal ein besonderes Augenmerk darauf habt, ob jemand im ersten Stock verschwindet. Ach ja, wenn wir den Aussagen von Herrn Holzhausen glauben schenken dürfen ist da Montagabends Boy-Night, also verhaltet euch entsprechend“, bemerkte Peter.

Die zwei angesprochenen verzogen das Gesicht.

„Wenn Markos Mendoza die Zimmer für was Illegales vermietet, wird er in nächster Zeit vielleicht erst mal vorsichtig sein. Wenn er sie aber wirklich einfach Gästen vermietet, die mal ein paar Stunden ein Zimmer brauchen, bekommt ihr vielleicht etwas heraus. Ich denke, ihr solltet dort erst gegen Mitternacht auftauchen. Gurgelt vorher mit Bier oder macht sonst irgendetwas, damit ihr nicht stocknüchtern wirkt, obwohl ihr es natürlich seid.“

„Das ist nicht unser erster Einsatz Peter!“, bemerkte Stefan trocken.

„Okay, dann fahren Regina und ich jetzt noch mal nach Hanau. Wir sehen uns dann morgen alle wieder. Ralph, ihr ruft mich bitte auf dem Handy an, wenn ihr von der Schäfergasse zurück seid. Auch wenn es fünf Uhr morgens ist!“

Auf der Miquellallee herrschte schon Berufsverkehr und sie kamen nur langsam voran. Kurz nach fünf parkten sie in der Beethovenstraße ein.

War es wirklich noch keine 24 Stunden her, dass er hier gewesen war? Peter klingelte zuerst bei Barbara Konnert. Sie kam an die Haustür und öffnete mit einem kleinen Lächeln im Gesicht. Sie trug schmal geschnittene Jeans und ein einfaches, schwarzes T-Shirt.

„Peter, Frau Kolb, kommen Sie herein. Ich habe schon gewartet." Sie ging vor und deutete auf die Eckbank.

„Kann ich etwas anbieten? Kaffee oder Wasser vielleicht?"

„Ein Schluck Wasser gerne, Frau Konnert", antwortete ihr Regina.

Barbara stellte drei Gläser und eine Flasche auf den Tisch, schenkte ein und wandte sich dann an Peter.

„Am besten fangen wir gleich mit den Fragen an. Ich muss nämlich in einer Stunde Marc bei seinen Freunden abholen. Christine ist dann oben, ich habe ihr Bescheid gesagt."

„Barbara, als ich dich gestern gefragt habe, wie Carlos reagiert hat, nachdem ihm seine Schwester Louisa erzählt hatte, dass sie dich und Christine Arm in Arm auf der Couch vorgefunden hat, hast du mir zur Antwort gegeben, dass du aus Angst vor ihm immer deine Tür abgeschlossen hast."

„Ja, das stimmt auch."

„Warum hattest du solche Angst vor ihm?"

„Auch das habe ich dir gesagt. Ich wusste ja von Christine, wie er bei ihr reagiert hatte. Und dass er dann vor meiner Tür stand und mich beschimpfte, hat mir ja recht gegeben. Ich habe dir die Wahrheit erzählt!" Sie sah ihn an. Wieder diese grünen Augen, diesmal allerdings ganz hell.

„Frau Konnert", mischte sich Regina ein. „Ich glaube Ihnen, dass Sie meinen Kollegen nicht belogen haben. Aber vielleicht haben Sie ihm nur nicht alles erzählt?

„So, wie wir Carlos Pernas Wesen kennen gelernt haben, war er niemand, der so schnell nachgab. Wenn er etwas getrunken hatte, wurde er unberechenbar."

„Reicht das nicht schon aus, um vor ihm Angst zu bekommen?", fragte sie leise.

„Doch das tut es. Und trotzdem glaube ich, dass da noch mehr war."

Barbara blieb stumm. Regina versuchte es weiter: „Frau Konnert, bitte, war da noch etwas, das wir wissen sollten? Es geht um einen Mord!"

Barbara blickte von einem zum anderen. Dann begann sie mit klarer Stimme zu sprechen:

„Beim ersten Mal hatte ich die Tür noch nicht abgeschlossen. Ich lag im Bett, Marc schlief in seinem Zimmer nebenan. Ich hatte Carlos heimkommen hören, morgens um vier. Wenn er etwas getrunken hatte, war er nie sehr leise. Er polterte nach oben, ich konnte die Tür hören. Christine war im Nachtdienst und ich war gerade wieder beim Einschlafen, als ich hörte, wie er die Treppe wieder herunterkam und ein Schlüssel ins Schloss gesteckt wurde. Christine hat natürlich Schlüssel von dieser Wohnung und die hatte er sich jetzt wohl geholt. Ich bin raus in den Flur und ihm dort direkt in die Arme gelaufen.

‚Wenn Du auch nur einen Mucks machst, wird dein kleiner Sohn wach, also sei besser still!' Ich hatte Todesangst und ich habe wirklich keinen Mucks gemacht, denn ich wollte nicht, dass Marc aufwachte. Wer weiß, was Carlos ihm angetan hätte. ‚Das ist eine Warnung: Wenn du noch einmal meine Frau tröstest oder gegen mich aufhetzt, kümmere ich mich mal ein bisschen intensiver um dich und deinen kleinen Sohn!' Dann hat er mich abrupt losgelassen und ist zur Tür hinaus. Danach habe ich nie mehr vergessen abzuschließen, auch tagsüber nicht."

Eine Weile war es still in dem Raum.

„Barbara, warum bist du nicht zur Polizei gegangen? Warum hast du ihn nicht angezeigt?"

„Weil ich Angst hatte. Er wäre doch bestimmt nicht gleich eingesperrt worden, oder? Außerdem war ja nichts passiert. Gut, er war nachts in meine Wohnung eingedrungen und hatte mir gedroht. Aber wie sollte ich denn das beweisen? Carlos hätte das alles abgestritten, und er konnte sehr überzeugend sein. Und er war der Mann meiner besten Freundin, doch am meisten Angst hatte ich um Marc. Er hätte einen Weg gefunden und Marc und mir das Leben hier zur Hölle gemacht."

Sie schwieg eine Weile. Dann blickte sie Peter wieder direkt an: „Ich bin keine Mörderin. Ich hatte noch nicht Alles erzählt, weil es mich nicht gerade in ein günstiges Licht rückt, seit dem ich weiß, dass Carlos an einer Überdosis Fentanyl gestorben ist. Ich weiß, was ein Fentanyl-Pflaster ist." Und dann ganz leise: „Ich kenne mich damit aus."

„Frau Konnert, Angst ist ein starkes Motiv!", bemerkte Regina. „Hatten Sie denn noch Fentanyl-Pflaster von Ihrem Mann?"

„Nein, ich hatte keine mehr. Diese Pflaster bekommen Sie ja nicht in größeren Mengen verschrieben. Der Arzt war in den letzten zwei Wochen jeden Tag bei Michael und wir haben die Dosierung besprochen. Ich hatte am Schluss noch eines übrig und das habe ich ihm zurückgegeben. Ich kann Ihnen die Adresse geben. Er hat seine Praxis in Hannover, Sie können ihn fragen."

„Ja, das wäre auf alle Fälle nicht schlecht. Das werden wir tun. Hat Marc am letzten Montag eigentlich zu Hause geschlafen?"

„Letzten Montag? Moment, ja, das hat er. Sie waren selbst dabei, als ich ihn Dienstagmorgen zur Schule geschickt habe."

„Okay, danke Barbara. Dann gehen wir jetzt mal hoch zu Frau Dr. Perna."

Sie erhoben sich, und Barbara brachte sie zur Tür.

Regina ging vor und Barbara wandte sich noch mal leise an Peter: „Es ist so, wie ich es gesagt habe. Ich habe dich gestern nicht benutzt. Danke, für den schönen Abend."

Da stand sie vor ihm und blickte ihn direkt an. Sie erwartete keine Antwort. Welche hätte er auch geben können? Das war Barbara, so wie er sie kennen gelernt hatte. Und er mochte es.

Schon auf der Treppe konnten sie das wundervolle Klavierspiel Christine Pernas hören. Diesmal war es Liszt, und wieder bedauerte Peter es, sie unterbrechen zu müssen.

Sie öffnete die Tür, diesmal in Sportsachen, und verkündete gleich: „Ich habe auf Ihr Kommen noch schnell gewartet und dann will ich Laufen gehen."

Sie setzten sich wieder an den kleinen Esstisch, und Peter kam sofort zur Sache.

„Frau Dr. Perna. Sie haben uns nicht erzählt, dass Sie ihren Mann durch einen Detektiv überwachen haben lassen."

„Hätte ich das?"

„Warum haben Sie es nicht getan?"

Frau Perna zuckte die Schultern: „Es erschien mir nicht so wichtig. Ich hatte Ihnen doch von Frau Dietz erzählt. Mehr gab es zu diesem Thema nicht zu sagen."

Peter erwiderte: „Frau Perna, alles kann wichtig sein! Ich möchte gerne von Ihnen die Adresse und die Telefonnummer des Detektivs, und falls Sie Bilder haben, die von ihm gemacht wurden, möchte ich sie gerne sehen."

Christine Perna stand auf, ging hinüber ins kleine Büro und kam nach kurzer Zeit mit der Visitenkarte in der Hand wieder.

„Bitte sehr, das ist schon mal die Karte von Herrn Benzing. Er hat sein Büro in Hanau, in der Innenstadt. Die Bilder habe ich oben. Wofür brauchen Sie die?"

„Es könnte sein, dass etwas drauf ist, das für Sie ganz unbedeutend aussieht, für uns aber für die Aufklärung des Mordfalls wichtig ist."

Sie ging kommentarlos nach oben und kam nach kurzer Zeit mit einem Din-A5 Umschlag in der Hand wieder die Treppen herunter.

„Das sind die Abzüge." Sie reichte Peter den Umschlag.

Es waren an die zehn Bilder. Ana und Carlos Arm in Arm, vermutlich in Frankfurt. Carlos, der Ana küsste, das war vor ihrer Haustür, wie Peter erkannte. Carlos und Ana beim Essen in einem Restaurant. Ana alleine beim Einsteigen ins Auto. Hier konnte man deutlich sehen, dass sie schwanger war. Peter hielt das Bild nach oben. „Wie haben Sie reagiert, als Sie gesehen haben, dass Frau Dietz schwanger ist?"

Christine Perna sagte mit gleichgültig klingender Stimme: „Ich hatte mich ja schon innerlich längst von Carlos zurückgezogen. Ich wusste, dass er gerne ein Baby gehabt hätte. Hauptsächlich vielleicht aber deswegen, um mich noch fester an ihn zu binden, mich abhängig von ihm zu machen."

„Und das wollten Sie nicht?"

„Nein!" Sie lächelte ein Lächeln, das ihre Augen nicht erreichte. „Nein, ich bin nicht der Typ, der sich von einem Mann abhängig macht. Und wie Sie wissen, liebe ich meinen Beruf. Carlos hat das gemocht und gehasst zugleich. Ich glaube, er dachte, dass er mich nach einer Weile umstimmen könnte." Wieder zuckte sie mit den Schultern.

„Frau Dr. Perna", mischte Regina sich ein. „Als Sie Ihren Mann wegen Frau Dietz zur Rede gestellt haben, hat er Ihnen da gesagt, dass sie schwanger von ihm ist?"

„Ja, er hat mächtig damit angegeben. Wenn ich noch irgendwelche Zweifel gehabt hätte, ob es richtig sei, sich von ihm zu trennen, wären diese spätestens jetzt verflogen."

„Und das war's?", fragte Peter. „Oder fällt Ihnen vielleicht noch etwas ein, was Sie vergessen haben, uns zu erzählen?"

Christine Perna schüttelte den Kopf: „Mehr gibt es nicht zu erzählen."

Peter und Regina verabschiedeten sich und fuhren zurück ins Kommissariat.

Dort angekommen setzte sich Peter mit dem Detektiv Kai Benzing in Verbindung und vereinbarte für den nächsten Morgen um halb neun einen Termin in dessen Büro.

Der Kommissar lies den Tag nochmal Revue passieren. Gedankenverloren starrte er vor sich hin und kritzelte kleine Fische auf seine Schreibtischunterlage. Plötzlich hatte er eine spontane Eingebung. Ein vager Verdacht, könnte völlig aus der Luft gegriffen sein. Oder auch nicht. Er griff nach seiner Jacke und dem Handy und verließ hastig sein Büro.

Das Lokal, dass er zwanzig Minuten später betrat, befand sich Mitten im Bahnhofsviertel. Kaum war Peter durch die Tür getreten, als ihn schummriges Dämmerlicht umgab. Es dauerte einen Moment, bis sich seine Augen daran gewöhnt hatten. Schwarze Samtvorhänge an den Fenstern ließen kein Licht durchschimmern sodass es unmöglich war, die Tageszeit zu erraten.

Vermutlich war genau das beabsichtigt. Im vorderen Teil standen ein paar kleine Tische mit Stühlen. Im hinteren Teil gab es eine Tanzfläche, auf der zu Bluesmusik Paare tanzten. Männliche Paare.

Peter ging zur Theke, die die ganze rechte Seite des Raumes einnahm.

Tobias Rosen schaute nicht gerade erfreut auf, als er den Kommissar auf sich zukommen sah.

„Was verschafft mir die Ehre?"

„Guten Abend. Ich möchte nochmal kurz mit Ihrem Bruder Mario sprechen. Ist er hier?"

„Warum haben Sie denn dann nicht angerufen? Wir wären dann aufs Revier gekommen."

„Sagen wir mal, weil es eine spontane Idee war", erwiderte Peter.

„So spontan, dass ich garantiert Ärger mit meinem Chef bekomme. Was wollen Sie von Mario?"

„Ist er hier? Ich werde ihn nicht lange von der Arbeit abhalten."

Wortlos drehte Tobias sich um und verschwand hinter einer Tür. Kurze Zeit später kam er mit seinem Bruder Mario zurück.

Mario trug enge Jeans, ein dunkelblaues Hemd, das fast bis zum Bauchnabel geöffnet war, die Ärmel lässig hochgekrempelt. Nervös schaute er den Kommissar an.

„Hallo Mario. Wo können wir uns kurz ungestört unterhalten?"

Mario wies auf die Tür, durch die er eben gekommen war und ging vor.

Der fensterlose Raum, den Peter jetzt nach Mario betrat, war ausgestattet mit zwei tiefen Sesseln, davor ein kleiner Tisch und an der Wand eine Couch.

Mario hatte sich im Sessel niedergelassen und Peter nahm ihm gegenüber Platz.

„Mario, was für eine Arbeit machst du hier?"

„Das haben wir Ihnen doch schon erzählt. Ich helfe meinem Bruder an der Bar."

„Nicht gerade ein idealer Arbeitsplatz für einen Jugendlichen, oder?"

„Warum? Nur weil hier alle schwul sind?" Mario grinste trotz seiner Nervosität. „Tobias achtet schon darauf, dass ich pünktlich gehe."

„Was machst du ab und zu in der der Wohnung über der Kneipe in der Schäfergasse?"

Mario fuhr deutlich zusammen. Das genügte Peter, seinen vagen Verdacht zu festigen, dass das der Mario war, den Maria Holzhausen öfter gesehen hatte.

„Schäfergasse? Ach, Sie meinen das El Paradiso. Ab und zu jobbe ich da auch. Wenn es zu spät wird, kann ich da in der Wohnung übernachten."

„Hast du dich dort mit Carlos Perna getroffen?"

„Ja, er hat mich angesprochen, ob ich nicht lieber einen Job in der Band möchte. Das wird ja nun leider nix mehr."

„Nein, eher nicht. Danke Mario", beendete Peter das Gespräch und erhob sich. Er verließ den Raum, ging Tobias zunickend am

Tresen vorbei und war kurze Zeit später wieder auf der Straße. Erstaunt stellte er fest, dass es gerade erst dämmerte.

Tief in Gedanken versunken lief er die Moselstraße entlang, als er plötzlich einen heftigen Schlag gegen den Hinterkopf bekam und zu Boden ging. Um ihn herum wurde es schwarz.

Er konnte nur kurz das Bewusstsein verloren haben. Ein junger Mann beugte sich neugierig über ihn. Er hatte eine deutlich wahrnehmbare Alkoholfahne.

„Alle klar, geht's wieder?"

Peters Kopf brummte etwas, aber er nickte zustimmend und rappelte sich mühsam hoch. Am Hinterkopf konnte er eine dick Beule fühlen.

„Soll ich einen Krankenwagen rufen?"

„Nein, danke geht schon."

„Sie müssen direkt mit dem Kopf auf die Bordsteinkante gefallen sein. Über was sind Sie denn gestolpert?"

„Ich glaube nicht, dass ich gestolpert bin, haben Sie etwas gesehen?"

Der Mann schüttelte den Kopf. „Hab Sie nur plötzlich Fallen sehen. Bin sofort rüber gekommen, um zu sehen, ob ich helfen kann. Bin allerdings nicht mehr ganz nüchtern."

Peter blickte die Straße hoch und runter. Er konnte nichts Außergewöhnliches sehen. Von den Anwohnern in dieser Straße würde er als Kommissar sowieso keine Auskünfte erhalten.

Er bedankte sich bei dem alkoholisierten Mann und ging langsam zu seinem Auto.

Mit Kopfschmerzen fuhr er nach Hause.

Er schloss die Haustür auf. Ein Blick auf seine Uhr zeigte ihm, dass es schon fast zehn Uhr war. Die Balkontür stand offen. Marion und Marlene saßen im Garten und unterhielten sich angeregt. Er erinnerte sich, dass sie ja alle zusammen hatten Grillen wollen.

Marlene blickte plötzlich auf: „Du bist aber spät dran, Papa. Jetzt haben wir schon ohne dich gegessen!"

Peter setzte sich und erzählte seinen beiden Frauen was passiert war. Sie waren richtig entsetzt und bestürmten ihn mit Fragen.

Peter winkte müde ab. „Lasst uns lieber von angenehmen Sachen reden. Ich habe mir etwas überlegt. Was haltet ihr davon, wenn wir am Wochenende Quads ausleihen und damit mal eine Tagestour machen?"

„Echt? Darf dann auch Kerstin mitkommen? Ich könnte ja bei dir, und Kerstin bei Mama mitfahren!", schlug Marlene vor.

Peter sah Marion fragend an.

„Ich finde die Idee gut. Von mir aus kann Kerstin gerne mitkommen."

„Marlene, dann schau du doch mal im Internet nach, wo wir hinfahren könnten. Vielleicht durch den Taunus. Und abends können wir hier dann wirklich noch alle zusammen grillen", schlug Peter vor.

Als Marlene im Bett war, saßen Marion und er noch bei einem Glas Wein zusammen.

„Ich finde deinen Vorschlag wirklich gut", meinte Marion. „Das ist etwas, was auch Marlene richtig Spaß machen wird. Wie kamst du auf die Idee?"

„Mir ist ein Werbeprospekt in die Hand gefallen." Peter machte eine Pause und holte dann tief Luft bevor er zögernd weitersprach: „Marion, es tut mir aufrichtig leid, dass ich neulich zu dir gesagt habe, du würdest dir nicht genug Gedanken um Marlene machen. Deine Bemerkung, ich würde zu viel Trinken, hat mich echt getroffen." Er schaute sie etwas kläglich an. „Geht das als Entschuldigung durch?"

Marion griff nach seiner Hand und drückte sie: „Vielleicht sollten wir beide miteinander etwas vorsichtiger umgehen? Und wieder mehr miteinander reden?"

„Ja, das sollten wir." Peter legte den Arm um sie und Marion lehnte ihren Kopf gegen seine Schulter. Lange saßen sie so noch schweigen da.

Dienstag

1.

Um sechs Uhr morgens rief Stefan ihn auf seinem Handy an: „Ich hoffe, dir ist klar, wo du uns da hin geschickt hast!“

„War es lehrreich?“

„Auf jeden Fall. Es ist so, wie vermutet. Wenn du mal ein Zimmer brauchst, kannst du das stundenweise von Mendoza mieten. Manche trinken unten mal gerade ein Bier und dann verschwinden sie sofort. Vielleicht sollte man auch mal eine Ausweiskontrolle durchführen. Ich bin mir nicht so sicher, ob da alle schon achtzehn Jahre alt sind.“

„Okay, danke. Dann geht jetzt erst mal schlafen. Ich möchte euch dann um fünfzehn Uhr im Kommissariat sehen.“ Und damit trennte er die Verbindung.

Sein Kopf schmerzte, wenn er die Beule am Hinterkopf berührte. Er rief Regina an und berichtete ihr vom Abend zuvor. Da müsse er ja gewaltig jemanden auf die Zehen getreten sein. Anders konnte er sich den Überfall auch nicht erklären. Es war ihm ja nichts geraubt worden. Oder hatte nur der, nicht mehr ganz nüchterne, junge Mann einen Raub verhindert?

Er beschloss auf dem Weg zu Detektiv Benzing in der Innenstadt einen Kaffee zu trinken und sich ein Croissant zu holen. Marion und Marlene waren schon außer Haus. Marlene frühstückte im Moment nicht, und Marion hatte es eilig gehabt.

Sie hatte es aber nicht versäumt ihn besorgt zu fragen, wie es ihm ginge und ihn gebeten, keine Einzeltouren mehr zu unternehmen.

Er parkte am Freiheitsplatz und lief dann die Krämerstraße Richtung Marktplatz entlang.

Kaffee und Croissant waren leidlich, er musste unbedingt mal Regina fragen, wo sie immer die tollen Schokoladen-Croissants herbekam.

Um kurz vor halb neun stand er dann in Benzings Büro. Der Raum hatte einen Parkettfußboden und in einem hellen Gelb gehaltenen Wände. Es gab einen großen, dunklen Schreibtisch aus Mahagoni, der fast das ganze Zimmer beherrschte und den nur ein großer Flachbildschirm, sowie eine funkgesteuerte Tastatur und Mouse zierte. Kein Ordner, kein Stift und keine Papierstapel. Seitlich standen Fax, Drucker und Kopierer. Sie wirkten neben dem wuchtigen Schreibtisch fast klein. Ein Telefon hatte Peter noch nicht entdeckt.

Vor dem Schreibtisch gab es zwei gemütliche Ledersessel. Und hinter dem Schreibtisch, sich aus einem Chefsessel erhebend, kam jetzt Kai Benzing hervor. Er mochte Anfang dreißig sein.

Er sah aus, als wäre er gerade einem Modemagazin oder einem Katalog für Segelurlaube entsprungen. Er war groß, schlank und drahtig. Er hatte schulterlange, lockige, blonde Haare, blaue Augen und eine tief sonnengebräunte Haut. Er trug ein blau-weiß gestreiftes, kurzärmeliges Hemd, das genügend offen stand um seine makellos rasierte, natürlich auch braun gebrannte Brust zu zeigen. Dazu trug er helle Jeans und Timberland-Boat-Schuhe. Am Arm konnte man eine Rolex blinken sehen und ein dicker Siegelring schmückte seinen kleinen Finger. Terre d`Hermes wusste Peter sofort. Das Aftershave, das ihm Marion zum letzten Geburtstag geschenkt hatte, weil sie es einfach unwiderstehlich fand. Er mochte es auch. Aber sicherlich war Kai Benzing der Mann, der Frauenherzen höher schlagen ließ.

„Sie fragen sich, wie ein Mann, der durch seine Erscheinung doch etwas auffällig ist, als Detektiv arbeiten kann? Kommissar Scheuermann, richtig?" Kai Benzing hatte ihm mit einem selbstbewussten Zwinkern die Hand zur Begrüßung entgegen gestreckt.

Peter fühlte sich ertappt, musste aber doch lachen und ergriff die Hand, um sie zu schütteln: „Beides ist korrekt. Ich bin Kommissar Scheuermann und genau das habe ich mich gerade gefragt."

„Es ist ein Irrglaube, dass man als Detektiv hauptsächlich irgendwelche Leute beschattet. Die meiste Arbeit besteht heute in der Internet Recherche. Und wenn ich Bilder mache, sehe ich eher wie ein Künstler aus oder wie jemand, der ein Modeshooting vorbereitet. Das finden die Leute heutzutage nicht mehr ungewöhnlich Im Gegenteil. Es würde mehr auffallen, wenn ich irgendwo heimlich rumschleichen würde, ich verstecke mich nur selten. Aber was kann ich für Sie tun?"

„Ich untersuche einen Mord. Den Mord an Carlos Perna. Dr. Christine Perna ist eine ihrer Klientinnen. Sie wollte wissen, ob ihr Mann ein Verhältnis zu einer anderen Frau hatte. Sie haben herausgefunden, dass er eine Freundin namens Ana Dietz hatte."

„Stimmt, genauso war es. Wie kann ich Ihnen helfen? Verdächtigen Sie Frau Dr. Perna?"

„Was für einen Eindruck hat Frau Perna auf Sie gemacht?"

Benzing überlegte einen Moment. „Am ehesten trifft es wohl das Wort ‚beherrscht'. Sie war kühl und sachlich. Hatte damit gerechnet, dass ihr Mann eine Freundin hatte und besprach mit mir sofort, was sie für Schritte unternehmen könnte."

„Und, was haben Sie ihr geraten?"

„Ich habe ihr die Adresse eines Anwalts gegeben, damit sie sich rechtlich beraten lassen kann."

„Haben Sie das Haus von Frau Dr. Perna danach noch observiert?"

„Nein, wir sprachen über die Möglichkeit. Frau Dr. Perna schien aber der Meinung zu sein, dass es genügen würde, ihrem Mann damit zu drohen, dass das Haus überwacht sei."

„Ich brauche alle Bilder, die Sie von Carlos Perna gemacht haben."

„Ich archiviere immer alles auf CD. Ich lasse sie Ihnen noch mal schnell von meiner Kollegin brennen."

Er hatte ein Board hervorgezogen, das eine kleine Sprechanlage, sowie das Telefon enthielten. „Uschi, ich brauche eine Kopie der Bilder vom Fall Dr. Perna, machst du das bitte gleich?"

„Wissen Sie noch, wo Sie die Aufnahmen überall gemacht haben?"

„Moment, das habe ich alles im PC. Ich mache Ihnen einen Ausdruck."

Der Drucker surrte leise.

Was wären wir heute ohne PC?, dachte Peter. Dann schaute er auf das frisch gedruckte Blatt Papier.

„Sie sehen, ich habe eine Woche lang Fotos gemacht. Vom 20. Mai bis zum 26. Mai.

Ich nehme bei solchen Dingen meistens eine komplette Woche, damit man einen Gesamtüberblick bekommt. Meine Kunden bezahlen es auch."

„Also fangen wir mit Sonntag, dem 20. Mai an. Da steht: Langenselbold Konzert, Kontakt mit Ana Dietz." Peter machte eine kleine Pause. „Wie haben sie den Namen von Frau Dietz in Erfahrung gebracht?"

Benzing lachte: „Na, das ist doch so ziemlich das Einfachste auf einem Konzert. Wenn Sie sich dann noch eine Kamera umhängen und behaupten, Sie seien von der Presse, können Sie jeden, alles fragen."

„Und das machen Sie dann rund im die Uhr?"

„Fast, ich wechsele mich mit Uschi, meiner rechten Hand, ab."

„Okay, und wenn ich jetzt die Bilder vom 21. Mai bräuchte – Schäfergasse, El Paradiso – könnten Sie mir die dann auf Anhieb zeigen?“

„Klar, kommen Sie mal rum. Dann zeig ich es Ihnen.“

Man sah Carlos, wie er alleine das Lokal betrat. Die nächsten Aufnahmen waren im Lokal gemacht worden. Wie, wollte Peter lieber gar nicht wissen. Carlos stand an der Bar in der Hand ein Glas, das aussah als wäre es bis zum Rand mit Rum gefüllt. Es hätte aber auch Cola sein können, Peter wollte sich da nicht festlegen. Dann kam ein Bild, das Peter schon mal mehr sagte. Man sah Carlos mit einem hübschen Jungen am Tisch sitzen – das war Mario – und im rechten Winkel dazu im Halbdunkel etwas undeutlich die Gestalt eines weiteren Gastes. Der kam Peter irgendwie bekannt vor, aber das Bild war nicht scharf genug, denn der Fotograf hatte sein Hauptaugenmerk auf Carlos und den Jungen gelegt.

„Stopp! Können wir den Mann noch etwas klarer zeigen?“

Peter hatte auf die Gestalt gezeigt. Kai Benzing nickte. Schnell hatte er einen Ausschnitt erstellt und herangezoomt und Peter blieb fast die Luft weg. Ja, den Herrn kannte er. Aber was machte er dort?

„Können Sie mir bitte diesen Ausschnitt ein paar Mal drucken Ich glaube, das ist das, was ich brauche.“

Dreißig Sekunden später hatte er das Bild fünfmal in der Hand. Eine Frau, die Uschi sein musste, kam mit der CD in der Hand herein. Erstaunlicherweise war sie nicht die junge, attraktive Gehilfin, die Peter sich vorgestellt hatte, sondern eine Frau in den Fünfzigern vom Typ Mama.

Peter verabschiedete sich dankend.

Im Auto nahm er sofort sein Telefon in die Hand und rief Regina an.

„Ich glaube ich habe etwas Wichtiges entdeckt. Noch weiß ich nicht genau, wie ich die Schnur entwirren muss, aber wir sind kurz davor, den Knoten zu lösen. Sorg bitte dafür, dass alle in zwei Stunden in meinem Büro sind! Ja auch Ralph und Stefan! Schlafen können sie, wenn das hier rum ist!" Er legte auf.

Jetzt brauchte er Zeit zum Nachdenken, und wo ging das besser als am Wasser?

Er parkte sein Auto direkt an der Kinzig und ging dann flussabwärts an ihr entlang. Nach kurzer Zeit kam er an eine Stelle mit einem kleinen Kehrwasser. Dort blieb er stehen und schaute lange aufs Wasser. Ein kleiner Ast trieb eilig mit der Strömung mit, er musste ein paar Steine passieren und einer der Steine hielt ihn auf. Kurze Zeit blieb er dort hängen, doch dann erfasste ihn die Strömung wieder, diesmal aber soweit am Rand, dass er in den Sog des Kehrwassers geriet und mit ihm in die entgegengesetzte Richtung tanzte.

Peter atmete tief ein. Ja genauso war es im Fall Carlos Perna. Sie waren alle immer mit der Strömung in eine Richtung geschwommen, doch nun hatte das Kehrwasser ihn erfasst, gebremst und zurück gelenkt. Wie weit zurück? Und welch ein Zufall, dass er gerade an der Stelle, wo der große Stein aus dem Wasser ragte, vorbei geschwommen war. Aber war es nicht immer so im Leben? Zufälle oder zufällige Begegnungen? Das wirkliche Leben bestand aus Begegnungen. Und hier am Wasser fielen Peter kleine Begebenheiten ein. Er sah einen roten Z3, der eigentlich in der falschen Richtung geparkt war. Er sah eine Frau namens Lucy vor sich, die aus einem Hausgang spähte, um zu sehen, ob die Luft für ihren verheirateten Freund rein war, und die ihnen vielleicht noch mal helfen konnte. Er sah eine Frau, farblos und blass, der es wichtig war, das niemand im Ort über sie tratschte, die alles so akkurat haben wollte wic ihre Fleißigen Lieschen. Alles Leute, die er noch mal aufsuchen musste. Aber warum nur? Wo lag das Motiv?

Und wieder hatte er eine Stimme, eine eifrige, glückliche Stimme einer kranken Frau im Ohr: „Ich habe mit Mario gesprochen."

Mit Mario – und das war bestimmt nicht in der Kneipe gewesen. Das konnte nur im Hausflur gewesen sein. Er sah Mario wieder vor sich, gestern Abend in dem Lokal im Bahnhofsviertel. Peter befühlte seine Beule am Hinterkopf. Mario hatte nicht an der Bar gestanden. Wahrscheinlich war das auch gar nicht seine Hauptaufgabe. Und hier war vielleicht das Motiv. Es lag so klar vor ihm wie das Wasser, in das er schaute.

Beweise, er brauchte Beweise. Jetzt war es an ihm, den richtigen Köder auszusuchen und ihn so zu präsentieren, dass der Fisch aus seinem Versteck kam und ihn nahm. Dann ein wohldosierter Ruck, vielleicht auch nur das vorsichtige Heben des Armes, und der Fisch würde am Haken hängen.

Auf einmal hatte er es sehr eilig aufs Revier zu kommen.

2.

Alle waren versammelt, selbst Stefan und Ralph. Müde zwar, aber erwartungsvoll.

Peter berichtete von seinem Treffen mit Kai Benzing und gab dann das Bild mit dem vergrößerten Ausschnitt herum. Einzig Regina zog scharf die Luft ein, die anderen blickten etwas ratlos um sich.

„Was hat dieser Mann damit zu tun? Wer ist das?"

„Das ist Dr. Bernhard Hübner, der Mann, der auch als Erster an der Unfallstelle war."

„Die Bilder beweisen, dass er zusammen mit Carlos und einem Jungen im El Paradiso an einem Tisch gesessen hat, und das ist ja nicht strafbar“, meinte Stefan.

„Dieser Junge ist Mario Rosen.“ Peter berichtete von seinen Erlebnissen des Vorabends.

Dann hielt er wieder das Foto hoch: „Wir werden dieses Bild Lucy Keller zeigen und so die Bestätigung erhalten, dass Dr. Bernhard Hübner auch am frühen Morgen des fünften Junis im El Paradiso war.“

„Aber allein die Anwesenheit dort und an der Unfallstelle genügt nicht als Beweis für einen Mord. Und wie hängt das ganze mit Carlos zusammen?“, fragte Ralph.

„Ich denke, Carlos Perna hat ihn erpresst. Stellen wir uns Folgendes vor: Perna geht nach seinen Konzerten oft in den frühen Morgenstunden in diese Kneipe, zu seinem Schwager in spe, um noch ein bisschen zu trinken. Montags findet dort die so genannte Boy-Night statt, mit der er persönlich nichts am Hut hat, ihm geht es ums Trinken. Eines Tages sieht er einen Mann, der ihm bekannt vorkommt. Einen Mann, den er aus seiner Tätigkeit als Pharmareferent oder als Kollegen seiner Frau kennt und der mit jemand in den oberen Zimmern verschwindet. Mit einem hübschen Jüngling. Carlos Perna beobachtet ihn und dann beschließt er, diesen Mann zu erpressen.“

„Aber mit was? Es ist nicht gesetzlich verboten, schwul zu sein und fremd zu gehen, oder?“, fragte Regina.

„Punkt eins: Dieser Mann ist verheiratet. Punkt zwei: Er hat eine leitende berufliche Position inne. Punkt drei: Er genießt ein hohes Ansehen in seinem Wohnort, dass sowohl ihm, als auch seiner Frau sehr wichtig zu sein scheint. Aber all das würde ihn in der heutigen Zeit nicht zum Stolpern bringen. Sein Verhängnis sind seine speziellen Vorlieben. Seine Vorlieben für junge Männer. Für sehr junge Männer, für Minderjährige!“

Die Bombe war geplatzt, alle redeten durcheinander, Peter bat wieder um Ruhe.

„Carlos Perna hat das beobachtet und Hübner dann erpresst. Das war Pernas Todesurteil. Unser Täter sitzt, was die Pflaster betrifft, an der Quelle. Bei der Geldübergabe, die auch in der Kneipe stattfindet, klebt der Täter ihm das Fentanyl-Pflaster auf. Es reicht ein Schulterklopfen oder Ähnliches, um das Pflaster zu platzieren. Perna steigt mit dem Geld ins Auto und fährt Richtung Heimat. Und den Rest kennen wir."

„Wenn Carlos das herausgefunden hat, könnte auch Mendoza alles darüber wissen, oder?"

„Muss nicht unbedingt sein. Mendoza weiß natürlich, was in den Zimmern über dem Lokal los ist, er vermietet sie ja. Aber es ist nicht gesagt, dass er unseren Täter mit Namen kennt. Wenn Carlos ihn nicht eingeweiht hat, und ich schätze ihn eher so ein, dass er das Geld für sich behalten wollte, war unser Täter für Mendoza nur ein Kunde, dem er das Zimmer vermieten konnte. Ich könnte mir vorstellen, dass der Junge, Mario Rosen, uns eine Menge zu erzählen hat. Wir werden jetzt folgendermaßen vorgehen:

„Regina, du rufst bitte zuerst in der Klinik an und erkundigst dich, ob und wenn ja wie lange Dr. Hübner im Dienst ist. Unterdrück die Nummer und gib dich als irgendeine Sprechstundenhilfe aus, die ihn mit ihrem Chef verbinden will. Solltest du ihn ans Telefon bekommen, legst du auf und versuchst es später. Ich will wissen, wo er sich aufhält. Falls er bei der Arbeit ist, fahren wir beide raus zu seiner Frau und stellen ihr ein paar Fragen. Wir werden uns nicht ankündigen. Irgendwann werden wir sie erwischen."

Und so verteilte Peter an jeden seine Aufgabe. „Noch Fragen?"

3.

Peter rief im Markus-Krankenhaus an der Pforte an, fragte nach Frau Dr. Perna und wurde mit ihr verbunden.

„Entschuldigen Sie die Störung, Frau Dr. Perna, aber es ist wichtig. „Wie lange sind Sie schon im Markus-Krankenhaus tätig?"

„Seit acht Jahren, wieso?", fragte sie erstaunt.

„Können Sie sich an einen damaligen Kollegen erinnern? Ein Anästhesist. Er heißt Bernhard Hübner."

Sie zögerte eine Weile. „Hat das irgendetwas mit Carlos zu tun?"

„Ja, das glauben wir."

„Wir haben ungefähr ein Jahr zusammen gearbeitet, dann ist er als Chefarzt an das Unfallkrankenhaus in Frankfurt gegangen.

„Warum hat Dr. Hübner das Markus-Krankenhaus verlassen? Gab es vielleicht einen besonderen Grund?"

„Es gab da so ein paar Gerüchte. Moment, ich muss erst einmal die Tür schließen, sonst hört die halbe Station mit." Sie hatte den Hörer kurz zur Seite gelegt und nahm ihn jetzt wieder auf. „Verstehen Sie mich bitte nicht falsch. Ich habe oft mit Dr. Hübner zusammen gearbeitet und ihn als kompetenten und engagierten Arzt kennen gelernt."

„Was für Gerüchte?"

„Angeblich hatte er einen jungen Pfleger von der Intensivstation sexuell belästigt. Der Pfleger wandte sich damals an die Stationsleitung. Man konnte aber Dr. Hübner nichts nachweisen und war sich auch nicht sicher, ob der Pfleger sich nicht einfach für eine Rüge, die er tags zuvor von Dr. Hübner in aller Öffentlichkeit kassiert hatte, rächen wollte."

„Und wissen Sie auch, wie die Geschichte dann ausging?"

„Ja, es gab ziemlich viel Wirbel damals. Beide haben die Klinik verlassen. Dem Pfleger wurde gekündigt. Dr. Hübner wurde nahe gelegt, sich doch auf die offene Stelle in der BG

Unfallklinik zu bewerben, mit einem tadellosen Zeugnis aus diesem Hause natürlich. Wie gesagt, fachlich ist Dr. Hübner über jeden Zweifel erhaben."

„Haben Dr. Hübner und ihr Mann sich gekannt?"

„Ich habe Carlos erst kennen gelernt, nachdem Dr. Hübner die Klinik verlassen hatte." Sie zögerte kurz: Es wäre aber möglich, dass Carlos ihn in seiner Eigenschaft als Pharmareferent auch in der Unfallklinik besucht hatte."

„Tun Sie mir bitte einen Gefallen und reden Sie mit niemandem darüber. Ich werde Sie auf dem Laufenden halten!" Peter legte auf.

Dann blies er langsam die Luft aus, die er unwillkürlich angehalten hatte. Er hatte sich nicht getäuscht, er hatte den Zielfisch gesehen.

Regina hatte auch ihren Anruf erledigt, Dr. Hübner stand aller Voraussicht nach noch eine knappe Stunde im OP, es war die letzte für heute und sie konnten sich auf den Weg nach Maintal machen.

Sie parkten etwas unterhalb des Hauses in der Nördlichen Ringstraße, damit man nicht gleich den Wagen erkannte, liefen wieder durch den Vorgarten und klingelten an der Tür.

Kurze Zeit später öffnete ihnen Elvira Hübner.

Sie trug heute ein weißes T-Shirt, was ihre Blässe wieder unterstrich.

„Mein Mann ist im Dienst", sagte sie abweisend.

„Guten Tag, das ist uns bekannt. Wir sind aber diesmal gekommen, um ums mit Ihnen zu unterhalten", erwiderte Peter.

„Mit mir?" Sie war sichtlich erstaunt. „Aber ich war doch bei dem Unfall nicht dabei!"

„Es geht uns auch um etwas anderes, dürfen wir bitte hereinkommen?"

Sie öffnete etwas ratlos die Tür und bat sie ins Wohnzimmer. Schwere, dunkle Eichenholzmöbel, ein dicker, cremefarbener Teppich. Peter hatte das Gefühl, dass die Hausherrin es am liebsten gesehen hätte, wenn sie ihre Schuhe ausgezogen hätten. Die Rollläden waren halb heruntergelassen, es war alles im Halbdunkel.

Frau Hübner bedeutete ihnen, auf der Couch Platz zu nehmen. Peter bat sie, die Rollläden hochzuziehen. Er wollte bei dem Gespräch ihr Gesicht richtig sehen können.

Sie murmelte irgendetwas von: „Das ist schlecht für die Möbel", kam dann aber seiner Aufforderung nach.

„Frau Hübner, wie verbringt ihr Mann seine Freizeit, was hat er für Hobbys?", eröffnete Peter das Gespräch.

„Er spielt Golf und einmal in der Woche trifft er sich mit seiner Pokerrunde. Mehr Zeit hat er als Chefarzt der Anästhesie nicht. Wieso fragen Sie ihn das nicht selber?"

„Na ja, er ist schwierig zu erreichen. Tagsüber ist er ja meistens im OP. Was hat Ihr Mann vergangene Woche Montagabend gemacht?"

„Das, was er immer montagabends macht, er hatte seine Pokerrunde."

„Wo findet diese Runde statt und mit wem?"

„In Frankfurt. Ich kenne die Leute nicht, sie haben im Internet angefangen zu spielen und seit einem Jahr ungefähr treffen sie sich in irgendeiner Kneipe."

„Geht es dabei um hohe Einsätze?", fragte Regina.

Frau Hübner kniff den Mund zusammen. Ihre Lippen wurden ganz schmal.

„Bislang, waren es immer Einsätze, die er sich leisten konnte."

„Sicher?", fragte Peter. „Auch in letzter Zeit?"

Elvira Hübner knetete nervös die Hände. „Ich hatte gestern einen Anruf von der Bank, dass unser Konto ziemlich überzogen sei und dass wir bitte etwas einzahlen sollten. Gott war mir das peinlich, aber ich mache mir keine Sorgen darüber. Wissen Sie,

Bernhard besitzt mehrere Häuser und eine Menge Geld. Er müsste gar nicht mehr arbeiten gehen."

„Und als er abends nach Hause kam? Haben Sie ihm da von dem Anruf erzählt?"

„Nein, er kommt manchmal montagabends nicht zum Schlafen nach Hause. Wenn es zu spät wird, übernachtet er bei einem von denen, die aus Frankfurt kommen."

„Und haben Sie sich mal gefragt, ob das auch so stimmt?"

„Warum sollte das nicht stimmen? Oh, Sie meinen, er hätte auch bei einer anderen Frau übernachten können?" Sie lächelte verächtlich. „Nein, da musste ich mir keine Gedanken machen, er interessiert sich weniger für Frauen, aber ich weiß immer noch nicht, was Sie eigentlich von mir wollen?"

„Und am Montag der vergangenen Woche, hat er da zu Hause geschlafen?"

„Nein. Er wusste, dass mein Sohn hier übernachten würde."

„Wie alt ist Ihr Sohn? Und ist er nicht auch der Sohn Ihres Mannes?"

„Nein, ist er nicht. Gregor ist jetzt sechsundzwanzig."

„Warum schläft ihr Mann nicht hier, wenn ihr Sohn zu Besuch kommt?"

„Sie mögen sich nicht. Das kann ja vorkommen, oder?"

„Wie lange sind sie mit Dr. Hübner verheiratet?"

„Seit zwanzig Jahren."

„Also muss Ihr Sohn sechs Jahre alt gewesen sein, als Sie Dr. Hübner geheiratet haben? Hat ihr Sohn bei Ihnen mitgewohnt?"

„Ja, aber ich verstehe nicht."

„Frau Hübner, ich werde es Ihnen gleich erklären. Bitte sagen Sie uns jetzt die Wahrheit. Ich kann Sie auch bitten, vor Gericht unter Eid auszusagen."

Elvira Hübner wurde blass. „Aber wieso, was wollen Sie denn wissen?"

„Gibt es einen Grund, dass das Verhältnis zwischen Ihrem Mann und Ihrem Sohn so schlecht ist?"

Falls es überhaupt möglich war, war sie noch blasser geworden.

„Das kommt doch in den besten Familien vor, dass sich der Sohn nicht mit dem Stiefvater versteht, oder?", versuchte sie auszuweichen.

„Wäre es dann nicht ein Grund gewesen, lieber auf die Heirat zu verzichten?", fragte Regina.

„Es war ja nicht von Anfang an so. Die ersten Jahre kamen sie sehr gut miteinander aus. Erst als Gregor in die Pubertät kam, wurde es schwierig. Das ist doch normal."

„Wenn sich die beiden aber jetzt noch, viele Jahre später aus dem Weg gehen, muss es schon einen triftigen Grund geben, oder?" Peter überließ jetzt Regina das Fragen.

Und die feuerte einen Schuss ins Blaue ab: „Frau Hübner, Ihr Mann hat Gregor sexuell missbraucht, stimmt's?"

Elvira Hübner zitterte am ganzen Körper. Ihre Stimme erhob sich zu einem Kreischen: „Das ist jetzt viele Jahre her, er hat es bereut. Er hat eine Therapie gemacht. Er ist nicht mehr so! Wie können Sie es wagen, die alten Sachen ans Licht zu zerren? Wer hat Ihnen das verraten?" Sie war aufgesprungen, es sah aus, als wolle sie sich auf Regina stürzen.

Peter stand ebenfalls auf und packte sie feste am Arm: „Frau Hübner, setzen Sie sich bitte wieder."

Mit sanftem Druck zwang er sie, sich hinzusetzen. Sie sackte auf dem Sessel zusammen und fing an zu schluchzen.

„Warum sind Sie bei Ihrem Mann geblieben, nachdem Sie das entdeckt hatten?"

„Wissen Sie wie das ist? Als ledige Mutter, ohne Beruf? Vor sechsundzwanzig Jahren war das noch etwas anders. Meine Eltern haben mich aus dem Haus gewiesen, als sie erfuhren, dass ich schwanger war und den Vater des Kindes nicht heiraten würde. Wie denn auch? Ich hatte ihn ja nur eine Nacht gesehen und dann nie wieder. Auch das Jugendamt ist nicht gerade begeistert, wenn sie keinen Vater nennen. Ich lebte mit Gregor in einem Frauenhaus, mehr schlecht als recht. Eines Nachts musste ich mit ihm ins Krankenhaus. Er hatte eine Blinddarm- Entzündung. So habe ich Bernhard kennen gelernt, er war der zuständige Anästhesist. Und dann begann er mir den Hof zu machen. Mir, einem niemand! Einem jungen Mädchen, das eine leichtsinnige Nacht bitter bereuen musste. Das sich die Aussicht auf eine Zukunft mit einem geregeltem Einkommen und einem Ehemann komplett verdorben hatte. Damals schien mir das so zu sein. Rennen Sie mal von Amt zu Amt. Werden sie mal von der behüteten Tochter zur ‚leichtsinnigen Schlampe, die sich ein Kind hat andrehen lassen.' Das war der O-Ton meines Vaters. Er verbot meiner Mutter, mit mir weiter Kontakt zu halten und ließ mich fallen wie eine heiße Kartoffel. Und dann kommt da ein Mann, in einer angesehenen Position, mit netten, freundlichen Manieren, gutem Aussehen und wirbt um mich. Bernhard sagte mir schon ziemlich zu Beginn, dass er mehr an Männern interessiert sei, dass er aber, wenn er im katholischen Markus- Krankenhaus weiterkommen wolle, besser verheiratet wäre. Er bot mir die Ehe an. Ich hatte schon ein Kind und wollte kein Zweites. Insofern waren wir gar kein so schlechtes Team. Er hat mich aus dem Dreck gezogen. Plötzlich hatte ich eine Wohnung, neue Kleider und genug zu essen. Das lernt man zu schätzen." Elvira Hübners Stimme war immer leiser geworden.

„Und dann, wie haben Sie das mit Gregor bemerkt?"

Sie ließ sich Zeit mit der Antwort: „So, wie schon tausende Male Frauen ihre Männer überrascht haben: „Ich kam früher als erwartet nach Hause. Bernhard war bei Gregor im Zimmer. Ich hörte ihn laut stöhnen, öffnete die Zimmertür und die Situation war eindeutig. Ich zog Gregor aus dem Zimmer, brachte ihn zu meiner Freundin und stellte Bernhard zur Rede. Er versprach mir weinend, dass es nie mehr vorkommen würde. Er machte eine

Therapie und ich ließ die beiden nie mehr zu zweit alleine. Ich blieb bei Bernhard, wo hätte ich denn auch hingehen können? Ich hatte keine Ausbildung gemacht, kein eigenes Einkommen. Wir haben einen Ehevertrag, viel mehr als den üblichen Unterhalt hätte ich nicht bekommen. Ich habe mich an das Haus hier gewöhnt, an das Auto, die Kleider und ich mag es, wenn die Leute im Ort mich grüßen und mit ‚Frau Doktor' ansprechen."

„Dafür haben Sie einen hohen Preis bezahlt.", konnte Regina sich nicht verkneifen zu erwidern.

Peters Handy klingelte. Er hörte Ralph kurz zu und beendete mit zufriedenem Gesicht das Gespräch.

„Frau Hübner, Ihr Mann steht im Verdacht, wieder sexuellen Kontakt zu einem Minderjährigen gehabt zu haben. Doch diesmal wurde er dabei beobachtet und erpresst. Deswegen, so nehmen wir an, fehlt das Geld auf Ihrem Konto. Den tödlichen Unfall, bei dem Ihr Mann am frühen Dienstagmorgen zugegen war, hat er selber verschuldet. Denn er hat dem Erpresser bei der Geldübergabe ein Fentanyl-Pflaster aufgeklebt, sodass dieser während des Fahrens ins Koma fiel. Wir werden das beweisen können."

Elvira Hübner war immer kleiner in ihrem Sessel geworden. Plötzlich fing sie mit hasserfüllter Stimme an zu reden: „Er hatte mir versprochen, dass er seine Abenteuer nur mit erwachsenen Männern auslebt. Das es nie nie wieder mit Minderjährigen passieren würde!" Und dann wieder mit einem Schluchzen:

„Wo ist er jetzt?"

„Er ist in diesen Minuten gerade aufs Revier gebracht worden, und wir müssen darauf bestehen, dass Sie jetzt auch mit uns kommen."

„Warum ich? Was habe ich damit zu tun?"

„Ich möchte das, was Sie eben meiner Kollegin und mir erzählt haben, aufnehmen lassen. Es wird nicht lange dauern."

„Ich werde nicht meinen Mann belasten, ich sage jetzt gar nichts mehr ohne meinen Anwalt!"

„Es steht Ihnen selbstverständlich frei, einen Anwalt vom Revier aus anzurufen, doch jetzt kommen Sie erst einmal mit uns dorthin. Möchten Sie noch etwas mitnehmen?"

Müde schüttelte sie den Kopf.

„Ich muss nur noch mal schnell zur Toilette."

Regina begleitete sie bis zur Badezimmertür. Kurze Zeit später kam Frau Hübner wieder heraus und wischte sich die Tränen mit einem Papiertaschentuch ab. Den Rest der Packung steckte sie in ihre Handtasche. Sorgfältig schloss sie die Haustür ab und stieg schweigend ins Auto. Regina nahm neben ihr auf der Rückbank Platz.

In Höhe der Unfallklinik hatte Peter plötzlich noch einen Einfall. Er bog ab und fuhr über den Parkplatz bis direkt zur Eingangstür. Er nahm die Kamera aus dem Handschuhfach.

„Es dauert nur fünf Minuten, bin sofort wieder da."

Er fragte sich zum Dienstzimmer der Anästhesie durch, sprach mit der Stationsleitung und hatte kurze Zeit später Einblick in das Betäubungsmittelbuch.

Dr. Hübner hatte die Entnahme von zwei Fentanyl-Pflastern und als Grund Verfalldatum erreicht eingetragen. Peter befragte noch kurz die Stationsschwester, machte seine Fotos und eilte zum Auto zurück.

4.

Am Kommissariat angekommen übergaben sie zuerst Frau Hübner an zwei Kollegen, die ihr das Gespräch mit dem Anwalt ermöglichen und die Aussage dann aufnehmen sollten.

Ralph teilte ihm mit, dass Lucy Keller Dr. Hübner eindeutig erkannt und bestätigt hatte, dass er am Dienstagmorgen hinter Perna das Lokal verlassen hatte.

Außerdem hatten Beate und er Mario zu Hause angetroffen und ihn mit aufs Revier gebracht.

Mario befand sich mit Beate in einem Raum am Ende des Ganges. Zu ihm gingen Peter und Regina zuerst.

„Ich möchte mich zuerst einmal dafür entschuldigen, dass wir dich so ohne Vorwarnung hier ins Kommissariat gebracht haben. Wie du weißt, ermittle ich in einem Mordfall und dabei brauche ich deine Hilfe."

„Und dann? Komm ich dann in den Knast oder in ein Erziehungsheim?"

„Hast du denn was angestellt?"

Mario zuckte mit den Schultern und schwieg.

Peter sah Mario freundlich und abwartend an.

Mario blickte zum Fenster und fragt dann unvermittelt: „Kann ich eine Cola und was zu essen haben?"

Peter sah rüber zu Beate und Beate verließ nickend den Raum.

„Also Mario, während meine Kollegin dir etwas zu essen und eine Cola holt, werden wir uns unterhalten. Bist du jetzt bereit dazu?"

Der Junge nickte.

„Mario, wir haben Bilder, auf denen du im El Paradiso zu sehen bist. Wir haben Zeugen, die dich aus der Wohnung im ersten Stock kommen gesehen haben.

Wir beide wissen, dass du dort nicht an der Bar tätig bist. Du bist erst sechzehn. Möchtest du das so weiter machen?"

„Ich verdiene meinen Anteil an der Miete, ich kann mir Klamotten kaufen."

„Ist es das wert?"

„Sie verstehen das nicht, ich muss Geld bei Tobias abliefern, sonst schmeißt er mich raus. Und in ein Heim gehe ich nicht!"

„Mario, es gibt ja auch noch andere Möglichkeiten", schaltete sich die Regina ein, „zum Beispiel könntest du in einer Pflegefamilie wohnen."

„Ach ja, und das ist dann besser?"

„Ganz bestimmt. Wir werden uns dafür einsetzen", versprach Peter. „Wie bist du zu diesem Job gekommen? Erzählst du uns, wie das abläuft?"

Mario starrte vor sich hin. Dann schien er sich einen Ruck zu geben:

„Tobias hat mich abends in die Disco mitgenommen, in der er Barkeeper ist. Er wollte, dass ich ihm ein bisschen zur Hand gehe und hat mich als achtzehn ausgegeben. Ich habe Gläser poliert und Getränke serviert für vier Euro die Stunde. Was für eine Disco das ist, haben Sie ja selbst gesehen.

Eines Tages kam der Chef und meinte, ich könnte mir mit meinem Aussehen was extra verdienen, wenn ich ab und zu mit dem einen oder anderen Gast mal einen Sekt in seinem Privatzimmer trinken würde. Die Männer würden auf mich stehen. Tobias sagte, ich solle mich nicht so zieren und endlich mal mehr Geld verdienen. So fing alles an. Im El Paradiso bin ich gelandet, als mich ein Gast für die ganze Nacht gebucht hatte. Ich wollte nicht, aber Tobias' Chef hat mir gedroht, dass er meinem Bruder kündigen und dafür sorgen würde, dass ich in ein Heim komme. Dass ich noch keine achtzehn war, hatte er längst herausbekommen."

Peter griff zu dem Umschlag mit den Bildern von Kai Benzing.

„Mario, wir brauchen deine Hilfe. Auf diesen Bildern bist du mit einem Mann zu sehen. Was ist zwischen dir und ihm passiert?"

Mario warf einen kurzen Blick auf das Bild.

„Werden Sie mir und meinem Bruder helfen, wenn ich Ihnen das sage?"

„Ja, das werden wir. Zu deinem Bruder kann ich nichts sagen, aber du wirst dort nicht mehr hin müssen."

„Das ist Bernd. Zumindest sollte ich ihn so nennen. Wir haben uns immer in der Kneipe unten getroffen, ein schnelles Bier getrunken und dann sind wir hoch ins Zimmer. Er hatte oft Sekt dabei. Stand nur auf Sex mit einem Jugendlichen. Ich habe getan, was er sich wünschte und bekam meistens extra Geld."

Beate kam mit einer Cola und einer Pizza wieder zur Tür herein. Sie stellte beides vor Mario ab.

„Bernd heißt in Wirklichkeit Bernhard Hübner und ist Arzt an der Uniklinik. Er ist beobachtet worden, als er mit dir aufs Zimmer ging und wurde dann erpresst. Wenn er als Erwachsener Sex mit einem Jugendlichen hat, macht er sich strafbar. Er wollte nicht, dass das bekannt wird und hat seinen Erpresser wahrscheinlich ermordet. Wir werden das noch herausfinden und beweisen können. Er wird dann hoffentlich lange ins Gefängnis müssen. Du hast uns sehr geholfen!

Meine Kollegin Beate Schäfer wird sich jetzt um dich kümmern. Ich hoffe, dass dir eine Gegenüberstellung mit Dr. Hübner erspart bleibt. Falls es doch dazu kommt, werden wir und Frau Schäfer auf jeden Fall dabei sein, du hast nichts zu befürchten.

Wir sehen uns nachher noch!"

Peter und Regina verließen den Raum und gingen an das andere Ende des Gangs.

Stephan und Ralph standen an der Tür. Alle zusammen traten sie ein. Dr. Hübner ging zornig im Zimmer auf und ab und fiel sofort über Peter her:

„Was fällt Ihnen eigentlich ein, mich einfach von meiner Arbeit wegzuholen, mich abzuführen wie einen Verbrecher und dann noch ohne ein Wort hier ewig festzuhalten?"

„Setzen Sie sich doch bitte. Ich möchte Ihnen gerne ein paar Bilder zeigen", erwiderte Peter und ging nicht weiter auf Hübner ein.

Er zog den Umschlag mit den Bildern aus der Tasche und hielt dem Arzt das Bild hin auf dem er zusammen mit Mario an einem Tisch saß.

Plötzlich standen Schweißperlen auf Dr. Hübners Stirn.

„Was ist mit diesem Bild? Wo haben Sie das her? Ist es verboten in einer Kneipe ein paar Bier zu trinken?"

„Natürlich ist das nicht verboten. Das, was jedoch die anderen Bilder zeigen, die in einem Zimmer im ersten Stock aufgenommen wurden, ist aber ganz sicher verboten!", bluffte Peter.

„Dieses Schwein!" Hübner war aufgesprungen. „Er hat mir nichts von den Bildern gesagt!"

Ralph und Stephan stellten sich schützend neben den Kommissar.

„Dieses Schwein, wie Sie Carlos Perna nennen, hat dafür auch mit seinem Leben bezahlt. Sie haben ihn umgebracht."

„Ich habe ihn nicht umgebracht! Das müssen Sie erst mal beweisen! Ich gebe zu, er hat mich erpresst und ich habe ihm viel Geld bezahlt, aber das war's dann auch."

„Setzen Sie sich wieder hin und erzählen Sie doch mal Ihre Version der Geschichte!"

Hübner ließ sich auf den Stuhl fallen. Er stützte den Kopf in die Hände und schien darüber nachzudenken, was er zugeben sollte und was nicht.

„Wir werden Haftbefehl gegen Sie beantragen, wir haben auch schon Marios Aussage", unterbrach Peter seine Gedanken.

Hübner blickte auf. Nur das gleichmäßige Ticken einer Wanduhr war zu vernehmen. Lange lag Schweigen auf der Szenerie.

Hübner atmete ein paar Mal tief durch und seufzte: „Ich weiß, wann ich ein Spiel verloren geben muss. Wissen Sie, es ist nicht so, dass ich gegen diese Neigung nicht angekämpft hätte. Aber es war stärker als ich. Im Grunde bin ich froh, dass es jetzt soweit ist. Ich hätte nicht mehr weiter machen können, ich brauche Hilfe. Heute gibt es anonyme Beratungsstellen in den

Unikliniken, für Menschen, die sich sexuell zu Minderjährigen hingezogen fühlen. Aber erstens habe ich einen gewissen Bekanntheitsgrad und zweitens kann man diese Beratungsstellen nur in Anspruch nehmen, wenn man noch nicht Täter war. Ich bin psychisch krank. Helfen Sie mir!"

Peter tat sich schwer damit, nun plötzlich Hübner als Oper zu sehen. Ihm wurde übel.

„So krank, dass Sie außerdem noch einen Mord begangen haben?"

„Ich habe Perna nicht umgebracht. Das hat er ganz alleine geschafft, bei dem, was er alles getrunken hatte."

„Darf ich Ihrem Gedächtnis auf die Sprünge helfen? Wir haben Fentanyl im Körper des Toten gefunden. Fentanyl, das durch ein Pflaster dazugeführt hat, dass Carlos Perna während der Fahrt ins Koma fiel. Und als ich zur Unfallstelle kam, wollten Sie gerade das Pflaster entfernen, war es nicht so?"

„Es stimmt, dass ich dem Erpresserschwein hinterhergefahren bin. Ich dachte, so besoffen, wie der war, dass sich vielleicht eine Gelegenheit ergeben würde, das Geld wiederzuholen."

„Und selbst wenn, dann hätte er Sie doch einfach weiter erpresst, das hat doch gar keinen Sinn!"

„Ich wollte das Geld wieder haben. Vielleicht hätte ich mich dann doch an die Polizei gewandt."

„Ich werde Ihnen beweisen, dass Sie viel mehr wollten, als nur das Geld!" Peter zog seine Kamera hervor und bat Ralph, sie an den PC anzuschließen. Er klickte sich durch das Programm und öffnete das entsprechende Bild. Er drehte den Bildschirm zu Hübner. Dieser wurde blass.

„Erklären Sie doch bitte mal meinen Kollegen, was das da auf dem Bild ist!"

„Ich möchte ohne meinen Anwalt nichts mehr sagen!"

„Den dürfen Sie auch gleich anrufen. Ihre Frau hat das auch schon getan, sie ist nebenan!"

Hübner schloss die Augen, blieb aber stumm.

„Erlauben Sie bitte, dass ich meinen Kollegen etwas erkläre!" Peters Stimme tropfte vor Ironie. „Das ist das Betäubungsmittelbuch. Alle Medikamente, die unter das Betäubungsmittelgesetz fallen und verabreicht werden, müssen hier eingetragen werden. Ich habe die Seite mit dem Eintrag vom letzten Montag fotografiert. Hier könnt ihr sehen, dass Dr. Hübner zwei Fentanyl-Pflaster eingetragen hat. Allerdings steht nicht der Name eines Patienten dahinter, sondern der Vermerk: Entsorgt, da Verfalldatum überschritten."

„Das war auch so, kommt in den besten Kliniken vor!"

„Wie erklären Sie sich dann, dass die Stationsleitung schwört, dass erst vor zwei Wochen alle Medikamente überprüft wurden und dass keine abgelaufenen dabei sein konnten?"

Hübner sackte gänzlich in sich zusammen.

„Und was haben Sie mit dem zweiten Pflaster angestellt?" Peter erhob sich. „Wir werden Sie jetzt in die Vollzugsanstalt überstellen, Ihre Frau ist nebenan, sie möchte sich gerne verabschieden."

Regina holte Frau Hübner herein. Die beiden Eheleute sahen sich stumm an. Dann fing Elvira Hübner an zu weinen und ging auf ihren Mann zu und umarmte ihn kurz. Abrupt drehte sie sich dann um.

„Kann ich mir dann ein Taxi rufen und nach Hause fahren?"

Peter nickte zustimmend und Frau Hübner verließ den Raum.

Plötzlich fing Hübner schwer zu atmen an. Er riss am Kragen seines Hemdes, als sei es zu eng, als würde er keine Luft mehr bekommen.

„Dr. Hübner was ist los?" Peter war sofort bei ihm. „Schnell, ruft einen Arzt!"

Regina hatte schon den Hörer in der Hand und forderte einen Notarzt an.

Hübner fing an zu röcheln und rutschte vom Stuhl.

Peter fing ihn auf. „Schnell gebt mir irgendetwas, womit wir seinen Oberkörper hochlagern können!“

Eilig legten sie zwei Jacken unter.

„Zu spät!“ Hübner keuchte vor Anstrengung und Peter musste sich zu ihm hinunter beugen, um ihn zu verstehen. „Allergische Reaktion. Habe extra ein Pflaster für mich aufgehoben. Gehe nicht ins Gefängnis.“ Der Arzt verlor das Bewusstsein.

Epilog

Für Bernhard Hübner kam jede Hilfe zu spät. Schreier bestätigte später eine Allergische Reaktion auf das Fentanyl-Pflaster, das man im Schulterbereich bei Hübner gefunden hatte. Elvira Hübner schien nicht sonderlich betrübt über den plötzlichen Tod Ihres Mannes. Im Gegenteil. Sie war erleichtert. Musste sie doch so nicht befürchten, dass die Nachbarn Sie komisch anschauten und hinter Ihrem Rücken tuschelten. Vielmehr konnte Sie nun in recht behaglichen Verhältnissen das Leben nach Ihrem Sinn gestalten.

Mario kam in eine Pflegefamilie. Unter großen Schwierigkeiten versuchte er, sich an ein geregeltes Leben zu gewöhnen.

Der Chef von Tobias Rosen und Mario erhielt eine Anzeige wegen Zuhälterei. Er hatte die Abhängigkeit der beiden Brüder ausgenutzt. Einen eventuell beauftragten Überfall auf den Kommissar Peter Scheuermann war Ihm nicht nachzuweisen. Er zahlte eine Geldstrafe und ging seiner Tätigkeit daraufhin diskreter nach.

Ana Dietz wurde drei Monate später Mutter einer kleinen Tochter mit einer Hautfarbe wie Milchkaffee. Sie machte keine Angaben zum Vater beim Jugendamt und zog vorrübergehend zu ihrer Schwester.

La Via fand einen neuen Sänger und die Band ging mehr oder minder erfolgreich erst einmal auf Deutschland-Tour.

Danksagung

Das ist ein Kriminalroman, dessen Geschichte und Figuren von mir frei erfunden wurden. Ich danke meiner Familie und Freunden für das „Probelesen“ und das positive Feedback. Besonderen Dank meiner Schwester Eve, die mich mit vielen Vorschlägen und konstruktiver Kritik unterstützt hat.

Zuletzt danke ich meinem Mann Tom, meinem Sohn Max und meiner Tochter Evi, die immer an mich geglaubt haben, viele Ideen mit mir diskutieren mussten und jetzt bestimmt sehr stolz auf mich sind.